诗歌里的中国系列丛书

诗歌里的民俗

丁捷 主编
孟祥静 编著

河海大学出版社
·南京·

图书在版编目（CIP）数据

诗歌里的民俗 / 孟祥静编著. -- 南京 : 河海大学出版社, 2024.7
（诗歌里的中国 / 丁捷主编）
ISBN 978-7-5630-8990-1

Ⅰ.①诗… Ⅱ.①孟… Ⅲ.①古典诗歌－诗歌欣赏－中国 Ⅳ.①I207.22

中国国家版本馆CIP数据核字(2024)第106157号

丛 书 名	/ 诗歌里的中国
书　　名	/ 诗歌里的民俗
	SHIGE LI DE MINSU
书　　号	/ ISBN 978-7-5630-8990-1
责任编辑	/ 齐　岩
选题策划	/ 李　路
特约编辑	/ 翟玉梅
文字编辑	/ 朱梦楠
装帧设计	/ 刘昌凤
出版发行	/ 河海大学出版社
地　　址	/ 南京市西康路1号（邮编：210098）
电　　话	/ （025）83737852（总编室）
	/ （025）83722833（营销部）
经　　销	/ 全国新华书店
印　　刷	/ 三河市元兴印务有限公司
开　　本	/ 880毫米×1230毫米　1/32
印　　张	/ 9.75
字　　数	/ 228千字
版　　次	/ 2024年7月第1版
印　　次	/ 2024年7月第1次印刷
定　　价	/ 89.80元

序

智性的精彩
——《诗歌里的中国》丛书序

/ 丁捷

中国诗歌是中华儿女的性情基因,是中华文明的基因。翻阅人类文明史,不难看到古老的中国是其中的浓墨重彩。其最为厚重的一笔,是彪炳的中国文学,是灿烂的诗歌星河。说中国是诗歌之国,言无夸张。从古代的《诗经》《楚辞》到唐诗、宋词、元曲,再到进入白话文时代洋洋洒洒的现代诗歌,中国的诗歌文化一直绵延不断,千秋万代,日积月累,终成巍峨。卿好诗文,诗富五车,诗风吹得子民醉;曲水文华,诗脉流芳,中国人一言一行、一语一态,声声有情,款款有韵。中华民族因诗歌而气华,因文采而质优。诗歌涵养出独特而又生动的东方性格和东方智慧,哺育出出类拔萃的中华文化。

序

显然，包罗万象的中国诗歌，远远不止于是一种文采呈现和审美表达，更是一种精神寄托、文化传承、自然观照和科学探求的集大成。认识中国诗歌财富的价值和取之运用，千百年来，我们一直在做，但做得还远远不够。从中国诗库中挖掘瑰宝，我们更多的注重开发其情绪价值和美学意义，较少关注其对哲学、自然、科学等领域的贡献。中国诗歌"内外兼修"的双重丰富性，多少有些被后人"得之于内而失之于外"，很多时候我们沐浴在中国诗歌的文采和情感这些"温软"里，对它浩瀚里所蕴藏的自然科学"硬货"多少有些忽略。《诗歌里的中国》摒弃习惯思维，另辟蹊径，从节气、节日、民俗、游戏、神话等内容元素切入，引领我们探求诗歌中的气象学、社会学和专类文学；借用传统，达成了某种文化创新。这套诗学著作因而呈现出非同一般的编著意义和传播价值。

"二十四节气"、"传统节日"、"民俗"、"游戏"和"神话"等专题专集构成的丛书，集常识性、科普性与赏析性于一体，洋洋大观，知性明了。每本书选取多个小主题介绍相关历史风俗，并选取符合这一主题的古诗词，通过"主旨""注

序

释""诗里诗外"等栏目,对诗歌进行解读,扩展与之有关的有趣故事,使图书知识性充足,却丝毫不削弱趣味性。《诗歌里的二十四节气》将二十四节气按照春、夏、秋、冬四个季节进行分类。每一节气部分详细介绍了节气的定义、节气的划分、节气三候、气候特点、农业活动及民俗活动等。例如,春分时期的诗歌不仅描述了自然景象的变化,还反映了农耕社会的生活节奏,使读者体会二十四节气在古代社会中的重要意义。《诗歌里的传统节日》按照节日时间分为四个部分:"乱花渐欲迷人眼"、"楼台倒影入池塘"、"菊花须插满头归"和"竹炉汤沸火初红"。每一个传统节日,都从定义、起源和形成、发展脉络到节日活动和习俗,进行全面的科普。通过诗歌,读者可以了解节日的独特意义和文化价值。《诗歌里的民俗》分为人生礼仪、岁时节令、游艺和生活四个部分,每一部分又细分为若干具体的民俗。书中对每一个民俗的定义、形成、发展脉络和习俗进行详细介绍。通过相关的诗歌和注释,读者可以了解古代社会中各种礼仪和习俗的具体表现和文化背景。

值得一提的是,从古老中国文学中找"游

序

戏"是一件时新的活儿。游戏在我们今天是一种普及化的大众娱乐，在古人那里，却更有娱乐之上的"培雅""社交"功能。这一点太值得我们挖掘了。《诗歌里的游戏》将古代游戏分为文化、博戏、武艺和礼俗四个类别，每一类别包含若干游戏。书中对每个游戏从定义、历史和玩法等方面进行详细介绍。例如，古代的射箭游戏不仅有诗歌的描述，还有射箭的历史和技术细节。通过相关的诗歌和故事，读者可以更好地了解古代游戏的相关知识和古人的高雅娱乐方式。我们今天在为青少年沉湎于"西式游戏"而烦恼的时候，不妨到聪明的祖先那里求助，仙人指路，也许我们因此而抛却外来依赖，开发出更多属于我们自己的、具有强烈民族特色的优质"游戏"。

从文学本身的意义看，《诗歌里的神话》拾遗补缺，为文学学的发展提供了新的参考。本册分为天地开辟、三皇五帝、夏商周等几个时期，详细介绍了每个时期的神话传说。书中通过对相关诗歌的解读，带领读者领略中国文化的起源和神话传说的独特风采。例如，盘古开天辟地的神话不仅有诗歌的描述，还结合了神话的

序

起源和影响，使读者对这段神话有更深刻的理解。中国神话传说丰富多彩，却散逸在苍茫文海，由诗歌开路，踏浪寻踪，不愧为一种大观捷径。

通过《诗歌里的中国》丛书，我们可以穿透历史的缝隙，重新发现那些优秀的传统文化，感受古代社会的丰富多彩和智慧结晶。本套丛书不仅是体例创新的诗词赏析集，更是解构中国传统文化的宝贵资料，使读者在欣赏诗歌的同时，感悟文化之美，厚植爱国情怀，筑牢文化自信，增进科学自豪。

由诗歌等"杰出贡献者"写就的中华文明，源远流长、博大精深，是中华民族独特的精神标识，是当代中国文化的根基，是维系全世界华人的精神纽带，也是中国文化持续和创新的宝藏。习近平总书记在文化传承发展座谈会上，以贯通古今的文化自觉，鲜明提出了中华文明的突出特性，即连续性、创新性、统一性、包容性、和平性。这是对中国文化特性、中华文明精神的深刻总结，是站在推进中国式现代化建设的全新视角，对创造新文化的恢弘擘画，为建设中华民族现代文明提供了根本指针。今日之中国，人民群众对传统文化的热情日益高涨，中

序

华优秀传统文化活力迸发,《诗歌里的中国》丛书出版,正是为了激发大国科学创新潜力,传递民族精神之光,绽放中华文化独特魅力的呼应之作。

时不我待,让我们拥抱这份智性精彩。

2024 年 6 月 13 日于梦都大街

目录

壹 人生礼仪中的民俗

诞生礼 三
洗儿诗 / 苏轼　　一〇

成人礼 一三
迷仙引·才过笄年 / 柳永　　一八

婚俗 二一
近试上张籍水部 / 朱庆馀　　二八

寿礼 三一
破阵子·掷地刘郎玉斗 / 辛弃疾　　四〇

丧葬礼 四三
诗经·秦风·黄鸟 / 佚名　　五四

贰

岁时节令里的民俗

五九		春耕
六七		山行 / 姚鼐
七〇		贴春联
七七		除夜雪 / 陆游
八〇		猜灯谜
八六		踏莎行·元夕 / 毛滂
八九		放风筝
九七		纸鸢 / 顾逢
一〇〇		赛龙舟
一〇七		贺新郎·端午 / 刘克庄
一一一		乞巧
一一八		七夕 / 崔颢
一二二		登高
一三〇		醉花阴·薄雾浓云愁永昼 / 李清照
一三三		祭灶
一四〇		折桂令 / 刘庭信
一四四		守岁
一五〇		守岁 / 苏轼

叁 游艺民俗

灯会 一五五
正月十五夜闻京有灯恨不得观 / 李商隐 一六四

庙会 一六七
和子由蚕市 / 苏轼 一七三

竹马 一七六
长干行二首·其一 / 李白 一八三

斗蟋蟀 一八六
满庭芳·促织儿 / 张镃 一九三

投壶 一九六
登邯郸洪波台置酒观发兵 / 李白 二〇三

曲水流觞 二〇七
满江红·春色匆匆 / 洪适 二一六

蹴鞠 二一九
名都篇 / 曹植 二二六

斗草 二二九
观儿戏 / 白居易 二三五

03

肆 生活中的民俗

二四一	**宴饮礼仪**
二五一	诗经·大雅·既醉/佚名
二五四	**乔迁**
二五九	宫词/王建
二六二	**服饰**
二七二	念奴娇·赤壁怀古/苏轼
二七五	**赶集**
二八四	结客少年场行/虞世南
二八八	**踏青**
二九七	两同心·楚乡春晚/晏几道

第一辑

人生
礼仪中的民俗

诞生礼

科普 //

  诞生礼俗是一套连续性的礼仪，从求子、孕育到孩子的周年庆生，往往历时数年。其中，孩子的庆生是诞生礼俗的重心，寄予着长辈们对孩子的祝福和期望。中国人历来重视家族的传承和血缘的延续，大多数家庭会为新生儿庆生，由此产生了一系列的诞生礼俗。

民俗

"诞"字本无生育之义,作生育义是出于一种特殊的修辞方式。《广韵》:"育也。"《诗经·大雅·生民》:"诞弥厥月,先生如达。"《毛传》曰:"诞,大也,弥,终也。"后人有以幼儿满月为"弥月",用"弥月之喜"来祝贺小孩满月。

求子

古汉语当中用来表示怀孕的意思的字词除了"孕",还有"字"。许慎书《宀部》:"字,乳也。从子在宀下,子亦声。"段注:"人及鸟生子曰'乳'。""字"是一个会意字,从小篆的字形上看,"字"就像一个小孩孕育在母体之中。因而,人生子曰"字"。《周易》云:"女子贞不字,十年乃字。"意思就是说这个女子十年之后才怀孕。妇女怀孕,人们也常称为"有喜"了。

生育在古人眼中是一件神秘且辛苦的事。一些结婚不久或者结婚后久久不孕的妇女会向民间信仰中的神灵祈求。人们通常祭拜的神灵有佛教中的送子观音和道教中的女仙碧霞元君、送子娘娘、子孙娘娘等。求子的妇女往往由女性长辈陪同前往寺庙或道观,虔诚祭拜。向神灵求子的仪式一般有两种:一种是求签,妇女在签筒里摇签,如果得到吉签,就代表将受到神灵保佑而成功怀孕;另一种方式是拴娃娃,香案供桌上放有泥娃娃,祈子的妇女从中拴走一个或者由庙里的和尚或道观的道士帮忙取出一个娃娃。

求子习俗中有的是妇女自己向神灵求子，还有一类是由他人象征性地"送子"。除了常见的送泥娃娃外，一些地区有偷瓜送子的习俗。送子的人，将瓜偷来以后，在瓜的表面绘上五官，给瓜穿上衣服，将瓜打扮得像个小孩，装扮后再将偷来的瓜送往求子之家。求子的妇女把送来的瓜塞在被窝里睡一觉，第二天吃下，据说这样就可以怀孕。另外，有的地方还有在月圆之夜观灯求子的风俗，"灯"与"丁"，字形相似、读音相近，因而人们将赏灯与求子的愿望联系起来。婚宴上的一些食物也有与生子相关的象征意义，比如石榴寓意着"多子"，婚床上会撒上红枣、桂圆、花生，象征着"早生贵子"。这些习俗反映出人们求子的迫切心理和对生命的珍重。人们希望通过这些行为受到老天保佑，获得心灵上的安慰，成功怀孕。

孕期禁忌

在科技不发达的古代，产妇的分娩顺畅与否很可能会影响两条生命是否健康，甚至会影响产妇和胎儿的生命安全。妇女怀孕之时，就会特别注意养胎，在生活起居上多加留意，家人对孕妇也会更加照顾。俗话说"一人吃两人饭"，孕妇通常要吃富有营养的食物。在怀孕期间，孕妇的饮食偏好可能会发生改变，民间有"酸儿辣女"之说。

民间流传着诸多妇女怀孕期间的禁忌。为了孕妇和小生命的

健康成长，民间形成了饮食上的禁忌：不能喝酒，不能吃过期的食物和生的海鲜或肉类，避免吃寒凉的食物等。此外，孕妇要尽量处于安静的环境中，避免去人群密集的地方，保持心情的舒畅，避免情绪起伏太大，也不能干重活。

古时候，人们便认识到胎教的重要性。贾谊在《新书·胎教》中写道："周妃后妊成王于身，立而不跛，坐而不差，笑而不喧，独处不倨，虽怒不骂，胎教之谓也。"妇女在怀孕期间要尽量言行端正、稳定情绪、保持好的道德修养、不与人争吵，为肚子里的宝宝提供良好的生长环境。正如刘向在《列女传》中记载的"目不视恶色，耳不听淫声，口不出敖言，能以胎教"。

催生

孕妇生产在民间俗称"临盆"。因为古时候，产妇坐在盆上分娩，故将"临盆"代指生产。民间普遍存在着"催生礼仪"，即产妇临盆前一段时间，女方父母携带一些礼物还有为婴儿准备的衣物、用品到女儿家去，希望女儿顺利生产。各地区的"催生礼"各具特色，有鸡蛋、鸡鸭、面条、点心等。此外，民间还有祭拜催生娘娘的习俗，催生娘娘是保佑孕妇顺利生产的神灵。古代的医疗水平不发达，孕妇分娩可能遭遇生命危险，家人通过祈祷，希望产妇顺利度过分娩的"鬼门关"。

诗歌里的民俗

坐月子

　　产妇生完孩子之后，身体较为虚弱，需要静养休息，调理身体，人们把这段时间叫作"坐月子"。在我国传统观念里，这段时间如果没有留意调理，产妇和孩子容易落下病根。因而人们根据长久以来积累的生活经验，形成了一些坐月子的禁忌。比如坐月子期间不能接触凉水、吹凉风，要多穿衣服以免受寒。饮食也要节制，不能吃得太饱。同样，也不能干重活，以免损害身体。家人会买来老母鸡、鱼等食物，给产妇补充营养。产妇坐月子期间的禁忌，反映出人们对于产妇的关心和体谅。随着时代的发展，人们关于坐月子的观念已经有了很多改变，变得更加科学与健康，摒弃了很多不好的习惯，但是坐月子的习俗在中国一直存在。

诞生礼仪

　　婴儿是世间纯洁、美好的象征。在老子的《道德经》中，婴儿通常被用来比喻有深厚修养的人，第五十五章云："含德之厚，比于赤子。蜂虿虺蛇不螫，猛兽不据，攫鸟不搏。骨弱筋柔而握固。未知牝牡之合而全作，精之至也。终日号而不嗄，和之至也。"在老子眼中，婴儿是纯真柔和、精气十足的。

　　小生命的到来对于家庭来说是一件极其欢喜的事情。人们殷切地希望将家中增添新成员的消息广泛告知亲朋好友。《礼记·内则》云："子生，男子设弧于门左，女子设帨于门右。"生了男孩

就在门的左边挂上弓箭，生了女孩就在门的右边挂上手绢儿。这是向外界传递生男生女信息的一种方式。

生男生女在古代有专门的称呼。《诗经·小雅·斯干》载："乃生男子，载寝之床，载衣之裳，载弄之璋。其泣喤喤，朱芾斯皇，室家君王。乃生女子，载寝之地，载衣之裼，载弄之瓦。无非无仪，唯酒食是议，无父母诒罹。"意思是，如果生了男孩，就让他睡在床上，穿华美的衣服，给他精美的玉璋玩弄；如果生了女孩，就让她睡在地上，包在襁褓里，给她玩纺锤。于是"弄璋""弄瓦"分别成为生儿和生女的代称。"璋"是一种玉器。《礼记》中有"君子无故，玉不去身"的说法，玉象征着高洁的品行，人们常用"温润如玉"来形容谦谦君子。"弄璋"这一称呼表达出家中长辈对男孩长大之后"成器"，贵为王侯的厚望。"瓦"指的是纺锤，希望女孩子以后能成为做家务的能手。庆贺生了男孩，称为弄璋之喜；庆贺生了女孩，称为弄瓦之喜。

诞生礼仪中重要的日子主要有三朝、满月、百日、周岁。婴儿降生之后，家里往往会分发红鸡蛋给亲友。婴儿降生的第三天一般要向亲朋好友、邻里乡亲报喜，并给婴儿洗澡，称为"洗三朝"或者"洗三"，多由老年妇女为婴儿擦身，有些地方会在"洗三"用的水中加入艾草、花椒、八角等，认为这样可以去除污秽，防御疾病。

一般来说小孩满月、百天、周岁，家庭都会宴请亲朋好友，举行庆祝仪式。长辈们会赠送小孩儿用的衣物和玩具，亲朋好友送新生儿长命锁等礼物。除了喝满月酒，满月时还有"剃头礼"，即为婴儿剃胎发。这是婴儿开启人生之旅后第一次剃头，在许多地方都是由舅舅来主持。有的人家会将婴儿的胎发保留，甚至做成毛笔等物品留念。此外，流行的还有"移窠"的习俗。"窠"就是窝的意思。婴儿刚出生不久不能随意走动，始终处于长辈的细心呵护之下。等到满月之后，婴儿就可以出家门，去别处走动。满月这天，大人会抱着小孩四处走动，兜圈逛街，以此增加婴儿的胆量。

婴儿满一百天时举行的庆祝仪式，称"百日"，又叫"百禄""百晬"。婴儿百天时，还有穿百家衣、挂百家锁、吃百家饭的习俗，象征着孩子受百家呵护，可保平安，长命百岁。孩子受到众人的呵护，寓意着亲友对小孩儿的祝福。

幼儿周岁生日，除办酒席之外，还有一项流传至今的活动——抓周。《东京梦华录》中载："生子百日，置会，谓之百晬。至来岁生日，谓之周晬，罗列盘盏于地，盛果木、饮食、官诰、笔研、算秤等，经卷、针钱、应用之物，观其所先拈者，以为征兆，谓之试晬。此小儿之盛礼也。"抓周是预卜幼儿未来前程的一个小测试，旨在看小孩儿的兴趣和天赋所在。将小孩梳妆打扮好之后，在其面前摆放食物、算盘、文房四宝、书等物品，任小孩儿去选，他（她）第一个抓到的东西就象征着他（她）以后的志向。算盘代表着以后有经商的头脑，文房四宝和书意味着小孩儿以后会读书等。不论孩子抓到什么东西，人们都会往好的方面去解释。从求子到庆生这一系列的习俗，都体现出中国人对于家庭和子孙后代的重视。孩子作为家族的继承人，长辈们对其寄予成长成才的期望与美好祝愿。

一整套诞生礼仪中，有一项不可或缺的环节就是取名。人们认为名字与小孩儿的前途、命运有关。名字里通常蕴含着父母、亲人对小孩儿的美好祝愿。除了正式的名字，父母通常也会为小孩儿取小名。古时候小孩的存活率不高，因而父母可能给孩子取"贱名"，以祈求孩子的平安。此外，还有的小名是根据生肖、出生的日期等而取的，比如小牛、阿兔、阿三等。

洗儿①诗

宋·苏轼

人皆养子望聪明,我被聪明误一生。
惟愿孩儿愚且鲁,无灾无难到公卿②。

苏轼,字子瞻,号东坡居士,北宋著名思想家、文学家、书画家。词开豪放一派,与辛弃疾并称"苏辛",散文艺术成就高,为"唐宋八大家"之一。

诗歌里的民俗

主旨

表面上写了对儿子的期望不高,实际上是表达对官场黑暗的悲愤之情和自我放逐的嘲讽。

注释

①洗儿:旧时风俗,婴儿出生三天时,亲朋一起庆贺,并给婴儿洗身。
②公卿:原是指三公九卿,后来泛指朝廷官员。

诗里诗外

宋神宗熙宁年间王安石变法,苏轼认为新法有种种弊端,故而反对变法,在诗文中讥讽"新进",被政敌打压,政治上突遭横祸,深陷"乌台诗案",震惊朝野。在狱中,苏轼万念俱灰,幸有元老重臣营救,苏轼才免得一死,却被贬谪黄州。

在黄州期间,侍妾朝云为苏轼生下一个男孩儿,苏轼为孩子取名为遁,小名幹儿。遁,通"遁",有逃离隐遁之意。

在孩子满月时,按旧俗给儿子洗浴,因见其"頎然颖异",苏轼怀着复杂心情作了一首《洗儿诗》。诗中寄托了一个老父亲对孩子深深的爱和殷切的期望。一方面,"人皆养子望聪明",世

人都希望自己的孩子聪明伶俐，只有苏轼因仕途受挫，从此对官场心有忌惮。另一方面，也因苏轼生性洒脱，是一个有大智慧的人，所以苏轼认为自己被"聪明误一生"，其实这只是一种自我嘲弄。刚刚经历牢狱之灾，且又被贬到荒凉之地，诗人"惟愿孩儿愚且鲁，无灾无难到公卿"，即便语带嘲讽，苏轼仍旧希望孩子能一帆风顺到"公卿"。

明代文学家郎瑛在《七修类稿》中记载了瞿存斋写过的一首诗："自古文章厄命穷，聪明未必胜愚蒙。笔端花语胸中锦，赚得相如四壁空。"郎瑛以为，瞿氏"自慨不露圭角，似过东坡"，应该是觉得苏轼的诗过于直白。明末清初文学家钱谦益写过《反东坡洗儿诗》："东坡养子怕聪明，我为痴呆误一生。但愿生儿狷且巧，钻天蓦地到公卿。"当然也有人不同意苏轼的观点，如辛弃疾也为儿子写过诗《清平乐·为儿铁柱作》，他在诗中写道："从今日日聪明，更宜潭妹嵩兄。看取辛家铁柱，无灾无难公卿。"

成人礼

科普 //

　　成人礼也叫作成年礼、成丁礼，是人生步入一个重要阶段的特殊仪式，是承认年轻人具有进入社会的能力和资格而举行的人生仪式，标志着少年已成长为成年人，被社会承认和接纳，并且开始承担一定的社会责任的仪式。我国古代成人礼以男子"冠礼"、女子"笄礼"为代表，现代成人礼以共青团发起的"18岁成人仪式教育"为主。

成人礼俗

早在原始社会，先民们就通过各种途径考验成年的部落成员，判断其是否能够承担起氏族的责任，通过考核的成员可能会被赋予某种象征成年的标志，从而参与更多的公共活动。古代，男子成年要举行冠礼，女子成年要举行笄礼。

冠礼

在古代，冠礼属于嘉礼，曾被视为"礼之始"，是可以婚娶的标志。男子二十岁举行冠礼，完成成年礼意味着要承担起社会责任，成年礼是对成年人的一种教诲和期望。《仪礼》将《士冠礼》作为全书的首卷，可见成年礼在古代的重要性。

在古代，成年礼的主要内容是对服饰进行改变（如发饰、衣着）以及称呼上的变化，即"取字"。在古诗文中，我们常常可见"垂髫""总角"代指小孩。《桃花源记》云："黄发垂髫，并怡然自乐。"小孩子不束发，头发下垂，因而"垂髫"代指童年。《诗经·卫风·氓》载："总角之宴，言笑晏晏。"小孩子把头发扎成一对，形状像两个牛角，故"总角"指代少年。不同的是，"垂髫"一般指的是三四岁到八九岁的儿童，而"总角"一般指八九岁到十三四岁的少年。男子到了十五岁，就要"束发"了。改变发饰则表示长大成人。在古代社会，成年礼有男女之别和阶层之分。

诗歌里的民俗

冠礼有着一套复杂的流程，大致分为冠礼前的准备和正式举行的冠礼仪式。冠礼正式开始之前，首先要通过占卜的方式选定举行冠礼的黄道吉日。冠礼吉日的占卜仪式在祖庙门前举行。计算出举行冠礼的日子后，提前三天将日期告诉宾客，邀请亲朋好友作为冠礼的见证人，并从中挑选一位德高望重的好友作为正宾。

《仪礼·士冠礼》郑注："童子任职居士位，年二十而冠。"这项风俗一直沿革下来，直到宋朝，冠礼与婚礼逐渐合二为一，男子举行冠礼的时间不再规定在二十岁。司马光《书仪·冠仪》篇说道："男子年十二至二十，皆可冠。"并且在自注中说明，冠礼的废止已经很久了，只有在乡野一些地区才能够看见，当地称之为"上头"。随后朱熹引用司马光的话，在《家礼·卷二·冠礼》中写到："司马公曰：'古者二十而冠，所以责成人之礼。'盖将责为人子、为人弟、为人臣、为人少者之行于其人，故其礼不可以不重也……粗知礼义，然后冠之，其亦可也。"冠礼意味着社会责任的承担，与婚礼紧密结合是古人"成家立业"思想的体现，只有少部分地区还单独举办着冠礼。

正式的加冠礼节一共有三次，所加之冠依次为缁布冠、皮弁、爵弁，三次所加之冠，材质不同、寓意不同，一次比一次尊贵，寄予着长辈对成年男子德行修养有增无减的期望。与三个冠相匹配的是三套加冠的成年服装。冠礼从清晨开始，受冠者一开始是儿童装束，然后由赞者为冠者梳头发，分别加三次冠，换三次衣服，每次礼成后冠者都要向诸位宾客展示自己的仪表。缁布冠是一块黑色的布，在三个冠中地位最低，代表着男子从此有了治人的权力。皮弁是用白色的鹿皮缝制而成，与朝服相配套，代表着男子有服

兵役的资格。爵弁是在祭祀场合佩戴的发冠，颜色赤而微黑，象征着冠者拥有参加祭祀活动的资格，在三个冠中地位最尊贵。三加之礼完成后，冠者要向母亲行礼并献上肉干。

三次加冠的仪式完成之后，就到了"取字"的环节。《礼记》记载："男子二十，冠而字。"冠礼后，还要由父辈或者其他长辈取字。取了字之后，朋友同辈之间便以字相称，只有父辈和君主才能称其名。《仪礼》中解释取字的意义："冠而字之，敬其名也。"敬重父母所取之名，因而取字，以便他人称呼。男子从此有了治人的权利、服兵役的义务和参加祭祀活动的资格。

"取字"结束后，再与兄弟、赞者互拜。接着出庙门、入寝门，像见到母亲一样对姑姑、姐姐行礼。接着再去拜见卿大夫、乡先生。仪式结束后，男子就有了结婚、为人父的权力了。

笄礼

《仪礼·士昏礼》云："女子许嫁，笄而礼之，称字。"这说明女子的成年礼与婚姻密切联系，许嫁之后，便为女子举行笄礼。女方家庭接受古代婚礼流程"六礼"中的纳征礼就算完成了许嫁，女子许嫁的年龄一般在 15～19 岁。如果女子迟迟未订婚，最晚在 20 岁之前也要举行笄礼。《礼记·内则》中记载："十有五年而笄，二十而嫁；有故，二十三年而嫁。"郑玄注："谓应年许嫁者。女子许嫁，笄而字之。其未许嫁，二十则笄。"女子没有许嫁而举行的笄礼，则简略得多，通常由家中的妇女主持，也不邀请正宾。

> 诗歌里的民俗

未许嫁的姑娘，在举行笄礼之后，仍然作未成年打扮。

女子的笄礼与男子的冠礼流程有很多相似之处，女子的笄礼同样要加三次。三加之后，女子同男子一样都要取"字"。《说文解字》中解释："笄，簪也。"女孩同男孩一样，在成年之前都不束发。举行及笄礼的时候，由家长将女孩的头发盘起来，绾成一个髻，插上一根簪子，固定发型。笄礼也成了女孩可以嫁人的标志。笄礼仪式外，女子还要进行婚前家庭事务的"培训"。在古代，女子的笄礼往往从属于婚姻，因而，有学者得出"笄礼不是女性的成年，许嫁结婚才是妇女的成年"的结论。

虽然古代男子和女子的成年礼在规模和流程上有不同，但都有易服、取字的环节。而富贵人家的成年礼和普通百姓的成年礼则差距悬殊。

到了现代，我国法律规定年满18周岁为成年人，可以拥有政治上的选举权和被选举权，要承担更多社会责任，不再享受《中华人民共和国未成年人保护法》的保护。而古代汉族盛行的成年礼仪式已经很少见到，很多家庭将成年礼简化或者不再特意为孩子举行成年礼，多由学校举办集体的成年仪式活动，或者由家庭的酒席宴会庆祝取代传统的冠礼仪式。

古人云"不学礼，无以立"，成人礼是对青少年成人身份的一种社会认同。人们在享受成年人权利的同时，也意味着要比以前承担更多的义务和责任。总之，成年礼可以帮助刚刚成年的青年适应社会角色的转变，实现社会角色的认同。

迷仙引·才过笄年

宋·柳永

才过笄年,初绾云鬟,便学歌舞。席上尊前,王孙随分相许。算等闲、酬一笑,便千金慵觑①。常只恐、容易蕣华②偷换,光阴虚度。

已受君恩顾,好与花为主。万里丹霄,何妨携手同归去。永弃却、烟花伴侣。免教人见妾,朝云暮雨③。

柳永,原名三变,字景庄,后改名永,字耆卿,排行第七,又称柳七。北宋著名词人,婉约派代表人物。

诗歌里的民俗

主旨

　　这首词是作者代风尘女子倾吐心曲之作。表达了女子对韶华易逝、青春难在的忧虑和对自由、真爱的向往之情。

注释

①慵觑：懒得看。
②蕣华：木槿花，夏秋盛开，朝开暮落。比喻美人韶华易逝，青春难在。
③朝云暮雨：男女之情，借用宋玉《高唐赋》巫山神女的典故，象征歌妓爱情不长久，职业生涯短暂。

诗里诗外

　　柳永出身于一个官宦世家，幼年一直随父赴任，勤学苦读，饱读诗书。二十多岁时他第一次到汴京应试，却不料初入繁华地便一下子就被秦楼楚馆的歌妓吸引，暂时抛却了满腔的抱负和政治理想，整日流连于烟花之地，混迹于风月之所。即便如此，他对自己的才华也还是相当自负的，曾经向人夸口说，即使是皇帝临轩亲试，他也定然可以金榜题名。在极度沮丧之中，他挥笔写下了传诵一时的名作《鹤冲天》："黄金榜上，偶失龙头望。明代暂遗贤，如何向？未遂风云便，争不恣狂荡？何须论得丧。才子

诗歌里的中国

词人,自是白衣卿相。烟花巷陌,依约丹青屏障。幸有意中人,堪寻访。且恁偎红倚翠,风流事,平生畅。青春都一饷。忍把浮名,换了浅斟低唱!"

等到宋仁宗登基之后,他再次参加科举考试。据说,考试之后他已中进士,名单送到了宋仁宗手里。宋仁宗看过柳永的《鹤冲天》,因其为人正直,厌恶这等浮华浪荡子,于是便说:"此人好去浅斟低唱,何要浮名?且去填词。"于是,柳永便再度落榜。但他自此便得了一个"奉旨填词"的虚名。因为他原名三变,所以他又被称为"奉旨填词柳三变"。吴曾的《能改斋漫录》卷十六记载:"仁宗留意儒雅,务本理道,深斥浮艳虚美之文。初,进士柳三变好为淫冶讴歌之曲,传播四方,尝有《鹤冲天》词云:'忍把浮名,换了浅斟低唱。'及临轩放榜,特落之,曰:'且去浅斟低唱,何要浮名?'"

此后,他继续于风月之所度过了人生大半时光。据《苕溪渔隐丛话后集》卷三十九引严有翼《艺苑雌黄》云:"当时有荐其才者,上曰:'得非填词柳三变乎?'曰:'然。'上曰:'且去填词。'由是不得志,日与獧子纵游娼馆酒楼间,无复检约,自称云:'奉旨填词柳三变。'"仕途不顺,恰恰给了柳永创作的余地,他潜心于填词,名声大噪。但与此同时他也一直未放弃仕途,51岁时,柳永终于中了进士。可惜他在出仕后屡遭贬谪,晚年穷苦潦倒,一贫如洗,死后迟迟未能下葬,关于谁为其送葬众说纷纭,有王和甫,有歌妓,也有姗姗来迟的侄儿,晚景凄凉。

婚俗

科普 //

  家庭是社会的细胞,夫妻关系是家庭关系中至关重要的一环,是其他人际关系的重要基础。婚姻是人生大事,是迈入人生新阶段的标志和获取新的社会地位的途径。因而,婚姻对个人和社会都意义深远。在中国,关于婚姻的习俗自古有之,婚礼被视作人生中的一件大事,由此催生了众多各具特色的礼仪风尚,形成一种独特的社会风貌。

历史

人类的婚姻形态由最初的群婚到班辈婚,再到对偶婚,最后才演变为如今的一夫一妻制。古人认为夫妻关系是人伦之始,是其他社会伦理的基础。《易传·序卦传》曰:"有天地然后有万物,有万物然后有男女,有男女然后有夫妇,有夫妇然后有父子,有父子然后有君臣,有君臣然后有上下,有上下然后礼义有所错。"也就是说,先有夫妻,然后才会有父子、君臣、兄弟、朋友等各种关系。

既然夫妻关系如此重要,那么男女结为夫妻的婚礼也备受重视。《礼记》曰:"昏礼者,将合二姓之好,上以事宗庙,而下以继后世也,故君子重之。"将婚礼与人类存续等大事联系起来,这对于一个民族来说是至关重要的。

和婚姻密切联系的是婚礼习俗,中国素有礼仪之邦的美称,在人生的关键节点上往往有相应的庆祝仪式。婚礼属于"五礼"中的嘉礼,衍生出一系列影响深远的仪式和习俗。

婚礼,原为昏礼。《太玄·内》记载:"昏者,亲迎之时也。"《礼》载:"娶妇以昏时,妇人阴也,故曰婚。"婚礼在黄昏时举行,因而称为婚礼。为什么是在黄昏时举行婚礼呢?吕思勉先生认为这种习俗和游猎时代遗留下来的抢婚习俗有关。在经济不发达的史前时期,女子也被视为掠夺品之一。掠夺者也往往会遗留下物品,作为交换,以免遭到报复。夜幕降临时,抢婚通常更易得手。

随着历史的推进,衍生出与社会制度相适应的婚姻规约。由

诗歌里的民俗

于周代分封制和宗法制的完善，形成了"同姓不婚"的规定。《左传》云："男女同姓，其生不蕃。"意为如果同姓男女结为夫妻，那么他们的子女会不昌盛，强调的就是同姓结婚的恶果。大家耳熟能详的成语"秦晋之好"，讲的是春秋时期秦国、晋国两姓世代联姻的故事，秦晋两国世代联姻的基础之一就是两国一个是嬴姓，另一个是姬姓。

其实，统治者早早就意识到只有家庭美满、人口充实，国家才会兴盛。汉惠帝时曾通过税收手段刺激"剩男""剩女"缔结婚姻，十五岁到三十岁未嫁女子就要按照年龄分五等加征税额。随之，与婚礼相关的婚宴风俗也受到了统治者的重视。《汉书·宣帝纪》云："夫婚姻之礼，人伦之大者也；酒食之会，所以行礼乐也。今郡国二千石或擅为苛禁，禁民嫁娶不得具酒食相贺召。由是废乡党之礼，令民亡所乐，非所以导民也。"结婚是人生的重要节点，宴请亲朋好友，酒食奏乐乃人之常情。连皇帝也明确认同婚礼宴饮的社会教化功能，否定地方禁止嫁娶时宴饮的苛刻禁令，可见民风民俗影响之大。

礼俗

古代婚姻讲究"父母之命，媒妁之言"。《诗经·齐风·南山》云："析薪如之何？匪斧不克。取妻如之何？匪媒不得。"请媒，这一特殊的文化传统延续千年。在社交范围有限、信息交通不便的古代，媒人作为沟通男女双方的中介、婚姻合法性的见证人，起着不容

忽视的作用，贯穿着中国传统婚礼流程的始终。

古代婚姻仪式有"三书六礼"之说。"三书"指聘书（双方缔结婚约，纳吉时使用）、礼书（彩礼清单，纳征时使用）和迎亲书（迎娶新娘，即亲迎时使用）。古代婚礼大致分为六个流程，称为"六礼"，分别是纳采、问名、纳吉、纳征、请期、亲迎。

纳采

纳采也就是现在大家通常所说的"提亲"。男方家庭先请媒人到女方家里表达婚娶的意愿，待到女方家庭同意，男方便提大雁到女方家中求婚，商量婚事。

问名

求婚仪式的下一步便是问名，即"合八字"，或者叫"换庚帖"。古人的出生年月日时都用天干地支来表示，一共八个字，故称作"生辰八字"。男方派遣使者询问女方的姓名、籍贯、属相和生辰八字，用以占卜吉凶。在重视阴阳五行和宗法血缘的古代社会，男女双方八字是否契合被认为是给家族带来祸福吉凶与否的重要依据。民间通婚忌讳生肖相克，如"龙虎两相斗""白马畏青牛"等。这一流程中，使者同样需要携带大雁作为礼物前往女方家。

纳吉

男方拿着双方的生辰信息进行占卜，如果结果是"吉"，便携带大雁为礼，将占卜的好结果告诉女方家庭，这就是纳吉。纳吉也就相当于现在的"订婚"。如果占卜结果不吉，八字相克，则意味着男女双方结婚后可能会给家庭带来不利影响，因而双方可以终止婚娶的仪式。

纳征

纳征也叫纳币。男方用精美的箱子装好彩礼，派仆人、保镖护送至女方家。女方也要给予一定的回礼，通常将男方带来的全部或部分食物送还，或者送与男方一些衣物。这也是六个流程中唯一一个用不到大雁的环节。

请期

请期即商定举行婚礼的日期。通常由男方家庭测算出黄道吉日，再告知女方，得到女方同意后，从而确定最终的结婚日期。男方携带的礼物依然是大雁。

亲迎

亲迎是婚礼流程中最重要也是最热闹的环节。前面五项都是"亲迎"的准备活动，都是由他人操办，只有到了最后一项，新郎、新娘才能相见，才算是真正完成婚礼的流程，正式结为夫妻。婚礼的这天，男女双方着婚服，梳妆打扮。男方来女方家迎娶女方，吹礼奏乐，宴请亲朋好友。《诗经·国风·桃夭》云："桃之夭夭，灼灼其华。之子于归，宜其室家。"渲染的就是女子出嫁喜气洋洋的氛围，表达出人们对美好婚姻生活的向往和期盼。

婚礼中，双方拜堂成亲，行合卺之礼。拜堂之"三拜"指的是"一拜天地，二拜高堂，夫妻对拜"。之后，送入洞房，新郎亲

自为新娘掀盖头。《礼记·昏义》记载，夫妇"共牢而食，合卺而酳"。牢是指祭祀的牲畜，夫妻共吃一份，是为共牢。卺是古代婚礼中用作酒器的瓠。瓠一分为二，男女双方各执一半。合卺就是夫妻二人交换酒杯，并不是现代古装电视剧中出演的夫妻相互挽着胳膊而饮喜酒。瓠是带有苦味的，寓意着夫妻二人从此同甘共苦。后来瓠亦可以由酒杯代替。礼毕后，新娘新郎就正式结为夫妻，就可以洞房花烛夜了。

六礼的进程中，除了纳征，其他五项活动男方都会用到大雁。之所以以雁为礼，有不同的说法。其一，《仪礼·士昏礼》言"取其顺阴阳往来"之意；其二，大雁随季节变化而按时南渡北归，象征男子不会失时、失信于女子；其三，大雁飞行时往往成行成列，象征着长幼有序，不逾越规矩；其四，婚礼不用死雉，所以使用雁。

中国人重视宗法血缘，希望婚姻得到家族的认可。婚后第三天，新郎需陪新娘回娘家小住，称为"回门"。"六礼"程序结束后，婚后三个月男方带着妻子到家庙中拜见先祖，称为"庙见"，婚礼至此才算正式结束。

婚姻六礼几千年来固定成型，直到现代生活开启，出现了不少变化。随着生活节奏的加快，现代社会的婚礼简化了许多仪式，但其中也保留着些许古时的痕迹。在流程上，由古代的"六礼"简化为订婚、结婚两个主要步骤。

在服饰上，女方多穿婚纱，男方穿西装，当然也有很多新人准备两套礼服，一套中国传统婚服，一套西服。婚礼前几天，男女双方会精心布置房间，在墙上贴大红"囍"字，备好崭新的被褥。不同于古代黄昏举行婚礼，现在的婚礼活动往往早上就开始了，男方带着亲友团来女方家中迎亲时，女方好友亲戚要堵住门不让新郎进来。通常新郎要给女方娘家人红包，女方亲朋才会打开门让新郎进来。有时，娘家人会藏起新娘的部分衣物，比如鞋子，以此作为向新郎讨要红包的理由。

现代婚礼越来越多元和富有趣味，可以请司仪主持婚礼仪式，播放关于新人爱情故事的小视频等。婚礼的酒席宴请亲朋宾客，亲朋好友通常也会包红包，称为"份子钱"，作为对新人表达祝福的一种方式。在婚礼仪式上，新郎新娘喝交杯酒，交换戒指，表示从此永结同心。新人共同切蛋糕、吃蛋糕，代替了以前的共牢而食的习俗。酒席上还会给宾客发放喜糖，祝愿生活甜甜蜜蜜。婚礼结束后，有的夫妻会选择旅行度蜜月，享受一段婚后的美好时光。

值得一提的是，在现代社会中国人尤其重视结婚纪念日，夫妻双方在逢五、逢十的周年纪念日里往往会庆祝一番，共同回忆结婚时的美好岁月。根据结婚的时长，结婚纪念日也有对应的雅称，第一年为纸婚，第十年为锡婚，第十五年为水晶婚，第二十年为瓷婚，第二十五年为银婚，第三十年为珍珠婚，第三十五年为珊瑚婚，第四十年为红宝石婚，第四十五年为蓝宝石婚，第五十年为金婚，第五十五年为翡翠婚，第六十年为钻石婚。结婚纪念日文化蕴含着人们对"执子之手，与子偕老"的美好愿景和过往岁月的脉脉温情。

近试上张籍水部

唐·朱庆馀

洞房昨夜停红烛①,待晓堂前拜舅姑②。
妆罢低声问夫婿,画眉深浅入时无?

朱庆馀,名可久,字庆馀,唐代诗人,生卒年不详,唐敬宗宝历二年中进士,累官至秘书省校书郎。诗体风格清新雅致,描写细腻,多为日常生活写照。

诗歌里的民俗

主旨

　　此诗是行卷诗,是作者借新婚女子问丈夫的口吻,代指自己向张籍讨教他的诗是否合时宜,表达了诗人应试前不安又期待的心情。

注释

①停红烛:红烛彻夜不灭。停,安置,点燃。
②舅姑:指公婆。《礼记·坊记》:"昏礼,婿亲迎,见于舅姑。"郑玄注曰:"舅姑,妻之父母也。妻之父为外舅,妻之母为外姑。"

诗里诗外

　　唐代的科举制度较之前代已臻完备,应试的科目有很多种,其中进士和明经两科最受重视。当时有谚语:"三十老明经,五十少进士。"三十岁时考取明经已经算老了,五十岁时中进士尚且年轻,说明进士考取堪比"登龙门",难上加难。且唐代科举考试不糊名,在应试之前,考官会根据考生的社会声望和才德评价制作一份名单,用来评卷时参考,叫作"通榜",正因为如此,许多学子为了上榜利于自己考取,绞尽脑汁想办法在考卷之外活动。

　　应考的学子往往选择达官贵人或者名流学士上门叩拜,有的

送礼有的献文章，想要以此得到他们的赏识，将自己引荐给主考官，甚至一些人当街拦车马进献文章，用来表示自己的诚意，这叫作"行卷"。

来自越州的举子朱庆馀也是其中一员，他拜见了水部员外郎张籍，将自己的诗集新旧二十六首一并献给他，其中一首《近试上张籍水部》入了张籍的眼，读后更是大为赞赏，当即引以为知己，自作一首《酬朱庆馀》回答他："越女新妆出镜心，自知明艳更沉吟。齐纨未是人间贵，一曲菱歌敌万金。"这首诗的前两句针对了朱庆馀的原诗，将他比作越地的美人，美人精心打扮，貌美不可方物，但过度爱美又使她不够自信，后两句则围绕着"更沉吟"来鼓励越女，夸赞她并非华而不实，她的歌曲比万金都有价值。这首诗实际意思是说朱庆馀的才华横溢，是有真才实学之辈，他非常欣赏，希望他不要妄自菲薄，表达了对对方的赞赏之意。整首诗不仅巧妙回答了朱庆馀的疑问，夸赞了他的文章，暗示他不必为了科举担心，而且全诗浑然一体，结构严谨，一语双关，非常精巧。

两首诗一唱一和，都用了比兴的手法，风趣自然，可以看得见两位诗人的匠心独运，同时也反映出两位诗人之间的惺惺相惜，因此千百年来被传为诗坛佳话，是"行卷诗"的代表之作。

唐朝诗人白居易也曾在长安应试之前作过"行卷诗"，他向当时的著名诗人顾况行卷。顾况对着白居易的名字开玩笑"米价方贵，长安居大不易"。隐约流露出对白居易的看不起，但是当他打开新卷第一首《赋得古原草送别》时，叹："能作出这样的诗作，'居'亦'易'矣！"于是，顾况到处赞扬白居易的才华。

寿礼

科普 //

  中国人重视生命，追求长寿是人们长久以来的心愿。为家中老人祝寿是由来已久的传统，一般取整数年龄的生日举办，以四十岁为分界线，四十岁之前叫作生辰礼，四十岁之后就叫作寿礼。为老人祝寿不仅是表达自己的孝心和对老人的爱戴，更是对老人情感上的深切关怀。

◆ 清金廷标画瑶池献寿（局部）

相传农历三月三日为王母圣诞，是日群仙皆来为之庆寿，王母在其所居瑶池，设蟠桃宴会，酬谢群仙。

历史

早在殷商时期,人们就有了初始的生日概念。《易·纬·乾凿度》中记载:"帝乙则汤,殷家质,以生日为名,顺天性也。"大致意思是说殷人性格质朴,以孩子出生日期的干支为孩子命名,反映了一定的太阳崇拜思想,但并非是今天的生日之意。

商周时期,上层社会出现了"献酒上寿"的祝寿活动,据《诗经·豳风·七月》记载:"朋酒斯飨,曰杀羔羊。跻彼公堂,称彼兕觥,万寿无疆。"《诗经·小雅·天保》:"如南山之寿,不骞不崩。"《诗经·大雅·江汉》:"作召公考,天子万寿。"这些记载里面都出现了"寿"这个字眼,但是结合上下文来看,不难发现此时的寿是重大仪式的庆贺活动中的祝贺词。这一仪式大多数都是晚辈向长辈献酒,并且唱诵贺辞,但并非是在生日这一天举行,有可能是在祭祀等政治性的活动中举行的。

汉代强调以孝治天下,也有"献酒祝寿"的活动。如《史记·项羽本纪》:"奉卮酒为寿。"但真正意义上的祝寿礼俗是从魏晋南北朝时期开始的,此后逐渐固定为向长辈祝寿。

唐宋时期是寿礼习俗的发展时期,出现了"圣寿节"。当时每位皇帝都有自己独特的生日名称,如唐玄宗生日八月五日,称为"千秋节",后来曾改为"天长节"。杜甫在《千秋节有感二首》中曾说:"自罢千秋节,频伤八月来。先朝常宴会,壮观已尘埃。"此外,肃宗生日叫"天成地平节",武宗生日为"庆阳节",宣宗生日叫"寿昌节",昭宗生日叫"嘉惠节"等。每逢皇帝生日时,全国会放假

三天，举行庆贺活动。大臣要向皇帝祝寿，敬献美酒和其他礼品，皇帝也会按官阶高低赏赐群臣。

宋代时，除皇帝仍然保留隆重的生日庆典外，民间做寿习俗也极其盛行，开宴会请客，赋诗祝寿成为寻常事情。每位皇帝也都有自己的"圣节"，如宋太宗的"乾明节"，宋真宗的"承天节"，宋仁宗的"乾元节"，宋钦宗的"乾龙节"等。宋朝皇帝生日，不但放假，还禁止屠宰、丧葬、处决犯人等。宋时著名词人如陆游、晏殊、陈亮、辛弃疾等都写有数量可观的寿词。如晏殊的《燕归梁》："双燕归飞绕画堂。似留恋虹梁。清风明月好时光。更何况、绮筵张。云衫侍女，频倾寿酒，加意动笙簧。人人心在玉炉香。庆佳会、祝延长。"

明清时寿礼习俗进入鼎盛时期。这一时期上至王公贵族下至平民百姓，寿诞已成为不可缺少的礼仪活动。这时做寿的规模、频率，贺礼的份量和形式都超越以前。明清时期的各种小说中也有关于祝寿的详细记载，如《儒林外史》《金瓶梅》《红楼梦》"三言二拍"等。康熙、乾隆时期，宫中还举办为老人祝寿的"千叟宴"。随着生日习俗走向鼎盛，各种仪式不断增加，也逐渐变得烦琐，戏曲更是成为常设节目。

习俗

关于寿的称呼，不同年龄有不同的叫法。《庄子·逍遥游》："上古有大椿者，以八千岁为春，八千岁为秋。""椿"往往被用来比喻长寿、高龄。"萱"即萱草,后来成为母亲的代称。"椿萱"便被用来比喻父母。为男性祝寿称作"椿寿",为女性祝寿则称"萱寿"。在古代,寿分上中下三个级别,一百岁是上寿,八十岁是中寿,六十岁是下寿。中国人重视整数,现代人逢十周年一般就过大生日。《论语》云:"三十而立,四十而不惑,五十而知天命,六十而耳顺,七十而从心所欲,不逾矩。"六十称为"花甲",七十叫"古稀",八九十岁为"耄耋",年满一百岁及其以上称为"期颐"。此外,一些特殊的年岁也有专门的称呼,例如七十七岁称为"喜寿",因为连笔写的七十七像"喜"字;八十岁称为"伞寿",因为"伞"字的草体形似"八十";八十八岁称为"米寿",因为"八""十""八"合起来是一个"米"字;九十九岁为"白寿","白"比"百"字上面少一横,象征着离一百岁差一岁。中青年则一般较少邀请亲朋好友大摆筵席,有"男不三,女不四"之说,即男子三十岁不过生日,女子四十岁不过生日。

"寿星"一词与民间信仰有关,在道教中有"福禄寿"三星,人们常说的"三星高照"就是源于此。人们对于寿星的尊敬来自先民对于宇宙天体的崇拜。寿星的一种说法指的是"角""亢"二星,另一种说法指的是具有长寿内涵而受人崇拜的南极老人星。寿星掌管人间寿命,唐代司马贞《史记索隐》载:"寿星,盖南极老人星也,见则天下理安,故祠之以祈福寿。"

南极老人常见的形象是一个额头高高的,白发长须,拄着拐杖,手托寿桃的老人。相传寿星受业于元始天尊,学成后师父用聚宝匣敲击寿星的额头,聚宝匣如光电般钻入寿星的额头,寿星因而脑门高,元始天尊还赐给他一根宝杖。民间流行的寿星图里,除

了寿星，通常还会画上蝙蝠和小孩子。寿星图像，逐渐与其他象征长寿的民俗意象相结合，寿星手持仙桃、灵芝或葫芦，拄着拐杖，或与仙鹤、白鹿相伴。寿星图像中体现的是对于生命长久的祈愿与寄托，以及对于家族兴旺、人丁繁衍的祈求。在古代，祝寿一般指的是对老人表达生日祝福，而现在不论年龄大小，过生日的人都可以称为"寿星"。

为老人祝寿与中国尊老敬老的优良传统密不可分，同为孝道的表现。汉代"以孝治天下"，有向七十岁以上的老人赠送顶端雕有斑鸠形状的拐杖的规定。《后汉书·礼仪志》记载："仲秋之月，县道皆案户比民。年始七十者，授之以王杖，铺之糜粥。八十九十，礼有加赐。王杖长九尺，端以鸠鸟为饰。鸠者，不噎之鸟也。欲老人不噎。是月也，祀老人星于国都南郊老人庙。"在汉代，七十岁以上的老人往往在政治上能够享受一些特殊的待遇，鸠杖成为老人身份地位的象征，是一种荣誉。唐代有千秋节宴会，清代有千叟宴，赏赐给老人酒肉。老人通常是凝聚大家庭的核心人物，是权威的象征，是家族的代表。

在古代，寿宴对于家庭来说是重要的庆祝活动。

举办寿宴前，要提前几天送寿帖给亲朋好友，告知举办宴会的日期。寿帖有一些固定的用语，比如说父亲称为"家严"，母亲称为"家慈""慈母"。古代的寿宴通常会举行三天，第一天是家庭小聚，俗称"暖寿"，这一天晚上寿星要祭拜祖宗，然后子孙按照辈分的顺序向寿星跪拜。家中布置好寿堂，为第二天正式的寿宴做好最后的准备工作，寿堂的中央挂着大大的"寿"字或者寿星图。第二天是正式的寿宴仪式，寿星家大摆筵席，宾客满堂，客人们携带寿礼前往寿星家表示祝贺。第三天，寿星家通常会赠送一些礼物给宾客。对于现代家庭来说，如果是遇上老人逢十的大生日，可能会举办场面较大的祝寿宴会，亲朋好友献上精美的礼物，如书法、绘画作品等。届时会有宴会典礼仪式，以及主持致辞。

生日这天，寿星通常要吃长寿面、带壳的鸡蛋、寿桃。面条意味着长寿，鸡蛋寓意着平安。鸡蛋通常要带壳，寿星剥鸡蛋壳代表着剥出好运气。有时人们也会将鸡蛋染成红色，因为红色通常代表着好运。吃长寿面的习俗，相传和汉武帝有关。一日，汉武帝与群臣讨论寿命长短，武帝说："《相书》里谈到人中一寸，寿当百岁。"东方朔听了哈哈大笑，其他大臣指责东方朔对皇上不敬。东方朔赶忙解释自己不是笑皇上，而是在笑彭祖："彭祖寿八百岁，人中就得有八寸，他的脸多长啊。"脸和面含义相似，因而面长就有了长寿的寓意。"脸面"的"面"和"面条"的"面"是同一个字，生日当天吃面条的习俗从此也就逐渐流传开来。长寿面以一根一碗为佳，寿星在吃的时候也尽量不要咬断。直到现在，很多地方仍然保留着寿星家庭挨家挨户分发面条、茶叶蛋、寿饼给邻居和老家的乡亲们，以此为寿星庆生的风俗。老人六十六岁生日是很特别的。数字六十六，象征着六六大顺，寿星过生日时要吃女儿送的肉，肉要切成六十六块。民间流传着"六十六，不死掉块肉"的说法，认为吃上女儿送的六十六块肉就能保平安。

寿宴，古称"桃觞"。"桃"指寿桃，"觞"是酒器。"桃觞"就是在寿宴上举杯庆祝的意思。一般寿宴由子孙为老人筹办，准备酒、肉、茶、寿糕、寿桃等。在寿宴上，长辈生日，子孙都要向寿星祝酒，祝福老人福寿延绵、长命百岁。寿星的儿孙也要向

宾客敬酒，感谢他们为老人庆生。寿宴上的祝福语多表示希望老人能够健康长寿，永享天伦之乐，例如"福如东海，寿比南山""日月同辉，春秋不老""身体健康，万事如意""日月昌明，松鹤长春""笑口常开，天伦永享"。现代人的寿宴上少不了吃生日蛋糕的环节，蛋糕上插的蜡烛通常代表寿星的年龄。家人们围坐在一起为寿星唱生日歌，拍全家福，一家人其乐融融。

寿诞礼仪中也包含着不少禁忌，尤其是在过诞辰的时间上有所忌讳。民间还有提前一年过寿的习惯，俗称"做九不做十""庆九不庆十"，有一种说法是因为"九"与"久"同音，但"十"和"死"的发音接近，不吉利。整十的寿辰日，很多时候并不按照周岁庆贺，而多是根据虚岁年龄过生日，即实际年龄为四十九、五十九、六十九周岁等。

老人说自己的年龄也有忌讳，俗话说"七十三，八十四，阎王不叫自己去"。相传和孔孟的寿命有关，孔子七十三岁去世，孟子活到八十四岁，所以七十三岁和八十四岁被认为是人生的两个坎。因此，被问及年龄时，老人尽量避开这两个岁数，多说或者少说一岁。

此外，民间还忌讳称百岁。人们认为百岁是人的寿命的极限，活到一百岁人就活到头了。即便是正好一百岁也会称九十九岁或者一百零一岁。这些寿诞数字禁忌其实并没有科学依据，但传达出的是人们对幸福长寿的向往。

人们还普遍认为参加寿宴宜着色彩鲜艳、喜庆的颜色的衣服，忌讳穿全黑、全白的衣服，因为这被认为和丧礼有关，不吉利。

经历千年的传承，寿诞习俗仍然被保留下来，赋予新的时代

诗歌里的民俗

内涵，寿宴的形式越来越丰富，还有各种节目表演。我们熟知，老人尤其需要子女的关爱和照顾，为老人做寿宴，对于老人情感上的照顾和安慰是最主要的，意寓着晚辈对老人美好的祝福，让老人享受天伦之乐。"老吾老以及人之老，幼吾幼以及人之幼"，诞辰仪式的背后体现的是中华民族尊老、敬老的传统美德。

破阵子·掷地刘郎玉斗

宋·辛弃疾

为范南伯①寿。时南伯为张南轩辟宰泸溪,南伯迟迟未行。因作此词以勉之。

掷地刘郎玉斗②,挂帆西子扁舟。千古风流今在此,万里功名莫放休。君王三百州③。

燕雀岂知鸿鹄,貂蝉④元出兜鍪⑤。却笑泸溪如斗大,肯把牛刀试手不?寿君双玉瓯。

辛弃疾,原字坦夫,后改字幼安,号稼轩。山东济南人,南宋著名文学家、将领,豪放派词人,与苏轼并称"苏辛"。

诗歌里的民俗

主旨

这首词以祝寿为名,鼓励好友积极施展才干,实现收复山河的理想抱负。

注释

①范南伯:名如山,字南伯。是辛弃疾的内兄,绍兴三十一年,随父范邦彦起义南归,志在恢复中原。
②刘郎玉斗:刘郎即刘邦。玉斗指玉制的酒杯。《史记》记载项羽没有听从范增的计谋,在鸿门宴上放走刘邦。范增因此认为项羽不足以成就大事业,于是将刘邦留下的玉杯扔碎离开。
③君王三百州:宋初统一全国后,共有三百二十八州,化零为整称作三百州。
④貂蝉:汉代侍中、中常侍等武官的帽子上饰以金蝉、貂尾,这里指高级军官。
⑤兜鍪:古代士卒佩戴的头盔,这里指低级士兵。陆游《醉歌》:"甲第从渠餍粱肉,貂蝉本自出兜鍪。"

诗里诗外

范如山是辛弃疾的内兄,并且范氏一族与辛氏都是"归正人"的身份,两人都有相同的理想抱负,意图收复北方失地以建功立业。刘宰的《故公安范大夫行述》中提到"女弟归稼轩先生

辛公弃疾,辛与公皆中州之豪,相得甚"。看得出来两人关系密切。他父亲范邦彦曾仕金为蔡州新息县令,后率豪杰开城迎宋军,举家归宋。辛弃疾在二十二岁的时候仅仅率领五十名勇士闯入金兵营地,活捉叛徒张安国,举国震惊。范邦彦因钦佩辛弃疾的忠心赤胆而把女儿嫁给了他,两人多年来往不断。范如山在政治上能力突出,刘宰在《故公安范大夫行述》说他"治官如家,抚民若子",深受百姓拥护。范如山作为一位"胸怀天下"的政治家,对于当时的政治腐败极其痛恨,有时难免生出遁隐之心。

辛弃疾作为范家的女婿,自是常往来,还曾写词赞其家中的文官花。《水龙吟·寄题京口范南伯家文官花》上阕:"倚栏看碧成朱,等闲褪了香袍粉。上林高选,匆匆又换,紫云衣润。几许春风,朝薰暮染,为花忙损。笑旧家桃李,东涂西抹,有多少、凄凉恨。"范家种植的这种文官花颜色会发生变化,辛弃疾原词中的注说:"花先白,次绿,次绯,次紫。"这种奇异的花辗转跨越两个朝代,直到明代,范氏文官花依然盛开。

丧葬礼

科普 //

　　丧礼是人生礼仪中的最后一项，五礼中的凶礼，是安葬、悼念逝者的仪式。我国丧葬习俗起源已久，并且规模宏大，以奢华铺张来尽哀荣，是丧葬习俗的一大特色。丧葬礼是随着灵魂不灭观念在原始的埋葬习俗中逐渐形成的，它包括整个丧葬习俗，不仅是一种制度文化，后来在漫长的岁月中更迭演变成一种具有社会化符号的习俗，在社会历史的伟大进程当中不断消亡或者增长。

诗歌里的中国

历史

人类最初对于丧葬并没有特殊的礼仪制度，而是实行自然葬法，关于丧葬文化最早的记载是《易经》："厚衣之以薪，葬之中野，不封不树。"葬，原意为藏，这是一种区别于"委之于壑"的方式，将死者埋藏于原野之中。《礼记·檀弓上》曰："葬也者，藏也；藏也者，欲人之弗得见也。"藏可能就包含等待灵魂重新回到体内的期待，与灵魂不死观念紧密地结合在一起。最早埋葬死者的方式出现在旧石器时期中晚期，距今数万年。而我国埋葬死者的方式在距今上万年的山顶洞人时期产生。据考古发掘，当时的人们会自发地放一些死者生前使用过的物品陪葬，这充分说明失去亲人的哀伤让他们主动产生一种祭奠的仪式感。

商周时期，从《周礼》《仪礼》《礼记》等典籍中的记载可以看出，此时丧葬礼的制度已经非常完善了。《士丧礼》中就详细地讲述了治丧的具体过程和仪式，这一过程大致由以下一些环节构成：为死者招魂，覆盖衣被，楔齿缀足；君王使人吊唁、赠衣，死者亲属、僚友吊唁，赠衣小殓，大殓；朝夕哭；葬日等。这也一定程度上导致了丧礼过于盛大、繁复，铺张浪费。

随着社会的发展，贫富差距加大，丧葬礼仪也逐渐出现明显的差距。尤其春秋战国时期，厚葬之风盛行，并将之与仁、义、孝相结合，《墨子》中就批判了这种现象，所谓"棺椁必重、葬埋必厚，衣衾必多，文绣必繁，丘陵必巨；存乎匹夫贱人死者，殆竭家室；乎诸侯死者，虚车府，然后金玉珠玑比乎身，纶组节约，

诗歌里的民俗

车马藏乎圹……寝而埋之。"《吕氏春秋·节丧》："国弥大，家弥富，葬弥厚……夫玩好货宝、钟鼎壶滥、舆马衣被戈剑，不可胜其数。"这说明当时社会上厚葬成风，死后含珠玉、服文锦，各种器物不可胜数。也有一些人反对厚葬之风，例如墨子和庄子，包括《吕氏春秋》所提到的奢华的陪葬会引来盗墓者的觊觎等观点。这些反对的观点在社会上有一定影响，但奢靡成风仍旧是主流。

秦汉时期，丧礼的规格越来越大，尤其是统治阶级崇尚厚葬，在他们的影响下，社会风气让人向往死后哀荣。据《史记·秦始皇本纪》记载："始皇初即位，穿治骊山，及并天下，天下徒送诣七十余万人，穿三泉，下锢而致椁，宫观百官奇器珍怪徙臧满之……上具天文，下具地理。"据现代调查报告说，秦始皇陵整体呈长方形，共有内外两层夯土，是世界上规模最大的墓葬之一。不仅秦始皇对厚葬丧礼情有独钟，汉朝也同样如此，汉朝对于死者实行厚葬、重服、久丧的风气非常盛行。《汉书》记载汉成帝："大兴徭役，重增赋敛，征发如雨。""取土东山，与谷同价。"汉朝甚至将贡赋三分之一用来修陵。不过，汉朝也有提倡薄葬者，如一向崇尚节俭的汉文帝刘恒认为万物都会有死亡，没有什么值得特别悲伤的，厚葬、久丧会伤害人们的情志，应该中断对鬼神祭祀等。

汉末时战乱频发，许多陵墓被盗，古玩珍宝被抢劫一空，墓室塌陷，曝尸荒野，这就使得魏晋的统治者们开始有意识地保护墓葬，尽量采取薄葬的方式。另外，这一时期由于政权频繁更替，政局动荡，经济遭到破坏，人们生活艰难。社会分裂与民族融合也为思想的解放和发展提供了条件，再加上佛教的盛行，"轮回转世"观念的普及，因此，百姓希望把现实中的痛苦转移到追逐来

生的幸福上。这时期玄学兴起，士大夫崇尚清谈，行为上不拘礼节，不受封建礼教的束缚。这些都促使魏晋南北朝时期崇尚薄葬，简化丧葬中复杂的祭祀礼仪与规范。

唐朝社会稳定，经济发展，厚葬之风又开始盛行。这一时期，面衣丧俗逐渐发展起来。面衣也叫"面帛"，是由先秦时期的"幎目"和魏晋南北朝时期的"覆面"经过演化形成的。《太平广记》中记载了唐代的民间传说："兖州王鉴，性刚鸷，无所惮畏，常陵侮鬼神。开元中，乘醉往庄，去郭三十里。鉴不涉此路，已五六年矣。行十里已来，会日暮，长林下见一妇人，问鉴所往，请寄一袱，而忽不见。乃开袱视之，皆纸钱、枯骨之类。鉴笑曰：'愚鬼弄尔公！'策马前去，忽遇十余人聚向火。时天寒，日已昏，鉴下马诣之，话适所见，皆无应者。鉴视之，向火之人半无头，有头者皆有面衣。鉴惊惧，上马驰去。夜艾，方至庄，庄门已闭。……周岁，发疾而卒。"还有牛肃的《纪闻》和薛用弱的《集异记》都有关于面衣的记载，然而此时的面衣多用于女尸，且认为面衣是给生前道德败坏的人戴的。这些记载虽然荒诞，但也反映了当时存在盖"面衣"的丧俗。

宋元时期，厚葬之风盛行，且火葬十分兴盛。元代施耐庵的《水浒传》的二十六回——"偷骨殖何九叔送丧，供人头武二郎设祭"中就有关于火葬的描述："那妇人带上孝，一路上假哭养家人。来到城外化人场上，便叫举火烧化。只见何九叔手里提着一陌纸钱……使转了这妇人和那婆子，把或挟去，拣两块骨头，拿去潵骨池内只一浸，看那骨头酥黑。"在话本小说里都可见此时火葬之风流行。

到了明清时期，风水迷信学说泛滥全国，风靡一时。周召《双

诗歌里的民俗

桥随笔》中提到:"世人喜谈风水,每见钜公名流以及村氓市叟,所至皆然。"此风不再同于早期的阴宅风水说,而是愈演愈烈,夹杂众多封建迷信。众多文人对此强烈批判,例如张居正、黄宗羲、周召、袁枚、王贞仪等人。张居正在《葬地论》中指出:"世言葬地能作人祸福,谓:葬得吉壤,家必兴隆,得恶地,家必衰替。若影响桴鼓之符应者,悉妄也。"开篇直言风水说误人,此后还有众多文人都曾严厉指出,但社会上并没有杜绝这个风气。

丧服制度

我国丧葬旧俗多讲究重殓厚葬,并夹杂许多迷信习俗,自汉武帝"罢黜百家,独尊儒术"之后,孝道思想影响渐广,丧葬文化也与"孝道"思想不可分割。孝敬长辈是中华民族的传统美德,深入中国人的骨髓。《论语》中有子曰:"孝弟也者,其为仁之本与!""仁"为儒家的核心思想,孝悌为仁之本。《庄子·养生主》中曰:"缘督以为经,可以保身,可以全生,可以养亲,可以尽年。"庄子同样强调"养亲",即承担起对父母的责任。可见孝文化早在先秦时期就已经深入人心。国人对于孝文化的重视,通过丧葬礼仪被形象地体现出来。对于中国人来说,丧葬仪式即是对逝去的亲人表达哀思的一种方式。

丧服是人们哀悼死者,在居丧期间所穿的衣服。丧服文化其实早有渊源,唐代经学大家孔颖达在《仪礼·丧服》疏中对丧服制度的形成过程作出如下的说明:"黄帝之时,朴略尚质,行心丧

之礼，终身不变""唐虞之日，淳朴渐亏，虽行心丧，更以三年为限""三王以降，浇伪渐起，故制丧服以表哀情"。《仪礼·丧服》里规定了五等丧服，由重至轻分别是斩衰、齐衰、大功、小功、缌麻，每一等都对应有一定的居丧时间。死者的亲属根据与死者血缘关系的亲疏远近，而穿用不同规格的丧服，以示对死者的哀悼。

斩衰：用生的粗麻布制成，不绞边，断处外露，服期三年，是由儿子、未嫁女为父母，妻子为丈夫，长房长孙为祖父母服丧的丧服。

齐衰：用生的粗麻布制成，断处绞边。孙男女为祖父母服丧一年，重孙为曾祖父母服丧五个月，玄孙为高祖父母服丧三个月。

大功：用熟麻布做成，线比齐衰要细。为伯叔父母、堂兄弟、未嫁堂姊妹服丧九个月。

小功：用较细的熟麻布制成，为从祖父母、堂伯叔父母、未嫁姑祖、已嫁堂姊妹、外祖父母、母舅、母姨等服丧五个月。

缌麻：用五服中最细的熟麻布做成，为从曾祖父母、族伯叔父母、族兄弟姊妹、表兄弟、岳父母服丧三个月。

儒家推崇守孝三年的礼仪制度。《论语·阳货》中记载了一则孔子和学生宰我关于服丧期的讨论。宰我认为为父母守丧三年时间太长了。孔子感慨地对宰我说道："子生三年，然后免于父母之怀。夫三年之丧，天下之通丧也。"婴儿从呱呱坠地来到人间至少有三年时间是在父母的怀抱中长大，父母去世守孝三年，这是天下通行的礼仪。正因如此，儒家强调要为双亲守孝三年，以报答幼儿时的三年之恩。血缘关系越亲近，丧服就越粗糙，服丧的时间就越长。血缘关系越疏远则反之。因而从丧服的差异上就能辨别服丧者和逝者血缘关系的远近亲疏。

"丁忧"是中国古代官员服丧回乡的特殊待遇，入朝为官的官员在父母亡故时，要离职返乡，为父母守孝三年，服丧期间要清心寡欲。某个官员在"丁忧"期间，如果因为朝廷迫切需要而使其仍然任职，则称为"夺情"。"夺情"虽然理由正当，但是出仕的官员容易遭到舆论的强烈批判，会被指责为不孝。明代内阁首辅张居正就是在"丁忧"期间被"夺情"，遭到时人诟病。

现代社会的丧服文化较古代的五服有了很大的改变，丧服的颜色以黑白为主。但现在较孝衣使用更为普遍的是头布、黑纱和孝花。服丧期没有严格的规定，由于生活节奏的加快，人们大多完成丧礼仪式就逐渐恢复日常的生活。在举行丧礼时，家属需要披白布穿丧服，但是在工作生活中，人们不便戴白布，于是用黑纱缠臂代替。此外，家中有人去世，头年春节不能贴红色的对联。

丧葬流程

丧葬流程因地区、民族的不同而有差异，总体来看，一般包括临终、沐浴更衣、报丧、守铺、出殡、落葬几个环节。

临终

中国人重视血缘关系。家人生命垂危的时候，即便是远在外地的子孙也要赶回家见至亲最后一面，为亲人送终。直系亲属时刻守护在身边，直到病者停止呼吸的最后一刻。

沐浴更衣

将死者下葬前,要对死者的遗体进行清洗打扮,然后为死者整理仪容。为死者清洗尸体的水是买来的,这一举动也称为"买水"。梳洗之后,为死者换上寿衣,给死者嘴里含上珠玉、银子、米饭、铜钱等,称为"饭含"。这一过程就是"小敛"。

报丧

家人去世,要及时将消息传达给亲朋好友、邻里乡亲,组织丧礼活动。报丧可以通过亲自上门、打电话、发短信、发讣告等渠道通知亲友。其中讣告是报丧所使用的一种文书,上面记载着亡者的死讯、举行丧礼的时间、地点等消息。除了家属上门报丧或者发布公告外,还伴有放爆竹、演奏哀乐等活动,在传递丧事消息时,通常会给乡亲们一条白毛巾。现代还有一种较为隆重的葬礼仪式——开追悼会。

先秦时期报丧的用语不是"讣"而是"赴"。《仪礼·聘礼》:"赴者未至,则哭于巷,哀于馆。""赴"字突出了快速奔走相告的意思。后来由"赴告"向"讣告"转变。

守铺

死者入棺后,家人要不分昼夜守护在灵柩旁边,称为"守铺",也叫"守灵"。"守灵"是对亲人尽孝的表现。

出殡与落葬

古时候,灵柩至少要停放三天,然后再落葬。土葬是我国古

诗歌里的民俗

代最主要的落葬形式，为死者选择一块风水宝地历来受到重视，因为人们认为墓地风水的好坏会影响死者的地下生活以及子孙后代的运势。落葬的那一天，请来乐队敲锣打鼓，演奏哀乐来给死者送丧。与死者的关系越亲近，往往哭得越伤心。之后还要按照血缘亲疏、长幼尊卑的次序对死者进行跪拜，磕头上香。

葬礼结束之后，人们对于长辈逝去的哀伤之情仍然会延续一段时间。民间流行"做七"，即从死者去世那天算起，每隔七天就要举行一次悼念仪式，一共有七次，第一个七天称为"头七"，一共要七七四十九天才结束，有的家庭会请和尚或者道士来做法事。如今做"七七"的已经不多，但在很多地方依然保留着做"头七"的风俗。在比较重要的纪念活动中，如死者去世的头年、三年、忌日、清明节、中元节，家人会去祭拜。时至今日，农村地区还普遍存在在大厅摆放死者的遗像，焚香供奉的习俗。

丧葬习俗

西周之前贵族之中普遍流行人殉的做法。人殉是贵族阶级的特权。殉葬之人多为与死者关系亲近之人，如姬妾、奴婢、近臣等。这种风俗认为他们在地下世界侍奉墓主人，能够让墓主人过着生前一般的生活。俑是古代用来殉葬的人偶。孔子批评道："始作俑者，其无后乎。"这也是"始作俑者"这一成语的来历。以人俑陪葬，尚且遭到孔子的强烈反对，更何况是惨无人道的人殉。

古人认为人死后是去往了另一个世界，所以非常重视丧葬礼

仪。在乡土观念浓厚的古代社会，葬礼涉及的不仅是单个的小家庭，更是整个家族。一些大的宗族往往会设立祖庙，放置祖宗牌位和家谱，举办和参与葬礼甚至是邻里乡亲共同的责任和义务。

汉代社会盛行厚葬之风。当时流行"赙赠"制度，"赙赠"指的是死者的上司以及亲友赠送大量的钱币帮助丧家办理丧事。汉代的墓葬中经常可见丰厚的陪葬品。厚葬也一度被认为是孝道的表现。当然，厚葬存在铺张浪费的行为，也出现了以厚葬亲人来炫富的不良风气。

《礼记》云："临丧不笑。"人们办丧事时，氛围通常严肃伤感，不能面露喜色，追逐打闹。说话时要尽量避免"死"字，说"老了"或者"走了"。

古时根据死者身份地位不同，人们对"死"的称呼也不同。《礼记·曲礼》载："天子死曰'崩'，诸侯死曰'薨'，大夫曰'卒'，士曰'不禄'，庶人曰'死'。"关于"死"的委婉说法还有"殁""仙逝""驾鹤西去"等，佛教用语有"圆寂""归真""涅槃"，道教徒称"羽化"。"见背"是指长辈去世，如《陈情表》云："生孩六月，慈父见背。""殇"指的是未成年而死。

丧葬文化

丧葬礼仪是人生礼仪中关于告别的礼仪。在丧礼中，人们流露出对亲人去世的哀痛。曾子曰："慎终追远，民德归厚矣。"谨慎地对待双亲的去世，追思亲人，有利于社会教化。古代的丧葬

诗歌里的民俗

文化表现出尊卑上下的等级观念，自天子以至于平民的葬礼，不论是规格上还是影响上都极其悬殊，连死亡的称呼都因社会阶层不同而有区分，葬礼的规模成为身份地位的一种象征。当然丧葬仪式中重要的是蕴含着对死者的追思与敬意以及亲人、朋友真诚思念的情感。子曰："生，事之以礼；死，葬之以礼，祭之以礼。"在父母生前就以礼侍奉，在父母去世后同样以礼送终。儒家文化中的"孝道"观念是中国传统文化中的重要组成部分，极具社会教化的意义。历经千年，中国人重视血缘亲情、孝敬长辈的核心思想经久不变。此外，随着文明的进步，丧葬制度不断改革，一些不符合现代社会规范的丧葬习俗逐渐被剔除，薄葬的观念越来越深入人心，丧葬的仪式已经简化诸多流程。

诗歌里的中国

诗经·秦风·黄鸟

先秦·佚名

交交①黄鸟，止于棘。谁从穆公②？子车奄息③。维此奄息，百夫之特。临其穴，惴惴其栗。彼苍者天④，歼我良人！如可赎兮，人百其身⑤！

交交黄鸟，止于桑。谁从穆公？子车仲行。维此仲行，百夫之防。临其穴，惴惴其栗。彼苍者天，歼我良人！如可赎兮，人百其身！

交交黄鸟，止于楚。谁从穆公？子车鍼虎。维此鍼虎，百夫之御。临其穴，惴惴其栗。彼苍者天，歼我良人！如可赎兮，人百其身！

《诗经》作者绝大部分已经无法考证，据说《诗经》是周朝的采诗官从民间采风而来，也有说是尹吉甫采集、孔子编订的。

诗歌里的民俗

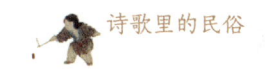

主旨

这首诗表达了对殉葬者的惋惜和同情以及对残忍殉葬制度的无情批判。

注释

①交交：鸟鸣声。马瑞辰《毛诗传笺通释》："交交，通作'咬咬'，鸟声也。"
②穆公：春秋时期秦国第九位国君，姓嬴，名任好，在位期间，称霸西戎。
③子车奄息：子车，复姓。奄息，字奄，名息。子车奄息与子车仲行、子车鍼虎均为秦国有名的贤臣。
④彼苍者天：悲痛时的呼号之语，类似于今天的"老天爷啊"。
⑤人百其身：愿意用一百人的命赎他一命。

诗里诗外

秦人的殉葬制度起源于夷文化，在其后的西迁途中，一直保留着这项残忍的陋习。殉葬制度的存在，在某种程度上一直阻碍着秦国文化的发展。春秋战国时期，诸子百家，思想争鸣，士大夫到处游说，宣扬自己的思想，积极变法，因此人才流动十分频繁。但却很少有人愿意去秦国，其中就有这方面的原因，毕竟谁也不

愿意在奉献出自己的才华和智慧之后还要把自己的生命搭进去。

然而秦国的殉葬习俗根深蒂固，大约始于秦武公。据《史记·秦本纪》记载："二十年，武公卒，葬雍平阳，初以人从死，从死者六十六人。"说明在武公时期就有大量活人人殉的事例。周朝后期礼崩乐坏，诸侯僭越行制屡见不鲜，《礼记》中记载殉葬的规格是"天子八妾，诸侯六妾，大夫四妾"。但是穆公去世时，殉葬人数多达一百七十七人，景公去世时殉葬人数最高，为一百八十六人。

秦人殉葬非常残忍。殉葬活人不仅是服侍的奴仆，也有亲近宠爱的妃嫔和左右信赖的臣子。秦穆公的殉葬者中就有三位贤臣。秦穆公死前曾与众臣饮酒，喝得兴起时就说："生共此乐，死共此哀！"奄息、仲行、鍼虎三位大臣都是秦国出名的才德兼备之人，作为忠臣贤相，不知道是因为喝多了，有点迷糊，还是国君发话了，不得不答应。等到秦穆公死后，他们三人只好兑现当初的承诺——"死共此哀"。

秦人感其残忍，同时，也替这三位良臣感到惋惜哀叹，因此作了《秦风·黄鸟》来记述这件事。

汉代以后这项制度渐渐被废止。不过元代又有出现，此后，虽有统治者下令禁止此种陋习，但明代还有殉葬现象。尤其民间由于扭曲的贞烈观念，曾出现鼓励甚至强迫妇女殉葬的情况。

第一辑

岁时
节令里的民俗

春耕

科普 //

　　中国古代以农业立国，小农经济始终占据主导地位，因此中国人格外讲究时令季节，晁错的《论贵粟疏》中说："春耕、夏耘、秋获、冬藏……四时之间，亡日休息。"因此，不少地区试犁、鞭春牛、祭春社等相关的春耕习俗便被传承下来。

◆ 明陆治春耕图（局部）

此图描绘树林下放牛的场景，画面淡雅柔和。

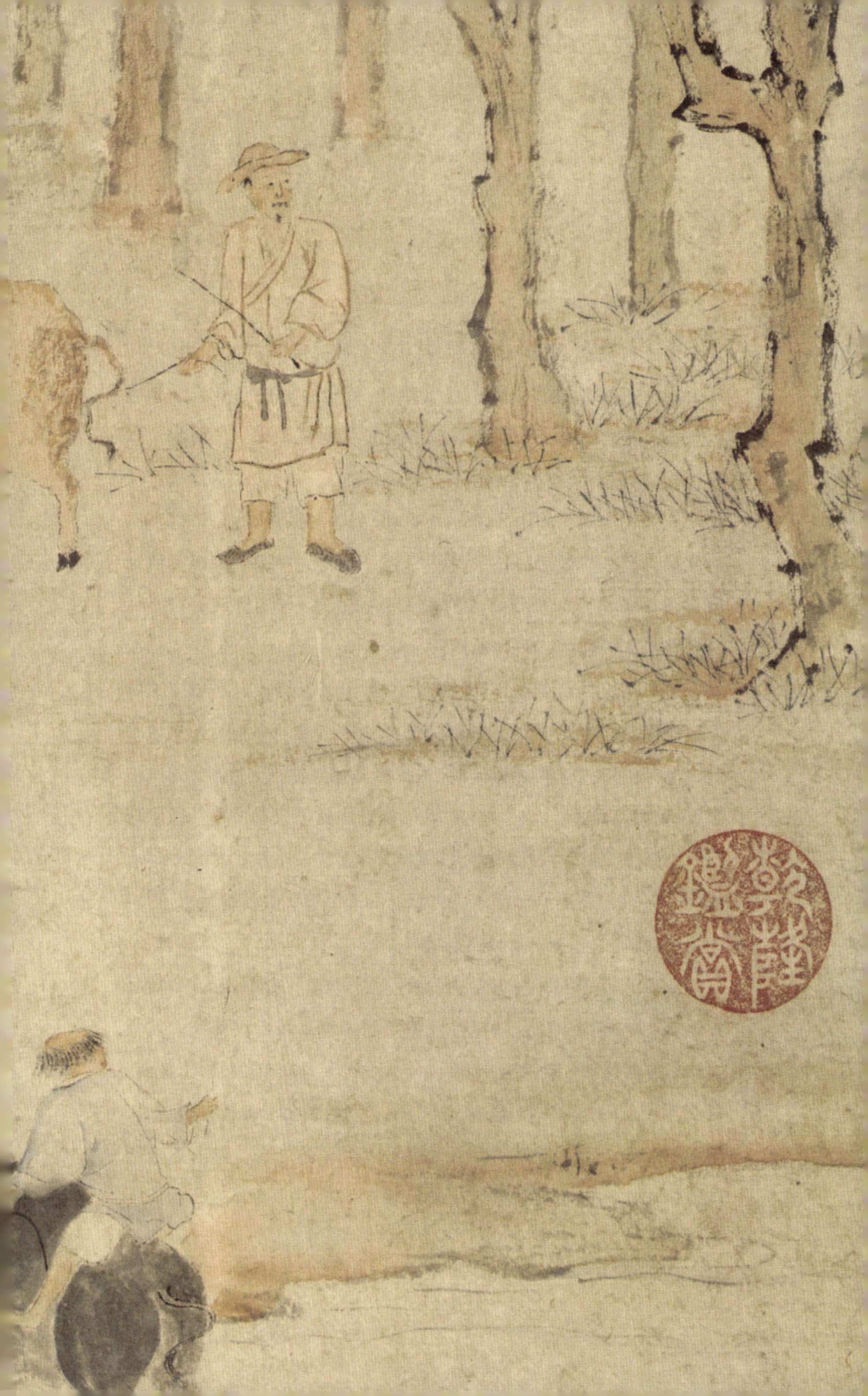
乾隆鑑賞

诗歌里的中国

历史

上古时期，我国农业还处于刀耕火种的原始耕作方式阶段，其中的火种就是春耕之前的准备活动，也叫作烧荒。《礼记》中记载："季春出火，为焚也。"说的就是古代烧荒仪式，即将草木等植物砍倒用土堆起来，再用火焚烧沤肥，同时这种方法也可以烧死掩埋在地底下的虫卵防止病虫害。周朝时期烧荒由火正负责，由他来点燃一年的第一把火，然后到了秋天的时候，将烧过的火种保留下来。期间举行盛大的仪式昭告天地：他们将要耕种了，以此获得神的庇佑，祈祷他们这一年风调雨顺。

春秋时期，铁犁牛耕代替刀耕火种，所以烧荒的习惯逐渐随之演变成单纯的祭祀仪式，又叫作"春祭"。春耕祭祀的对象主要是大地、五谷，所以不少流传下来的文献典籍中都提到过耕田者"田祖"，例如《诗经·小雅·甫田》："琴瑟击鼓，以御田祖，以祈甘雨，以介我稷黍，以谷我士女。"《诗经·小雅·大田》："田祖有神，秉畀炎火。"《周礼·春官》："凡国祈年于田祖，吹豳雅，击土鼓，以乐田畯。"这些无不与春的祭祀有关。

到了汉代，耕地工具逐渐成熟，人们越来越能够掌握时令、土地变化的规律，由此祭祀的对象主题不再单纯是天地神，人也能够参与到这项活动中间来。《论衡》中说："立春东耕，为土象人，男女各二人，秉耒把锄。或立土牛。未必能耕也。"立春耕田仪式中，用土塑造的人像，无论男女手上都拿着耕作的工具，还有用土塑成的牛，这都说明了祭祀活动的对象变化，这也逐渐演变为后世的耕田仪式。

唐宋时期，鞭春牛的活动尤为盛行。尤其在吴越地区，这个习俗从周朝就开始了。《礼记·月令》记载："出土牛以送寒气。"但是此时的鞭春是为了庆祝寒冷的冬天过去，后来才改到春天用来宣告农耕开始，古代人舍不得鞭打真的牛，所以往往用泥或者纸制作，再选用柳条鞭打，于是叫作"鞭春牛"。

明清时期，人们对春耕的活动更加重视，除了民间流行的耕田仪式和鞭春牛、吃春饼外。朝廷对农耕的祭祀习俗也到了空前的鼎盛时期，例如天子亲耕，这项习俗自古有之，先秦典籍《礼记·祭统》就曾记载："天子亲耕于南郊，以共齐盛。"到了明清时期，每年仲春亥日，皇帝都要到先农坛行祭农耕耤之礼，其"亲耕"的地块面积恰好是"一亩三分地"。

春耕习俗

鞭春牛

"鞭春牛"又叫作"打春牛""鞭土牛""鞭春"，是在立春前后举行的一项集祭祀与娱乐为一体的春耕祭祀活动，深受百姓欢迎。打春牛的习俗起源较早，《礼记·月令》有"出土牛以送寒气"的记载。《事物纪原》："周公始制立春土牛，盖出土牛以示农耕早晚。"此外，《史记》《后汉书》都有关于这一习俗的记载。

鞭春牛的习俗在唐宋时期盛行。唐朝史实资料中有"执杖鞭牛"的相关记载，例如元稹的《生春二十首·其七》云："鞭牛县门外，

争土盖蚕丛。"白居易的《和微之诗二十三首·和三月三十日四十韵》云："布泽木龙催，迎春土牛助。"自宋代以后，鞭打春牛的习俗主要由官府主导，鞭打动作由皇帝或者官吏来负责。孟元老的《东京梦华录》其中就详细记载了当时人们鞭春牛的情况："立春前一日，开封府进春牛（土牛）入禁中鞭春。"宋代陈元靓在《岁时广记》中引用《岁时杂记》的记载说："春杖用五彩丝缠之，官吏人各二条，以鞭春牛。"宋仁宗年间颁布《土牛经》，鞭春牛的习俗至此成为全国盛行的春耕风俗了。这个时候的春牛拥有华丽的外观，按照"干支五行"来规定当年土牛的皮毛、颜色等。宋朝诗人杨万里在《观小儿戏打春牛》中写道："小儿著鞭鞭土牛，学翁打春先打头。黄牛黄蹄白双角，牧童绿蓑笠青箬。"

明清时期的"鞭春牛"在宋朝的基础上有了进一步的发展，并且习俗已经成熟，直至现代未有大变动。据康熙年间的《济南府志·岁时》记载："凡立春前一日，官府率士民，具春牛、芒神，迎春于东郊。作五辛盘，俗名春盘，饮春酒，簪春花。里人、行户扮为渔樵耕诸戏剧，结彩为春楼，而市衢小儿，着彩衣，戴鬼面，往来跳舞，亦古人乡傩之遗也。立春日，官吏各具彩仗，击土牛者三，谓之鞭春，以示劝农之意焉。为小春牛，遍送缙绅家，及门鸣鼓乐以献，谓之送春。"鞭完春牛后，有的人会把土块带回家，认为撒到自己的田里庄稼就会丰收。也有纸扎的春牛内部会填满五谷，鞭打过后五谷散落出来，便会遭到人们的蜂拥抢夺，这也叫作"五谷丰登"。鞭打春牛时还有一定的唱词："一鞭风调雨顺，二鞭国泰民安，三鞭天子万年春。"

诗歌里的民俗

祭春社

祭春社是祈求风调雨顺的一种活动和习俗。《说文解字》段玉裁注说："社者，土地之主。土地广博，不可遍敬，封五土以为社。"社神就是土地神，被认为是共工之子"后土"。稷神是谷神，古时候的君主要到郊外祭祀土地神和谷神，后来就以"社稷"一词代指国家。

土地神是城隍之下的官吏。土地神的形象多是一个手持拐杖的老爷爷。与土地公公（土地神）相配的还有一位土地婆婆。人们在社日祭祀社神以求农作物的丰收。粮食是人们安身立命的必需品。《荆楚岁时记》中记载荆楚地区："社日，四邻并结宗会社，宰牲牢，为屋于树下，先祭神，然后享其胙。"邻里乡亲相聚在一起祭拜社神，举行各种欢庆活动，然后享用胙肉。由于祭祀社神，民间产生了"戊日不动土"的习俗。

汉代以前只有春社，春社在立春后的第五个戊日。古人对社日十分看重，有着严格的执行规范，比如社日不能拿金属农具耕种土地，以此表达对土地神的尊敬和感激之情，祈求谷物丰收。后来规矩进一步拓宽范围，除了社日当天不能耕种土地外，立春后的六个戊日都不能在田间耕种，有的地方甚至直接简化成逢戊则禁。

试犁

春耕开始时，一些地区有试犁的习俗。在农村，一般是把牛轭套在牛脖子上，就表示牛拉着牛轭在地里犁地，预示春耕即将开始，要做好春耕的准备。为了督促人们做好春耕的准备，过去

官府会举行隆重的试犁仪式。一般在城隍庙附近的荒地举行,沿途的群众会将准备好的米、豆等撒向纸扎的耕牛和犁,祈求丰收。县官试犁后,耕牛和犁会被衙役抬着游街。

一些少数民族也有试犁的习俗,如壮族春耕时有"开耕"仪式,选择吉日,在犁架上焚香,然后下田犁地,不过每块地只犁一行,寓意新年农耕轻松、快捷。

咬春饼

春饼的习俗确切来说与春耕并没有太大关系,但由于春饼是立春的时令食物,所以久而久之春饼也成了春耕文化的一种代表。春饼的得名是因古代立春时,人们以薄饼卷蔬菜食用来庆祝春天的到来。

人们认为冬天时阴气下浊,到了春天万物生发阳气上升,人体内也需要排出浊气,而辛辣的食物能疏通五脏六腑内积聚的浊气,达到祛病消灾的效果。例如用大蒜、小蒜、韭菜、芸薹、胡荽、葱之类,组成"五辛菜"(五辛盘)。到宋朝,春盘的食物选择增多,萝卜、蒌蒿、韭菜、芹芽、菠菜、青蒿等食物都可以用来摆春盘。春饼是由春盘发展而来的,宋代陈元靓著《岁时广记》记载:"立春前一日,大内出春饼,并酒以赐近臣。盘中生菜染萝卜为之装饰,置奁中。"只是在春盘的基础上加上了一张薄饼卷住,由此中和蔬菜的辛辣,滋味更加丰富,百姓接受程度高,从此便在民间流行开来,富察敦崇《燕京岁时记·打春》记载:"是日(立春日),富家多食春饼。"

诗歌里的民俗

山行

清·姚鼐

布谷飞飞劝早耕,春锄①扑扑趁春晴。
千层石树遥行路,一带山田放水声。

姚鼐,字姬传,一字梦谷,清朝散文家,安徽桐城人。姚鼐与方苞、刘大櫆并称为"桐城三祖"。

诗歌里的中国

主旨

这首诗描写了春耕时农村繁忙的景象,表达了作者热爱自然,热爱农村生活的感情。

注释

①春锄:白鹭。《夏首病愈因招鲁望》:"一声拨谷桑柘晚,数点春锄烟雨微。"

诗里诗外

杜鹃,也叫子规鸟、布谷鸟、杜宇、望帝等,据说是古代蜀国的国君杜宇死后其精魂所化。据《华阳国志》记载:"后有王曰杜宇,号曰望帝。法尧舜禅授之义,遂禅位于开明。帝升西山隐焉,时适二月,子鹃鸟鸣,故蜀人悲子鹃鸟鸣也。"

传说古代蜀国经常闹水灾,杜宇因治水有功成了蜀国的皇帝。杜宇虽尽心尽力治理水灾,但始终不能根除水患。直到有一年,忽然从河里逆流漂来一具尸体。人们见了感到十分惊奇,为何尸体会逆流而上?他们便把这具尸体打捞上来。更令人吃惊的是,尸体刚一打捞上来,便复活了,还能开口讲话,称自己是楚国人,名叫鳖灵,因失足落水,从家乡一直漂到这里。望帝得知

诗歌里的民俗

后,便叫人把鳖灵叫来。没想到,两人一见如故。望帝发现鳖灵对治水很有见解,觉得鳖灵是个难得的人才,便任命他为蜀国的宰相。鳖灵到来不久,一场大洪水爆发了。老百姓深受其害,死的死,逃的逃,国家陷入一片混乱,举国上下,哀鸿遍野。望帝十分心痛,命令鳖灵治水,鳖灵受望帝的委任,承担起治理洪水的任务。

不久后,鳖灵就在治水上有所建树,显示出他过人的才干。他带领民众治理洪水,打通了巫山,使水流从蜀国流到长江。这样,水患得以解除,蜀国人民又可以安居乐业了。鳖灵在治水上立下了汗马功劳,望帝十分感动,自己隐居西山,将王位禅让给鳖灵,鳖灵受了禅让,号称开明帝,又叫丛帝。

好景不长,鳖灵当了皇帝后便开始不思进取,不仅暴露出他残暴的真面目,还霸占了望帝的妻子,而且施苛政于人民,望帝感到十分心痛但是又无可奈何,最后呕血而亡,死后其灵魂化为杜鹃鸟,每年春天都会悲鸣,一直啼叫到嘴边流血而亡。它流出的血染红了杜鹃花,这就是"子规啼血"的来历。杜鹃每年春耕时节都会飞来催促人们"布谷""快快布谷",使人们不误农时。人们有感于杜鹃的故事,常以此为题赋诗赞颂。李商隐《锦瑟》:"锦瑟无端五十弦,一弦一柱思华年。庄生晓梦迷蝴蝶,望帝春心托杜鹃。"李白《宣城见杜鹃花》:"蜀国曾闻子规鸟,宣城又见杜鹃花。一叫一回肠一断,三春三月忆三巴。"

贴春联

科普 //

　　春联，春节时贴的对联，又叫春贴、门对、对联。春联上的文字由对仗工整、吉祥美好的祝福语构成。春联是我国特有的文学形式，为节日增添了喜庆的氛围，是过年的重要习俗。

诗歌里的民俗

历史

春联最早起源于桃符，只能大致确定为先秦时期。最早出现在门户前的是神荼、郁垒、神虎等形象，他们多数来源于上古神话，《山海经》中记载，"上有二神人，一曰神荼，一曰郁垒，主阅领众鬼之恶害人者，执以苇索而用食虎"。人们将驱鬼辟邪的神仙的画像张贴在门户，表达出对光明幸福的向往。东汉蔡邕《独断》中写："十二月岁竟，常以先腊之夜逐除之也。乃画荼、垒并悬苇索于门户，以御凶也。"

过年家家户户有贴春联的习俗，桃符就是春联的前身。为何人们使用桃符作为门上的装饰呢？《初学记》引《典术》曰："桃者，五木之精也，故厌伏邪气，制百鬼。故今人作桃符著门以厌邪，此仙木也。"在古人眼中，桃木是五木之精，能够制伏鬼怪，抵御邪祟。早在周代，新春时节，人们为了辟邪祈福，就用桃木做成桃木板悬挂在大门两边，上面画着神荼、郁垒的图像。据《后汉书·礼仪志》所说，桃符长六寸，宽三寸，桃木板上书"神荼""郁垒"二神。门神即守门之神，通常是威武高大的形象。相传神荼、郁垒是守鬼门的两个神，如果鬼做了坏事，神荼、郁垒就会把鬼抓住喂给猛虎吃。唐五代时期门神就多用钟馗。到了宋代，门神画像多为秦叔宝、尉迟恭。秦叔宝和尉迟恭是初唐时期的名将，同列为凌烟阁二十四功臣，辅佐唐太宗李世民登上帝位。相传，一次唐太宗患病夜不能寐，夜半三更时分常听见鬼叫，夜夜不得安宁。于是秦叔宝主动请缨和尉迟恭彻夜守在唐太宗的寝殿门口。这天，

夜里果然没有了动静，没几天唐太宗的病就好了。唐太宗便命人给秦叔宝和尉迟恭画像，然后贴在宫门上以辟邪。这一习俗在民间逐渐流传开来。门神的形象在变化，而画门神的桃木板也演化为门神贴纸，一左一右贴在门上。

唐宋时期，造纸业发达，桃木板上的画像已经演变为格律严谨的对句了，《宋史·蜀世家》记载："每岁除，命学士为词，题桃符，置寝门左右。末年，学士幸寅逊撰词，昶以其非工，自命笔题云：'新年纳余庆，嘉节号长春。'"后世人普遍认为这是最早的春联由来。然而此时的春联仍然还叫作桃符，王安石在《元日》中写道："千门万户曈曈日，总把新桃换旧符。"到了宋代，文人墨客在上面题诗做对子，便渐渐演变成今天的春联了，过年挂春联的风气广为流传。

春联和门神贴纸都是一年一换。现在依然保留着过年贴春联的习俗。春联由横批、上联和下联组成，通常是吉祥喜庆的祝福语。区别上下联的办法是，上联的最后一个字为仄声字，下联的最后一个字为平声字。春节贴的对联叫作春联，但是对联的使用不仅限于春节期间，人生礼俗中的婚丧嫁娶都可以贴上相应的对联。对联的形式也越来越丰富多样，在人们的生活中十分盛行，如店铺开张、文人交际等。此外，对联作为一种装饰和文雅的文学形式，广泛应用于亭台楼阁、园林水榭等地。

直到明清时期，春联这个名称才出现，用红纸书写春联的习俗始于明朝，据说是朱元璋普及和推广的。清代《簪云楼杂说》中记载："春联之设，自明孝陵昉也。"朱元璋建立明朝后定都南京，除夕夜的时候下令要求每家每户都要张贴春联，朱元璋微服私访检查成果之时，却独独见到一户人家门口没有贴春联，便上前询问原因。原来这户是屠户之家,因为除夕太忙还没有来得及请人写对联,于是朱元璋当即亲自为他们写了一幅:"双手劈开生死路,一刀割断是非根。"朱元璋离去后屠户一家才得知他的身份,继而大肆宣扬他的春联,自此后除夕贴春联的习俗更加深入人心。贴春联用红纸也是从明朝开始有的习俗。春联一般选用大红色,也有特殊情况用其他颜色的,春联为黄色时,说明这一家上一年刚刚经历过丧葬之苦,春联为绿色时,表示家里逝去的人已经满两年了,若春联为粉色时,表示家里逝去的人已经满了三年了,守孝完成,叫作出孝期,第四年春联就可以换回红色了。

春联内容

春联对仗工整,在内容创作上有非常严格的规矩。

首先上下联字数要相当,比如"爆竹声声辞旧岁,红梅朵朵迎新春",这副春联上下联字数相等都是七个字,属于春联中常见的形式,字数相等是春联最基本的要求。但是也偶有极个别的情况出现。1916 年,袁世凯死后,全国人民奔走相告,欢欣鼓舞。四川有一位文人却想给袁世凯送挽联,同乡人非常疑惑,打开他的挽联一看:"袁世凯千古,中国人民万岁。"人们看了都说上联的"袁世凯"三字,对不住下联的"中国人民"四个字,文人却哈哈大笑说:"对了,袁世凯就是对不住中国人民!"这个故事中对联以挽联的形式出现,但是也需要讲究字数工整的规矩,这就说明无论春联还是其他的对联,都必须做到上下联字数相等,如

不相等，那就当属极个别的特殊情况了。

其次上下联词性要一致，词性一致就是上下联组成词的类别性质要一致，如名词、动词、形容词等，要对等排列，既要相同，又要相对。如"爆竹声声辞旧岁，红梅朵朵迎新春"中每联都是三个词组，一一相对，即：爆竹/声声/辞旧岁，红梅/朵朵/迎新春。"爆竹"和"红梅"相对，都是名词；"声声"和"朵朵"相对，都是量词；"辞旧岁"和"迎新春"相对，都是动宾短语。这种要求，主要是为了用对称的艺术语言更好地表现思想内容。

最后，写春联也有忌讳。第一就是忌合掌，合掌指的是上下联讲同一个意思，这是对仗工整的春联中所不允许的。一副春联，一般字都不多，应当用有限的文字，表达尽量丰富的内容。在数字不多的情况下，如果意思重复，就没有多少内容了，这就是要"忌"的道理。如"人财两旺平安宅，富贵双全幸福家"，其中人财有富贵的意思，宅和家意思也相近，这就属于合掌了。第二就是忌平仄失调，平仄即用字的声调，"平"是平直的意思，"仄"是曲折的意思，中古汉语中的"平上去入"除了平声其他都是仄声。普通话中入声消失，平声里面归入了入声的一部分，分为阴平和阳平。而春联就是根据这种音调来规范对仗，使得对仗音律和谐。平仄失调时常破坏美感，往往表现为平仄相同的字连续使用过多，从而违反平仄交替的原则。就是说一联内连续使用三四个平声字或者三四个入声字。如"家庭和睦生产好，夫妻美满幸福多"这副对联，本当用"平平仄仄平平仄，仄仄平平仄仄平"这一格律。上联三号位却用了平声字"和"，六号位用了仄声字"产"。下联一、二号位当用仄声字却用了平声字"夫妻"，第三、四号位

诗歌里的民俗

当用平声字却用了仄声字"美满",六号位用了平声字"福",平仄失调,当然,若是单纯为了平仄相对而故意拗就造词也会失去春联的美感。

横批

横批也叫作额批,是贴在对联中上方门楣上的横幅。横批一般起着对对联的概括和总结的用处,往往拥有画龙点睛的效果。但并不是所有的对联都有横批,例如挽联和寿联就无需横批,楹联、贺联、赠联等有时用有时不用,只有春联和婚联必须要有横批。李渔《闲情偶寄·器玩·屏轴》:"十年之前,凡作围屏及书画卷轴者,止有中条、斗方及横批三式。"横批一般以简短练达为主,大多为四个字,并且得是与对联相关的还不能使用联句中已经出现过的原话来应付。例如:"百世岁月当代好,千古江山今朝新。"横批:"万象更新。"

春联习俗

春联颜色大有讲究,一般与当地的民俗有关。过年为了凸显喜庆的气氛,基本用红色纸写春联。但有些地方也用白色、黄色、蓝色、紫色等表达特殊含义。

贴春联时,人们把"福"字倒过来贴,表示福气已到,寄托

诗歌里的中国

了人们对美好生活的向往。"福"字倒贴还与一个传说故事有关。当年朱元璋想出一个除掉不支持自己的百姓、士族的方法，就是在有的人家门口贴上"福"字，没贴的一律杀掉。善良的马皇后得知后，苦思冥想，终于想到一个挽救全城百姓的办法，那就是给所有人家门口都贴上"福"。晚上，朱元璋的士兵准备行动时，却发现全城都贴了"福"，还有一家把"福"贴倒了。朱元璋听后勃然大怒，准备把"福"字贴倒的那家满门抄斩。马皇后赶紧劝朱元璋说："您看，那家人知道您要来访，是故意把'福'字倒过来贴的，您到了不就是'福'到了吗？"聪明的马皇后让朱元璋的怒气消下大半，还放过了那家人。从此以后，人们就把"福"字倒过来贴，一方面图吉利，一方面也为纪念马皇后。

民间春联为了追求美好，会在春联纸上印上或画上各种图案，如寿桃、五谷丰登、龙凤呈祥、鲤鱼跳龙门、仙鹤、花开富贵等。

除夜雪

宋·陆游

北风吹雪四更初,嘉瑞天教及岁除。
半盏屠苏①犹未举,灯前小草写桃符。

陆游,字务观,号放翁,南宋爱国诗人。以恩荫被授予登仕郎之职,却早期于仕途上遭受秦桧等人的排挤,中后期因为坚持抗金遭到主和派的反对,终身郁郁不得志。在文学创作上,其诗文内容丰富,语言明白晓畅,章法严谨。

主旨

这首诗表达了诗人对新年将至的欣喜与期待。

注释

①屠苏：一种阔叶草，用屠苏草浸泡的酒就叫屠苏酒。饮屠苏酒是古代过年的一种习俗。王安石《元日》："爆竹声中一岁除，春风送暖入屠苏。"

诗里诗外

陆游晚年蛰居在自己的故乡山阴，在此著书修史，为此在老家建了一座书斋，取名"老学庵"，意为"老而好学，如炳烛之明"。建成后，他在墙壁上写了一首诗，诗里有两句他很喜欢，后来就写在了老学庵的楹柱上："万卷古今消永日，一窗昏晓送流年。"陆游一生爱书，幼时便有"书癫"之称，老了更加好学。

古代文人还常常因为题写对联而闹出很多笑话来。例如明朝时期祝枝山就曾在除夕前往杭州访友，当地有一项贴空白春联，等着过路的名家来题字的习俗。祝枝山饶有兴趣，恰好路过当地才子徐子建家门，便挥毫泼墨，顷刻而成两幅对联，一幅是"明日逢春好不晦气，终年倒运少有余财"；另外一幅是"此地安能常住，其人好不悲伤"，两幅对联从字面看别说吉利，甚至很晦气。徐子建看完气得七窍生烟，将对联揭下，去寻祝枝山要个说法。祝枝山反倒胸有成竹地说："诸位只知其一，不知其二。"拿笔在其中加了两处停顿，就变成了："明日逢春好，不晦气；终年倒运少，有余财。"另外一副对联也是如此："此地安，能常住；其人好，不伤悲。"

猜灯谜

科普 //

　　猜灯谜是元宵节的一项特色民俗活动,也叫打灯谜、射灯虎等,是将谜语贴在花灯上,供人们猜的一种娱乐活动。猜灯谜有利于增添节日气氛,也体现了古代劳动人民的智慧。

诗歌里的民俗

历史

灯谜这种形式起源较早，可以追溯至春秋战国时期，那时叫"廋词"或"隐语"。春秋战国时期，诸侯纷争，一些游说之士为了更好地劝说君王，实现自己的理想，有时需要把本意隐藏起来，让君王自己去领悟。这种"话里有话"的语言就是灯谜的雏形。《国语·晋语》："有秦客廋词于朝，大夫莫之能对也。"宋孙奭疏《孟子·公孙丑》："大抵廋词云者，如今呼笔为管城子，纸为楮先生之类是也。"宋周密在《齐东野语》中则讲得更为明确："古之所谓廋词，即今之隐语，而俗所谓谜。"可见，谜是由廋词演化而来，而且廋词对于宋人来说是很"古"的存在了。

秦汉时，隐语更加盛行。东方朔是汉武帝时期著名的大臣，博学多才，得到汉武帝的赏识。这就引起了汉武帝另一位宠臣郭舍人的嫉妒。汉武帝又很喜欢玩猜谜的游戏，常让他们两个猜谜。这说明汉朝时猜谜这种活动已经很常见。魏晋时期，谜语应该已经形成。《文心雕龙·谐隐》："自魏代以来……而君子嘲隐，化为谜语。"这说明谜语一词正式出现，刘勰还对谜语又清楚地解释道："谜也者，回互其辞，使昏迷也。"

唐宋时期，国家统一，经济繁荣，文化兴盛，各种谜语活动也成为文人墨客常见的一种娱乐活动。南宋时，谜语开始出现在元宵节的花灯之上，这时真正的灯谜形成，并成为一种岁时节令的活动。王安石、苏轼等都是制谜语的高手。如王安石曾出的谜语："画时圆，写时方，冬时短，夏时长。"这是一则关于"日"

的著名谜语。

明清时期,元宵节赏灯猜谜盛行,甚至出现了专门的谜语书。如宋代的《文戏》,清代的《俞曲园灯谜大观》,清末的《灯谜品话》等。此外,不少文学作品中也出现了猜灯谜这一活动。古典小说《镜花缘》就记载了唐代秀才唐敖,与多九公、林之洋到智佳国,适逢这里在过元宵节。他们先是观看了彩灯,又去猜灯谜,如"关山难越,谁悲失路之人"(打一中药名),谜底为"生地"等。

《红楼梦》中也有猜灯谜的记述:

贾政忙赔笑道:"今日原听见老太太这里大设春灯雅谜,故也备了彩礼酒席,特来入会。何疼孙子孙女之心,便不略赐以儿子半点?"贾母笑道:"你在这里,他们都不敢说笑,没的倒叫我闷。你要猜谜时,我便说一个你猜,猜不着是要罚的。"贾政忙笑道:"自然要罚。若猜着了,也是要领赏的。"贾母道:"这个自然。"说着便念道:

猴子身轻站树梢。

——打一果名。

贾政已知是荔枝,便故意乱猜别的,罚了许多东西;然后方猜着,也得了贾母的东西。然后也念一个与贾母猜,念道:

身自端方,体自坚硬。

虽不能言,有言必应。

——打一用物。

诗歌里的民俗

说毕，便悄悄的说与宝玉。宝玉意会，又悄悄的告诉了贾母。贾母想了想，果然不差，便说："是砚台。"贾政笑道："到底是老太太，一猜就是。"回头说："快把贺彩送上来。"地下妇女答应一声，大盘小盘一齐捧上。贾母逐件看去，都是灯节下所用所顽新巧之物，甚喜，遂命："给你老爷斟酒。"宝玉执壶，迎春送酒。贾母因说："你瞧那屏上，都是他姊妹们做的，再猜一猜我听。"

从贾政与贾母猜谜可以看出，猜灯谜作为一项娱乐，还有赏罚功能，猜中的有赏，猜不中要罚，而奖品"都是灯节下所用所顽新巧之物"，可见，当时元宵节猜灯谜输赢奖品也是常事。

灯谜的内容非常丰富，据清代《燕京杂记》记载："初二至十六开琉璃厂，上元设灯谜，猜中以物酬之，俗谓之'打灯虎'。谜语甚典博。上自经文，下至词曲，非学问渊深者弗中。"可见古人的灯谜，没有一定的知识储备估计是猜不出来的。

常识

关于灯谜，有一些常见的术语需要了解。如谜面，就是灯谜的题目，也就是谜语的内容。谜目是指灯谜答案的范围，一般是制谜者给出，常见的形式是"射××""打××"。谜格是指灯谜的格律，是为了使谜底与谜面更加吻合，常见的做法有增损字形、

字数、改变读音、文序等,即所谓的"二十四格"。制作灯谜的人要按照格律来,猜谜者也要按照格式猜。谜材,指灯谜的素材。谜干是指那些长时间没有人能猜出来的灯谜。因灯谜常用浆糊粘在灯下火墙上,长时间没有人能猜中谜底,浆糊早就干了,因而得名。灯谜相关的术语还有很多,在此不一一列举。

习俗

　　猜灯谜是一项具有民俗性的活动,各地的灯谜活动都非常丰富多彩。如清代京师、淮、扬地区元宵节猜灯谜活动非常热闹。刘廷玑在《在园杂志》中对猜灯谜活动记载地较为详细:"京师、淮、扬于上元灯篷,用纸条预先写成,悬一纸糊长棚,上粘各种。每格必备,名曰灯社。聚观多人,名曰'打灯虎'。凡难猜之格,其条下亦书打得者赠某物,如笔、墨、息香、白扇之类。"猜灯谜有固定的地点——灯社,在元宵节这天,大家把提前准备好的灯谜写在纸上,到灯社后,把灯谜粘在纸糊的长棚上,有很多人围观猜射。猜中者能获得笔、墨、香、扇之类的奖品。

　　清初《春灯谜》剧本中描写了湘乡县黄庙元宵节猜灯谜的一些活动习俗。当地有专门的商谜艺人,他们会准备好灯谜、灯笼、吹打器具,在吹打声中,灯谜任人猜射,猜中的会得到串钱,叫作"彩头",猜不中的就会输掉一串钱。

　　《清嘉录》中记载了苏州地区猜灯谜的风俗:"拈诸灯,灯一面覆壁,三面贴题,任人商揣,谓之打灯谜。谜头,皆经传、诗

诗歌里的民俗

文、诸子百家、传奇小说及谚语、什物、羽鳞、虫介、花草、蔬药，随意出之。中者，以隃麋、陟厘、不律、端溪、巾扇、香囊、果品、食物为赠，谓之谜赠。"可见，苏州灯谜的形式为弹壁灯，这种灯谜形式在明代《姑苏志》中有载："上元灯市藏谜者，曰弹壁灯。"文中还记录了当时灯谜内容之广泛，奖品之丰富。

踏莎行·元夕

宋·毛滂

拨雪寻春，烧灯续昼①。暗香②院落梅开后。无端夜色欲遮春，天教月上官桥③柳。

花市无尘，朱门如绣。娇云瑞雾笼星斗。沈香火冷小妆残，半衾轻梦浓如酒④。

毛滂，字泽民，北宋词人，自幼酷爱诗文词赋。其诗词"豪放恣肆""自成一家"。

诗歌里的民俗

主旨

　　这首词描写的是元宵节晚上清幽的景色,词人与女子一同夜游,尽兴而归。

注释

①烧灯续昼:夜晚灯市如昼。《古今诗话》记载唐人正月望夜:"盛造灯笼烧灯,光明如昼。"
②暗香:指梅花淡淡的清香。林逋《山园小梅》:"疏影横斜水清浅,暗香浮动月黄昏。"苏轼《阮郎归》:"暗香浮动月黄昏,前堂一树春。"
③官桥:在今山东省滕州市东南,跨薛河。还有一种说法是泛指小桥。
④半衾轻梦浓如酒:化用汪藻《点绛唇》词:"晓鸦啼后,归梦浓于酒。"

诗里诗外

　　正月十五,现在称为元宵节,过去叫上元节,这天晚上为元夕。在古代,女子是不能随意外出的,但上元节这天可以出门赏灯。这一天也逐渐成了青年男女相会的好日子。
　　从文人墨客留下的大量诗词中可以看出,观灯、赏月、约会成为元宵节主要活动。欧阳修在《生查子·元夕》中说:"去年

元夜时,花市灯如昼。月上柳梢头,人约黄昏后。"元宵节的夜晚,花灯将天空映照得如同白昼,与心爱的人儿约好晚上相见,以诉相思之苦。辛弃疾在《青玉案·元夕》中说:"东风夜放花千树……凤箫声动,玉壶光转,一夜鱼龙舞……众里寻他千百度。蓦然回首,那人却在,灯火阑珊处。"元夕太过热闹,彩灯舞动,彻夜不休,人声鼎沸。诗人在人群中到处寻找也没寻到日思夜想的她,猛然回头,在不经意的瞬间发现她就在那灯火阑珊处。

爱情是诗人笔下永恒的题材,毛滂的词中虽没有香艳之语,但他对妻子的深情却藏在字里行间。如《诉衷情·七夕》中有与妻子共度佳节的相爱相知相守:"秋韵起,月阴移,下帘时。人间天上,一样风光,我与君知。"《夜行船》中因雨夜泊吴江对妻子的恋恋不舍与思念:"寒满一衾谁共。夜沈沈、醉魂蒙松。雨呼烟唤付凄凉,又不成、那些好梦。明日烟江暝曚。扁舟系、一行蟛蜞。季鹰生事水弥漫,过鲈船、再三目送。"

放风筝

科普 //

风筝也称纸鸢、风鸢、纸鹞、鹞子。放风筝是我国民间的一种传统游戏,也是清明节的一项民俗活动。

◆ 清升平乐事图　蝙蝠风筝

此图描绘生活在太平盛世中的妇女儿童春日放风筝的情景。

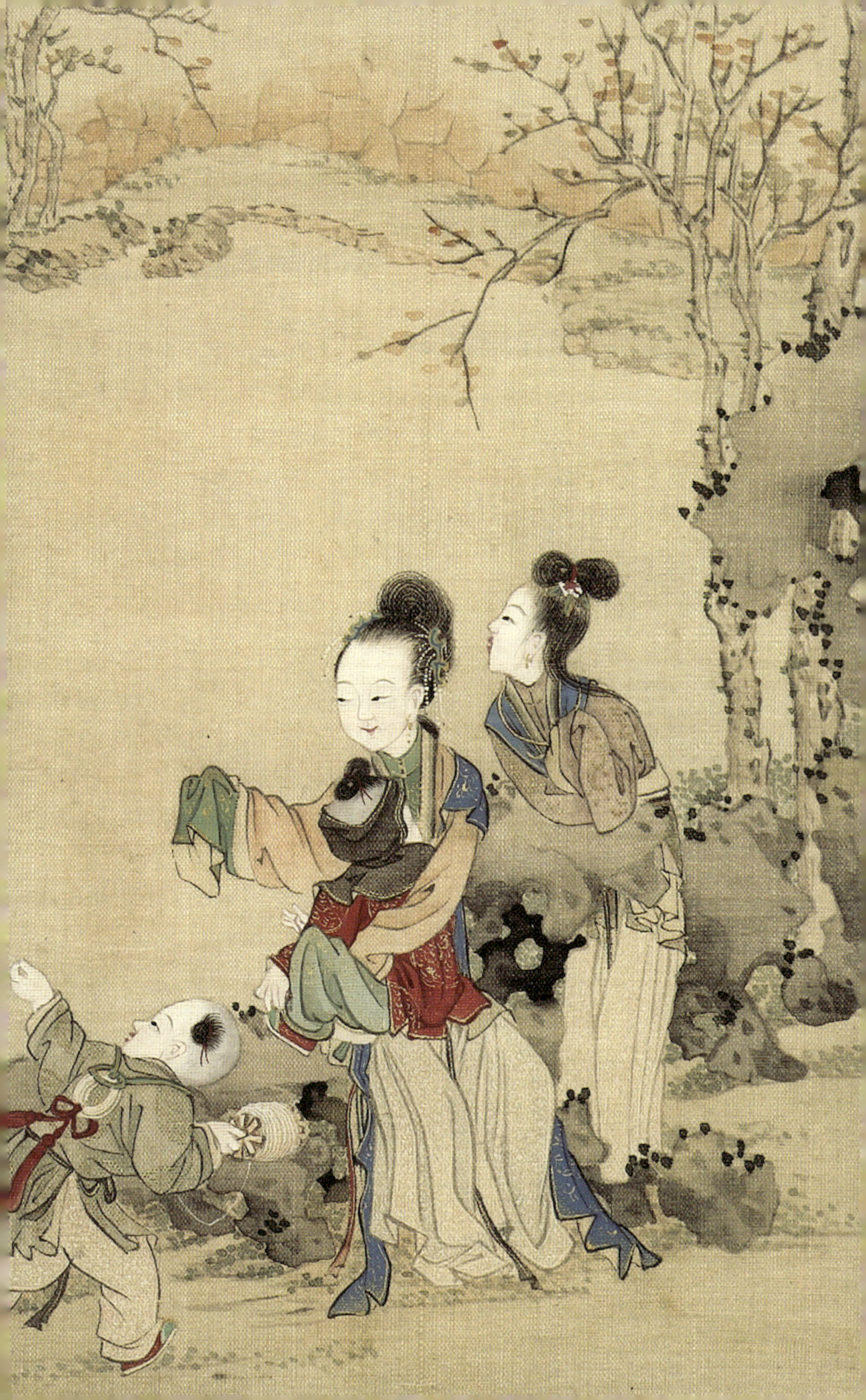

历史

风筝有悠久的历史。传说嫘祖为了赶走鸟雀，保护自己养的蚕，就用竹篾扎成鸟雀的天敌鹞的样子，再用树叶做装饰，用丝牵着，借助风力将鹞送上天空。这就是嫘祖制鹞的传说故事。

关于风筝的起源还有一种说法是韩信发明的。这种说法存在很大的可疑之处，较少人相信。宋人高承《事物纪原》："纸鸢，俗谓之风筝，古今相传云是韩信所作。高祖之征陈豨也，信谋从中起，故作纸鸢放之，以量未央宫远近，欲以穿地隧入宫中也。"从目前可考的史料记载来看，韩信那会儿还没有纸，因此，发明纸鸢的说法也就不攻自破。

据史料记载，风筝起源于春秋战国时期。《韩非子·外储说左上》记载："墨子为木鸢，三年而成，蜚一日而败。弟子曰：'先生之巧，至能使木鸢飞。'"也就是说春秋时期的墨子花了三年的时间率先设计出可以飞行的"木鸢"，这种木鸢可以在天空飞行一天不落地。同时期的公输子，也就是公输班、鲁班，能够制造木鹊，可以连续飞行三天。《墨子·鲁问》记载："公输子削竹木以为鹊，成而飞之，三日不下，公输子自以为至巧。"鲁班和墨子均为先秦时代的能工巧匠，是后世公认的科技奇才。因为二人是师生关系，具体谁人发明现今已不可考，但毫无疑问春秋时期就有了木鸢的存在。汉代刘安的《淮南子·齐俗训》也说："鲁般、墨子作木鸢而飞之。"

关于木鸢的飞行能力是否如记载的那样可以飞一天或三天，

诗歌里的民俗

后世提出了质疑。东汉王充在《论衡》中说:"儒书称:'鲁般、墨子之巧,刻木为鸢,飞之三日而不集。'夫言其以木为鸢飞之,可也;言其三日不集,增之也。夫刻木为鸢以象鸢形,安能飞而不集乎?既能飞翔,安能至于三日?"王充对木鸢能够在空中一直飞行三日的记载提出质疑,认为木鸢能飞可信,对其连续飞行三天则表示怀疑。这也从侧面说明汉朝人所制作的木鸢飞行能力有限。

东汉时纸的改进和利用为木鸢提供了更好的材料。不过,风筝这一名称的出现是在五代时期。在唐代以前,风筝是指挂在屋檐下的"铁马",风吹动时,铁马会发出类似筝鸣的声响。而五代时,有人对纸鸢进行了改进,即给纸鸢装上竹哨,纸鸢在天空飞行时,由于风的作用,竹哨会发出声音,有点像筝,于是,纸鸢就逐渐被叫作风筝。

唐代时,风筝已日益普遍,而且渐渐增加了娱乐功能。风筝的形状已有多种,为了美观,还会在糊风筝的纸上作画。刘得仁所作的《访曲江胡处士》:"落日明沙岸,微风上纸鸢。静还林石下,坐读养生篇。"可以看出,放风筝成了人们休闲放松的一项活动。

宋代时,放风筝已有明显的季节性,通常在春天进行,人们还将其当成锻炼身体的一项运动。北宋张择端的《清明上河图》中就有放风筝的画面。陆游《题斋壁》载:"出从父老观秧马,归伴儿童放纸鸢。"这时,还出现了放风筝比赛,赢者可以得到金钱的奖励。据《西湖老人繁盛录》记载:"街市举放风筝轮车数椽,有极大者,多用朱红,或用黑漆,亦有用小轮车者,多是药线,前后赌赛输赢。输者顷折三二两钱。每日如此。"放风筝成了具有竞

诗歌里的中国

技性的体育运动，因而更加盛行，从而促进了风筝制作工艺的新发展。南宋时，制作风筝还成了一种专门的职业。

元代时，风筝还传入了欧洲各国。

明代，风筝被用于战争。在风筝上装载炸药，在飞到敌方上空时，利用风筝相互碰撞引爆炸药，以达到杀敌的目的。

明清时，风筝的造型更加丰富，常见的人物、动物、植物、文字等形象都能制成风筝，还能制作出人驾马车的复杂造型。这时的人们为了放飞风筝时能有更好的体验，还对风筝上的筝哨进行了改进。如胡曦在《兴宁竹枝杂咏》中说："重阳前后，俗喜放纸鸢。双蝴蝶、十八雁、黑鹞、苍鹰，俱制之巧者，并善制筝弦，截竹屈弓形，铃束簿筍或绢上，乘风自响，俗曰风琴，又曰自鸣弦。淮南所谓风过箫也。"

习俗

放风筝后来成为清明时的一项习俗。在古代，放风筝不仅是一项游艺活动，还包含着重要的民俗意义。古人认为风筝飞到天上可以带走秽气。人们在清明节放风筝时，会将不好的事情写在风筝上，等风筝放飞到天上时，将风筝线剪断，让风筝随风飘走，寓意所有的疾病和秽气都被带走。《红楼梦》中就有关于这一习俗的描写。曹雪芹在第七十回中写道：

一语未了，只听窗外竹子上一声响，众人吓了一

诗歌里的民俗

跳，恰似窗屉子倒了一般，众人唬了一跳。丫鬟们出去瞧时，帘外丫鬟嚷道："一个大蝴蝶风筝挂在竹梢上了。"众丫鬟笑道："好一个齐整风筝！不知是谁家放断了绳，拿下他来。"……探春笑道："紫鹃也学小气了，你们一般的也有，这会子拾人走了的，也不怕忌讳？"黛玉笑道："可是呢，知道是谁放晦气的，快掉出去罢。把咱们的拿出来，咱们也放晦气。"

……

黛玉笑道："这一放虽有趣，只是不忍。"李纨道："放风筝图的是这一乐，所以又说放晦气，你更该多放些，把你这病根儿都带了去就好了。"紫鹃笑道："我们姑娘越发小气了。那一年不放几个子，今儿忽然又心疼。姑娘不放，等我放。"说着便向雪雁手中接过一把西洋小银剪子来，齐篾子根下寸丝不留，咯登一声铰断，笑道："这一去把病根儿可都带了去了。"

这些文字生动地描写了放风筝去晦气、可带走疾病这一作用。虽然这是一种封建迷信行为，但这种做法寄托了人们的美好愿望。放风筝确实能起到让人心情愉悦的效果。

民间也有在文昌帝君诞日放风筝的习俗，寓意放风筝的孩童将来能够高升，实现青云之志。《涪州志》有载："三日，祀文昌，童稚放风筝为乐。"

放风筝在一些人的笔下，有着更深刻的内涵。风筝飞升的过程如同参加科举考试的过程，即县试、府试、院试、乡试、会试、殿试等，最后升到空中，就像通过了科举考试，得到了官爵，因此，放风筝就成为人们寄托希望的一种活动。《因赋风筝与黄郎偶》："竹君为骨楮君身，学得飞鸢羽样轻。出手能施千丈缕，举头可问九霄程。高穷寥旷宁无力，少假扶摇即有声。所惜峥嵘能几日，儿曹伧指已清明。"李曾伯在诗中就是借助对风筝的描写来抒发希望自己能够直上九霄的心愿。

诗歌里的民俗

纸鸢

宋·顾逢

只是凭风力,飞腾自不知。
转来高处去,肯顾此身危。
云外①摇双翼,空中寄一丝。
每愁吹断后,欲觅意何之。

顾逢,字君际,号梅山樵叟。擅长五言诗,为居室取名"五字田家",人称"顾五言"。有《船窗夜话》《负暄杂录》及诗集传世。

诗歌里的中国

主旨

这是一首描写风筝的诗,实际上是借助风筝讽刺那些一心追求高位之人。

注释

①云外:高空。隋李播《天象赋》:"动则飞跃于云外,止则盘萦于汉沂。"

诗里诗外

风筝借助风力能够飞上高空,看似自由地翱翔,实则被一根线控制着。因此,在文人的笔下,风筝被寄予了太多的意象。

风筝在诗人的笔下可寄托人们直上青云的梦想和想要有一番作为的志向,如寇准的《纸鸢》:"碧落秋方静,腾空力尚微。清风如可托,终共白云飞。"吴友如《题画诗》:"红线凌空去,青云有路通。"陆游则借助风筝表达了一种闲适的人生态度,《观村童戏溪上》:"雨余溪水掠堤平,闲看村童谢晚晴。竹马踉跄冲淖去,纸鸢跋扈挟风鸣。"掉落的风筝不知飘向何处,往往容易勾起人无限的想象。杨仲愈《美人风筝》:"尘缘一线时时断,碧海青天任去来。"陈长生《春日信笔》:"窗外忽传鹦鹉语,风筝吹落画檐西。"

在李渔的笔下,风筝还成就了一段有情人终成眷属的美好爱

诗歌里的民俗

情。李渔在传奇《风筝误》中，以风筝牵起了姻缘的红线。纨绔子弟戚友先拿风流才子韩琦仲题了诗的风筝去放，结果风筝线断落入詹烈侯家的西院，被才貌双全的二小姐詹淑娟捡到。詹淑娟便依韵在风筝上和诗一首。风筝又被戚友先的家童要了回去。韩琦仲对风筝上的和诗非常赞赏，进而对詹家小姐也萌生了好感，于是在别的风筝上题了一首求婚诗。因一首诗产生了爱情，这韩琦仲也挺有意思的。但不幸的是，这次风筝掉在了东院大小姐那里。大小姐便约韩琦仲见面，韩琦仲"惊丑而急退"。看来詹家大小姐的样貌很有特色，吓退了见面的"网友"。有趣的是韩琦仲后来考上了状元，而詹烈侯又成了他的领导。詹烈侯看上了韩琦仲，便打算把女儿许配给他。韩琦仲心中虽一百个不乐意，但也不敢拒绝。等到新婚夜，进入洞房的韩琦仲如临深渊，没想到，结局再次反转，新娘竟然是当初题诗的二小姐。韩琦仲自然是大喜。

　　这个故事虽然符合了人们在爱情中才貌也要"门当户对"的审美需求，但不免让人觉得，韩琦仲还是一个"以貌取人"者，情有几分真？

赛龙舟

科普 //

赛龙舟是我国端午节的主要习俗，一般在阴历五月份开展活动，是一种多人水上竞技的民间体育活动。赛龙舟多在南方地区举行，北方一些无河流地区也会采用划旱龙舟舞龙船的方式。赛龙舟竞赛规则简单，参赛人分为不同的船队，先到目的地者胜，由于船只为龙形，故称为赛龙舟。

◆ 清画院画十二月月令图 五月（局部）

龙舟竞发，锣鼓喧腾，两岸民家凭栏观赏。

历史

关于龙舟的起源,有三种说法,一种是源自于上古时期的图腾祭祀,南方有部落崇拜龙图腾,在水上举行声势浩大的祭祀礼仪,故演化为赛龙舟习俗;另一种说法是人们祈求风调雨顺的祭祀游戏,此种游戏由来久远,具体祭祀情况已很难考证;最后一种就是人物纪念说,这种说法在民间流传尤其广泛,例如像纪念屈原、曹娥、伍子胥等历史人物的传说。

从现有资料可知,至少在战国时期已有龙舟。出土于魏襄王(在位时间为公元前318—公元前296年,相当于战国中期)古墓中的《穆天子传》记载:"天子乘鸟舟,龙浮于大沼。"郭璞注:"沼池龙下有舟宇,舟皆以龙鸟为形制,今吴之青雀舫此其遗制者。"从郭璞注可以看出,当时舟的形状有龙、鸟等形象。

秦汉时期,已有划船竞赛的活动。汉武帝在昆明池为操练水军就设有划船比赛的项目。《西京赋》还记载有龙舟嬉戏的内容:"于是命舟牧,为水嬉。浮鹢首,翳云芝。"李善注:"水嬉则榜龙舟。"

此后,民间也有龙舟竞赛活动。魏晋之后至隋唐,竞赛时间并未固定,有在四月举行的,也有八月举行的。大约自魏晋以后,才逐渐统一在端午节举行。南朝《荆楚岁时记》其中注谓:"按,五月五日竞渡,俗为屈原投汨罗日,伤其死,故命舟楫以拯之。舟舸取其轻利,谓之'飞凫',一自以为'水车',一自以为'水马'。州将及土人悉临水而观之。"《隋书·地理志》:"屈原以五月望日赴汨罗,土人追到洞庭不见,湖大船小,莫得济者,乃歌曰:

'何由得渡湖！'因尔鼓棹争归，竞会亭上，习以相传，为竞渡之戏。"此后，竞渡的风气越来越浓厚，赛龙舟成为端午的保留节目，有了"夺标"这一活动。唐朝诗人刘禹锡的《竞渡曲》："灵均何年歌已矣，哀谣振楫从此起。杨桴击节雷阗阗，乱流齐进声轰然。蛟龙得雨鬐鬛动，螮蝀饮河形影联。"

宋代时，赛龙舟已经变成一项大型的娱乐活动，《武林旧事》中详细描写了游人观赏的场面："内珰贵客，赏犒无算。都人士女，两堤骈集，几无置足地。水面画楫，栉比如鳞，亦无行舟之路，歌欢箫鼓之声，振动远近，其盛可以想见。"此时的龙舟还以各种样貌出现在当时的绘画作品里，从张择端的《金明池争标图》中可以看到龙舟除船体外，还装饰了龙头、龙尾，插着旗帜，在龙舟上还设有神龛、锣、鼓架等。水面上有大小二十多艘船只，船上人物众多，有人划船竞渡，有人击鼓奏乐，有人摇旗呐喊。而岸上的百姓争相观看，画以中间的大龙舟为中心，五艘小龙舟上各有十人穿着统一的衣服并列划桨，顺着船头旗帜的方向竞赛向前。

明清时期的赛龙舟习俗一度达到巅峰，不但民间盛行，连宫廷都对这项活动格外重视。乾隆作《龙舟》诗云："旗飐红霞鼓角鸣，昔年竞渡尚传名。悯忠更复怀殷鉴，恋主犹然吊贾生。歌奏回波云影过，棹沿芳渚浪花平。飞龙恰见天中瑞，水底鱼虾漫自惊。"

习俗

龙舟形制

最初,作为竞赛的船就是一般的小舟,到西周时,融合了部落图腾崇拜,将龙与舟紧密结合起来形成了龙舟。随后,龙舟的形制不断发展,但不管造型如何丰富、生动,都与龙有关,充分体现了这一节日习俗。宋代时龙舟的种类更加丰富,《东京梦华录》中对小龙舟、虎头船、飞鱼船、鳅鱼船等如何"争标"都有比较详细的描写。

随着时间的演变,各地根据其地域特征制造出了各具特色的龙舟造型,例如台湾省的龙舟,船身犹如大型鸭母船,船首、船尾、船桨均绘有太极图形,船头画有一对麒麟,两侧各有凸起的黑白双眼,船身画有舞爪金龙。揭阳一带的龙舟造型雅致,外形仿照龙的形象,并以红、黄、白、青几种色彩图绘船身,整个龙舟看起来栩栩如生。

龙舟竞渡

最初的龙舟并没有竞渡这一形式,而是在竞渡途中划龙舟去外地游乡,也有的参加龙舟集会,岸上接待的人也会十分热情,会敲锣打鼓放鞭炮,所以在一些地区会认为这种竞渡是在串门,比之现代热火朝天的竞技比赛要放松很多,直到现在有些地区仍然保持着游乡的传统。清范祖述《杭俗遗风》:"西湖有龙舟四五只,其船长约四五丈,头尾均高,彩画如龙形,中舱上下两层,首有龙头太子及秋千架，均以小孩装扮。太子立而不动，秋千上下推移，旁列十八般武艺、各式旗帜。门列各枪，中央高低五色彩伞，尾有蜈蚣旗，中舱下层敲打锣鼓，旁坐水手划船。"扬州也有类似的表演，只不过是儿童在船尾杂耍各种戏码。清李斗《扬州画舫录》："有彩绳系短木于龙尾，七八岁小童，双丫髻，红衫绿裤，立短木上演其技，如'童子拜观音''金鸡独立''倒挂鸟''鹞子翻身'等名目，曰'吊梢'。观者骇然，演者晏若也。"这说明儿童表演是龙舟竞渡中的一大特色。

　　唐宋时期就有关于竞渡的记载。孟元老《东京梦华录》："水殿前至仙桥，预以红旗插于水中，标识地分远近。所谓小龙船，列于水殿前，东西相向，虎头、飞鱼等船，布在其后，如两阵之势。须臾，水殿前水棚上一军校以红旗招之，龙船各鸣锣出阵，划棹旋转，共为圆阵，谓之旋罗。水殿前又以旗招之，其船分而为二，各圆阵，谓之海眼。又以旗招之，两船队相交互，谓之交头。又以旗招之，则诸船皆列五殿之东面，对水殿排成行列，则有小舟一军校，执一竿，上挂以锦彩银碗之类，谓之标竿，插在近殿水中。又见旗招之，则两行舟鸣鼓并进，捷者得标，则山呼拜舞。并虎头船之类，各三次争标而止。"这种形式一直延续到现代，并且作为一项体育运动被发扬光大。唐朝诗人王建《宫词》也是一首关于竞渡的诗："竞渡船头掉采旗，两边溅水湿罗衣。池东争向池西岸，先到先书上字归。"唐朝民间的龙舟竞渡一般是民间自发组织的。在竞渡练习开始前，村社还会举行隆重的船身祭祀仪式。

　　元代以后，龙舟竞渡的竞技性逐渐增强，娱乐性不断淡化。

　　现代赛龙舟采用"夺标"的方式分胜负。一般根据比赛河流

来定距离，比赛组织者在终点处的水面上竖立一杆大标旗，谁先夺得标旗，谁就获得胜利。比赛用的龙舟也有统一的形制，龙舟一般为梧桐或杉木掏空制成。龙头高高露出水面，每只龙舟上的参赛者大多数在二十人以上。龙舟比赛时，亲友们手提鸡、鸭、米酒、鞭炮等跟随在沿途祝贺，姑娘们会踏歌相迎，划手们则以《龙船歌》相答，直至终点。

龙舟说唱

龙舟说唱又叫作"龙舟歌"或者"唱龙舟"，形成于清朝，是一种民间说唱艺术，一般以清唱为主，说白为辅，伴奏多是小锣鼓，演唱方式也大多是吟诵式，语言为粤语方言。龙舟说唱是一种富有乡土气息的民间说唱，腔调普遍朴素粗犷。

龙舟说唱最初主要是从端午节赛龙舟时向龙王祈求风调雨顺、消灾纳福的颂词中演变而来。后来这种有节奏的颂词演变为说唱艺术。表演者自击小鼓，手持一根顶端为木雕小龙舟的长棍，小龙舟配备了龙头、龙尾和竞赛健儿，演唱内容丰富多样，短篇有龙舟祝词，中长篇有神话传说、历史故事、人生坎坷等内容，曲子有《八仙贺寿》《贵妃醉酒》《霸王别姬》等。

贺新郎·端午

宋·刘克庄

深院榴花吐。画帘开、练衣①纨扇,午风清暑。儿女纷纷夸结束,新样钗符艾虎②。早已有、游人观渡③。老大逢场慵作戏,任陌头、年少争旗鼓。溪雨急,浪花舞。

灵均④标致高如许。忆生平、既纫兰佩⑤,更怀椒醑。谁信骚魂千载后,波底垂涎角黍。又说是、蛟馋龙怒。把似而今醒到了,料当年、醉死差无苦。聊一笑,吊千古。

刘克庄,字潜夫,号后村,南宋诗人。宋末文坛领袖,辛派词人的重要代表,江湖诗派诗人。晚年致力于辞赋创作,提出了许多革新理论。

主旨

诗人以屈原之事,抒发自己的怨愤之情。

注释

①练衣:葛布衣,指平民衣着。
②钗符艾虎:都是端午节佩戴用来辟邪的饰物。钗符,端午节戴的头饰。艾虎,用艾草制作的虎形装饰。
③观渡:观看龙舟竞赛。
④灵均:屈原,字灵均。
⑤纫兰佩:用来形容志趣高洁。《离骚》:"纫秋兰以为佩。"

诗里诗外

屈原出身楚国贵族,与楚王同姓,才学过人。怀王为太子时,屈原为其侍读。怀王即位后,屈原在楚国担任要职。屈原能力出众,但为人正直,因此遭到子兰等人的嫉妒,这些人处处排挤他,还让楚怀王疏远了他。

《史记·屈原贾生列传》:屈原遭受长期放逐,行吟于沅湘泽畔,楚国郢都被秦军攻破,于是屈原"怀石自投汨罗江以死"。

公元前302年,屈原反对楚国投靠秦国,主张联齐抗秦,但楚怀王没有听从他的劝告,还将他流放到了汉北,屈原作《离骚》。几年后,屈原虽被召回了国都,但仍然得不到重用。后来,楚怀王在子兰等人的怂恿下前往秦国,结果被秦国扣留,客死异乡。怀王死后,楚顷襄王继位,他宠幸奸佞,屈原屡次上疏进谏劝告楚顷襄王,指责子兰等人的卖国行径,于是又被流放。此后,屈原经常在洞庭湖边、汨罗江边,披头散发,面容憔悴,一边走,一边唱着悲愤忧伤的歌曲。《渔父》中记载了一段对话:

屈原既放,游于江潭,行吟泽畔;颜色憔悴,形容枯槁。渔父见而问之曰:"子非三闾大夫与?何故至于斯?"

屈原曰:"举世皆浊我独清,众人皆醉我独醒,是以见放。"

渔父曰:"圣人不凝滞于物,而能与世推移。世人皆浊,何不淈其泥而扬其波?众人皆醉,何不餔其糟而歠其醨?何故深思高举,自令放为?"

屈原曰:"吾闻之:新沐者必弹冠,新浴者必振衣,安能以身之察察,受物之汶汶者乎?宁赴湘流,葬于江鱼之腹中,安能以皓皓之白,而蒙世俗之尘埃乎?"

渔父莞尔而笑,鼓枻而去。歌曰:"沧浪之水清兮,可以濯吾缨;沧浪之水浊兮,可以濯吾足。"遂去,不复与言。

诗歌里的中国

屈原在流放期间,看到许多百姓挨饿受冻,无钱医病,更加深了他的痛苦,于是,他写下了《九章》《九歌》等爱国诗篇,借以排解自己的愁绪。公元前278年,楚国都城被秦国攻破。农历五月初五这天,悲愤绝望的屈原抱着一块大石头跳入了汨罗江中,当地百姓划着船来打捞屈原的尸体,又用苇叶包了糯米饭投进江中祭祀他。直到现在,每年农历五月初五的端午节,人们还会划龙舟、吃粽子,以此来纪念屈原。

乞巧

科普 //

乞巧也叫乞巧节、七夕节、七巧节、七姐诞、女儿节等,是我国的一个传统节日。乞巧多是少女在农历的七月初七日夜晚向织女星祈求智巧,希望自己能够心灵手巧,获得美满姻缘。民间乞巧方式多种多样,但都体现了七夕节的风俗。

◆ 清画院画十二月月令图 七月（局部）

妇女们设案对月乞巧，男人们弹琴奏乐。

诗歌里的民俗

历史

　　七夕节的来历与牛郎织女的故事有关。牛郎织女在每年的七月初七相会的故事在我国流传较广，几乎家喻户晓，在此不再赘述。七夕的历史可以追溯至春秋战国时期，但那时最多是祭祀牵牛、织女星，还没有形成节日。《诗经·小雅·大东》："跂彼织女，终日七襄。虽则七襄，不成报章；睆彼牵牛，不以服箱。"意思是说天上的织女星每天移动七次，也织不成布，牵牛星也无法用来拉车。

　　由于古代科技不发达，人们对天上的星辰便想象出很多美好的寓意。北斗七星中最亮的一颗被叫作魁星，也叫魁首。科举制度产生后，魁星也用来指状元。魁星的生日是农历的七月初七，而且"七"与"吉"谐音，后来七月七日就成了读书人为了考试顺利而祭拜的魁星节。这里的魁星节与七夕节后来发展成的乞巧没有关系，但反映了古人对星象的崇拜。

　　七夕成为节日起源于汉代。据东晋葛洪的《西京杂记》记载："汉彩女常以七月七日穿七孔针于开襟楼，俱以习之。"而东汉崔寔《四民月令》中对七月的记载则是："七月七日，曝经书，设酒脯时果，散香粉于筵上，祈请于河鼓、织女。"汉代七夕乞巧已经出现，但还没有普及，而且也不是必不可少的项目。

　　唐代时，七夕乞巧已经非常隆重，不但宫中重视，民间也效仿。据《开元天宝遗事》记载，七夕时："宫中以锦结成楼殿，高百尺，上可以胜数十人，陈以瓜果酒炙，设坐具，以祀牛、女二星。

嫔妃各以九孔针、五色线,向月穿之,过者为得巧之候。动清商之曲,宴乐达旦,士民之家皆效之。"这时的七夕节,还会祭祀牵牛、织女星,不过乞巧活动更受欢迎,上至宫中妃嫔,下至市民之家,通宵达旦。

宋元时期,乞巧已成为七夕节约定俗成的活动。这时还出现了专门售卖乞巧物品的市场,即乞巧市。据《醉翁谈录》记载:"七夕,潘楼前买卖乞巧物。自七月一日,车马嗔咽,至七夕前三日,车马不通行,相次壅遏,不复得出,至夜方散。"可见,从七月初一起,买卖乞巧物品的地方就热闹非凡,以至于"车马不通行",可见乞巧在宋朝的盛况。元代宫女有专门乞巧的地点,据陶宗仪的《元氏掖庭记》记载:"九引台,七夕乞巧之所。至夕,宫女登台,以五彩丝穿九孔针,先完者为得巧,迟完者谓之输巧,各出资以赠得巧者。"

明清时期,乞巧依然是七夕盛行的活动。如《红楼梦》中王熙凤的女儿巧姐的名字就是由目不识丁的刘姥姥取的,说明普通人家也熟知七夕节乞巧这一习俗。

习俗

七夕节乞巧活动主要有穿针乞巧、蜘蛛乞巧、生豆芽乞巧、浮巧针乞巧等。各地风俗略有差异,但穿针乞巧是最常见的方式。

穿针乞巧自汉代便有,最初具有一定的政治色彩。据《史记·天官书》张守节"正义"引东汉末年《荆州占》:"王者至孝于神明,则三星俱明;不然,则暗而微,天下女工废。"说明汉代祭祀织女

诗歌里的民俗

是希望国家的女工兴旺。当然汉代彩女在七夕夜,望月穿七孔针也有一定的乞巧成分在里面。唐代宫中以彩色线穿九孔针,宋代女子是在月下穿七孔针等。在月下穿针是向织女祈求,希望自己也可以心灵手巧。广东地区的穿针乞巧很有特色,一般从初六晚上开始,到初七晚上,这两天女子要穿新衣服,戴新首饰,焚香点烛,对夜空中的星进行跪拜,这一活动叫"迎仙",从三更至五更,要连拜七次。迎仙之后,她们用彩线对着灯影将线穿过针孔,如果能一口气穿过七枚针孔,就叫得巧,被称为巧手。

蜘蛛乞巧也是七夕节的一项民俗活动。如《荆楚岁时记》记载,在七夕时,妇人用彩线穿七孔针,在庭中摆上瓜果以乞巧,还要看蜘蛛在瓜果上结网的情况,"有喜子网于瓜上,则以为符应"。喜子,就是一种红色的小蜘蛛,被人们当作吉祥之物。五代《开元天宝遗事》中也有关于蜘蛛乞巧的记载:"各捉蜘蛛闭于小盒中,至晓开视蛛网稀密,以为得巧之候;密者言巧多,稀者言巧少。民间亦效之。"通过蛛丝的疏密来判断乞巧者是否手巧,这虽然不具有参考性,但反映了人们对美好生活的追求。唐刘言史《七夕歌》有:"碧空露重彩盘湿,花上乞得蜘蛛丝。"宋代对乞巧的蛛丝形式有不同的规定,《东京梦华录》:"妇女望月穿针,或以小蜘蛛安合子内,次日看之,若网圆正,谓之得巧。"宋代是以蛛网的圆正为得巧。清朝时各地也有蛛丝乞巧的习俗。如道光年间安徽的《繁昌县志书》记载:"闺秀设茶果于露台乞巧,夸朝中有蛛丝罗其上者,谓之得巧。"

生豆芽乞巧最初是用来求子的,后来逐渐演变为乞巧的一种活动。据《东京梦华录》记载:"以绿豆、小豆、小麦,于磁器内

以水浸之，生芽数寸，以红蓝彩缕束之，谓之'种生'。皆于街心彩幕帐设出络货卖。"宋代经济发达，有专门售卖豆芽者，妇女可直接买回家用来乞巧。至于用豆芽乞巧的方式各地有所不同，如四川一些地方是根据豆芽在水中的影子来判断是否得巧。如《汉州志》："以绿豆浸瓷器内生芽，长数寸，摘浮水面，视影成花卉形为待巧。"《三台县志》记载得更为详细："先期用水浸豌豆于碗中，令芽长尺余，红笺（线）束之，名曰'巧芽'。至此夕，妇女焚香、献瓜果、向空中跪祝天孙以'乞巧'。祝毕，摘取芽尖投水中，对灯、月下照之，或现针影，或露花影，或变鱼、龙影，相与为欢，谓之'得巧'。"人们对乞巧很重视，会焚香、献瓜果、跪拜等，人们也知道这是一种沿袭下来的民俗，更多的是体验参与活动的欢快，是一种精神层面的希望和寄托。山西一些地方也有用别的物品乞巧的习俗，如《阳城县志》中提到的："浮藤萝丝于水，名曰乞巧。"

浮巧针乞巧的习俗类似于生豆芽乞巧。这一习俗在明清时期的北方较为盛行。据明沈榜的《宛署杂记》记载："七月七日，民间有女家各以碗水暴日下，令女自投小针泛之水面，徐视水底，日影或散如花、动如云、细如线、粗如槌，因以卜女之巧。"就是说在七夕这天，有女儿的人家都会在太阳下晒一碗水，让女儿将一小针投进水中，让针浮在水面，观察针在水底的影子来判断是否得巧。

除上述常见的乞巧活动，各地还有一些特殊的乞巧习俗。如乞巧基本是在初七进行，而河南新乡一带则在初六晚上进行。参与乞巧者为未出嫁的女子，一般七人为一组，大家共同出资，准备葡萄、石榴、西瓜、枣、桃等七种供品。此外，还要准备七张

诗歌里的民俗

烙馍、七碗饺子、七碗面条汤等。在福建,乞巧的方式有两种,一种是"卜巧",一种是"赛巧"。所谓卜巧就是用卜具来卜问自己是否手巧,赛巧就是比赛穿针引线,快者为得巧,慢者就是输巧,输巧的人要把事先准备好的礼物送给得巧的人。在浙江绍兴,有未嫁女子躲在南瓜棚下听牛郎织女悄悄话的习俗。

虽然各地乞巧的方式有些不同,但都是七夕风俗的体现,反映了人们追求幸福生活的愿望。

七夕

唐·崔颢

长安城中月如练,家家此夜持针线。
仙裙玉佩①空自知,天上人间不相见。
长信深阴夜转幽,瑶阶金阁数萤流②。
班姬③此夕愁无限,河汉三更看斗牛④。

崔颢,唐代诗人,出身于门阀士族。其诗早期多写闺情,诗风轻浮,后期以边塞诗为主,诗风雄浑奔放。

诗歌里的民俗

主旨

　　这首诗描绘了七夕节长安城中穿针乞巧的一些民俗活动,借以抒发自己不得志的苦闷心情。

注释

①仙裙玉佩:指仙人,这里代指牛郎织女。
②萤流:指萤火虫。杜牧《秋夕》诗有:"银烛秋光冷画屏,轻罗小扇扑流萤。"
③班姬:指班婕妤。班婕妤为西汉才女,汉成帝的妃子,失宠后作《团扇诗》借秋扇以自伤。
④河汉三更看斗牛:河汉,指银河。《古诗十九首·迢迢牵牛星》:"河汉清且浅,相去复几许!盈盈一水间,脉脉不得语。"斗牛,指南斗星和牵牛星。斗宿和牛宿都是二十八宿中的星宿。北方玄武七宿中第一宿是斗宿,第二宿是牛宿。

诗里诗外

　　崔颢虽然一生也没做过什么大官,但他的家族可谓是顶级门阀。博陵崔氏是从汉代至唐代的著名大族,因封地在崔邑而被赐姓崔氏。崔氏在西汉时崛起,东汉跻身名门,范晔对崔氏的评价

很高:"崔氏世有美才,兼以沉沦典籍,遂为儒家文林。"发展到唐代时,崔氏已经非常显赫,至中晚唐,成为"士族之冠",仅唐代就有十六人位列宰相。

崔颢也很有才华,一首《黄鹤楼》让大诗人李白为之搁笔,"晴川历历汉阳树,芳草萋萋鹦鹉洲",连李白都不禁感慨:"眼前有景道不得,崔颢题诗在上头。"崔颢有如此才华,为何仕途不畅呢?文献中没有过多记载,有人认为与崔颢的人品有关。《辞源》中对崔颢的记载有这样一句:"唐诗人,有文无行。"这样的评论是认可了崔颢的才华,但对其品行是不满的。这也许与崔颢年轻时"娶妻唯择美者,俄又弃之,凡四五娶"有关。

人随着年龄的增长和阅历的增加,心性也会发生改变。《唐才子传》说:"少年为诗,意浮艳,多陷轻薄;晚节忽变常体,风骨凛然。一窥塞垣,状极戎旅,奇造往往并驱江、鲍。"崔颢后期诗风突变,有江淹、鲍照之风。《古游侠呈军中诸将》这首诗体现了其边塞诗的诗风:

少年负胆气,好勇复知机。
仗剑出门去,孤城逢合围。
杀人辽水上,走马渔阳归。
错落金锁甲,蒙茸貂鼠衣。
还家且行猎,弓矢速如飞。
地迥鹰犬疾,草深狐兔肥。
腰间带两绶,转眄生光辉。

诗歌里的民俗

顾谓今日战,何如随建威?

崔颢在诗中描写的仗剑出门、孤城被围、杀人辽水、走马渔阳等情景,都展现了奋勇杀敌的豪气。

登高

科普 //

登高源于民间在九月初九避疫的风俗,是我国传统节日重阳节的一项重要民俗活动。重阳节在 1989 年被中国政府正式确定为"中国老人节"。这一天除了敬老,还有登高等多项民俗活动。

诗歌里的民俗

历史

重阳之名来源于《易经》中的"阳爻为九",九为阳,而且为极数,所以九月初九有"两九相重",被称为"重九",也叫"重阳"。明张岱《夜航船》曰:"九为阳数,其日与月并应,故曰'重阳'。"

我国一直有尊老敬老的习俗,重阳节便源于上古时期敬天祭祖的观念。古代有在九月秋收时祭祀天帝、祖先的活动,古人认为有上天和祖宗的保佑,才能获得丰收。

关于重阳节的起源有多个版本的传说,传播最广的一种是"登高避疫"说。这个传说出自梁朝吴均的神话志怪小说《续齐谐记》。汝南一个叫桓景的人跟随费长房游学多年,有一年,费长房对桓景说:"九月九日,你家中会有灾。速速回去,让家人各作绛囊,装上茱萸,系在胳膊上,登高饮菊花酒,可避免此祸。"桓景按照老师的嘱咐,带领家人登上山顶,傍晚回来的时候,看到鸡、狗、牛、羊等都死了。桓景将情况告诉老师,老师说:"此法可世代相传。"现在人们每年的九月九日登高山饮菊花酒,妇人佩戴茱萸囊的习俗就是源于这个传说。

费长房是东汉时期的方士,桓景是其弟子。这个故事演化为民间版本就成了桓景跟随仙人学习法术,为民除害的故事。相传当时有个瘟魔,只要它一出现就会给人类带来疾病和死亡。桓景的父母也因此丧命,桓景便决定拜别妻儿和父老乡亲去访仙学艺。桓景历尽艰辛,终于在古山里寻到了一位法力高强的仙人。仙人也被桓景为民除害的善良和决心感动,决定收他为徒,还给了他

一把降妖宝剑。桓景学有所成后,打算回到家乡为民除害,临行前,仙人送了桓景茱萸叶、菊花酒以及避邪秘诀。桓景骑着仙鹤回到家乡,按照仙人的吩咐,将乡亲们领到附近的山上,给每人发了茱萸叶、菊花酒。中午时,瘟魔随着狂风出现,刚到山下,便闻到了茱萸叶、菊花酒的味道,顿时瑟瑟发抖,不敢上前。桓景趁着瘟魔发抖的时机,手持降妖宝剑与瘟魔搏斗起来,将瘟魔刺死。后来人们就把避灾登高当作重阳节的习俗。

民间传说更加生动,但看起来也更加"虚构"。而《西京杂记》中说:"汉武帝宫人贾佩兰九月九日佩茱萸,食蓬饵,饮菊花酒。"可见,至少西汉时,已有佩戴茱萸,饮用菊花酒的习俗。

重阳节登高、饮菊花酒、宴享的习俗流传下来,在文人的诗文中都有记载。陶渊明更是以爱菊闻名,在《九日闲居》诗序文中说:"余闲居,爱重九之名。秋菊盈园,而持醪靡由,空服九华,寄怀于言。"

唐代时,重阳节被国家正式确定为重要的节日,此后,宫廷和民间都会在这一天举行各种活动。宋代时,重阳节更加热闹,甚至会提前一天做准备活动。有的店铺还会用菊花装饰门店以吸引顾客。明代时,皇帝会登高望远,宫中妃嫔有从九月初一开始就吃花糕庆祝的习俗。清代时,重阳节的各种习俗活动更受重视,有人会将菊花插在门窗上,有些大户人家还会在家里举办菊花会等。

习俗

登高习俗最初的目的是避灾、祈求健康长寿等,并有佩戴茱萸、

诗歌里的民俗

饮菊花酒等活动。后来逐渐演变为一种休闲的方式，其娱乐性逐渐增加。如陶渊明所说，"菊花知我心，九月九日开；客人知我意，重阳一同来"，"采菊东篱下，悠然见南山"等。很明显，陶渊明笔下的重阳节更多的是一种闲适。孙思邈则认为登高有利于身心健康，他在《千金月令》中说："重阳之日，必以肴酒登高眺远，为时宴之游赏，以畅秋志。酒必采茱萸、甘菊以泛之，既醉而还。"

登高伴随着饮酒助兴，不少文人还借此赋诗。南北朝时，重阳登高的规模已较大，如南朝刘宋孙诜在《临海记》中说："郡北四十步有湖山，山甚平正，可容数百人坐，民俗极重，每九日菊酒之辰，宴会于此山者，常至三四百人。"看来，很多人会选择在重阳节这天登高，并饮酒聚会，以放松身心。

登高除了登山，还有登台、登榭、登高馆等。《荆楚岁时记》载："近代皆宴设于台榭。"《南齐书》记载了刘裕在彭城于重阳节游项羽戏马台之事。宋贺铸在《九日登戏马台》中说："戏马台荒年自久，射蛇公去事空传。"汉代项羽在山上筑台，以观戏马，南朝刘裕又在戏马台大宴群臣，登高赋诗，到了宋代诗人的笔下已是台荒、人去，看来这时戏马台已不是重阳登高的好去处了。《东京梦华录》记载："都人多出郊外登高，如仓王庙、四里桥、愁台、梁王城、砚台、毛驼冈、独乐冈等处宴聚。"可见，重阳登高从最初的登山辟邪到后来发展为真正的"登高"，即登上高处，与朋友聚会饮酒等。

登高还与赏菊相结合，成为更具雅趣的一项民俗活动。苏轼在《定风波·重阳》中写道："与客携壶上翠微，江涵秋影雁初飞。尘世难逢开口笑，年少，菊花须插满头归。"苏轼与朋友一起登山

赏景，看到年轻人不但饮酒赏菊，还将菊花插满头。明代田汝成在《西湖游览志余》中也记载了这一习俗："重九日，人家糜栗粉和糯米伴蜜蒸糕，铺以肉缕，标以彩旗，问遗亲戚。其登高饮燕者，必簪菊泛萸，犹古人之遗俗也。"佩戴茱萸的习俗从唐代开始改为插在头上了，"必簪菊"说明赏菊、戴菊也是登高的一项传统习俗。

人们在登高时，除了饮酒、赏花还有赌彩等娱乐活动。如清代顾禄在《清嘉录》中记载了杭州人登高的一些活动，如"牵羊赌彩为摊钱之戏""鼓乐酬神，喧阗日夕""借登高之名，遨游虎阜，箫鼓画船，更深乃返"。

"牵羊赌彩"是一种"斗羊"的习俗，两只羊相斗正是"重阳"的谐音。清代文人惠周惕在诗中也描述了重阳节的这一活动："斜阳细草吴山路，低帽簪花看赌羊。"沈朝初在《忆江南》中也有类似的记载："苏州好，冒雨赏重阳。别墅登高寻说虎，吴山脱帽戏牵羊，新酿酒城香。"苏州的吴山曾经是人们过重阳节的好去处，人们聚在这里戴菊花看赌羊的游戏，有的人还会压上几个铜板，看看能否猜中哪只羊胜出，满是欢乐的节日气氛。

"鼓乐酬神"也是过去苏州重阳节的一项民俗活动。这是在吴山顶的机王殿举行的祭祀神灵的活动，有人借着登高之名游玩，常常玩到深夜。

普通百姓登高不过图一乐，也有为了祈福的。但文人墨客登高就不一样了，他们登高除了游乐，往往还借登高表达自己的情感，抒发自己的志向。借登高表达思乡之情的非王维莫属，他在《九月九日忆山东兄弟》中说："独在异乡为异客，每逢佳节倍思亲。

诗歌里的民俗

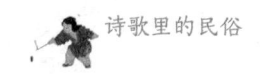

遥知兄弟登高处，遍插茱萸少一人。"王维在诗中描述了对兄弟们重阳节登高时"少一人"的想象，表达了对亲人、对故乡的思念。杜甫在《登高》中用"万里悲秋常作客，百年多病独登台"来表达自己不得志的苦闷和漂泊他乡的艰难。

◆明吴彬月令图 登高（局部）

九月，人们往山顶开阔处，登高望远。

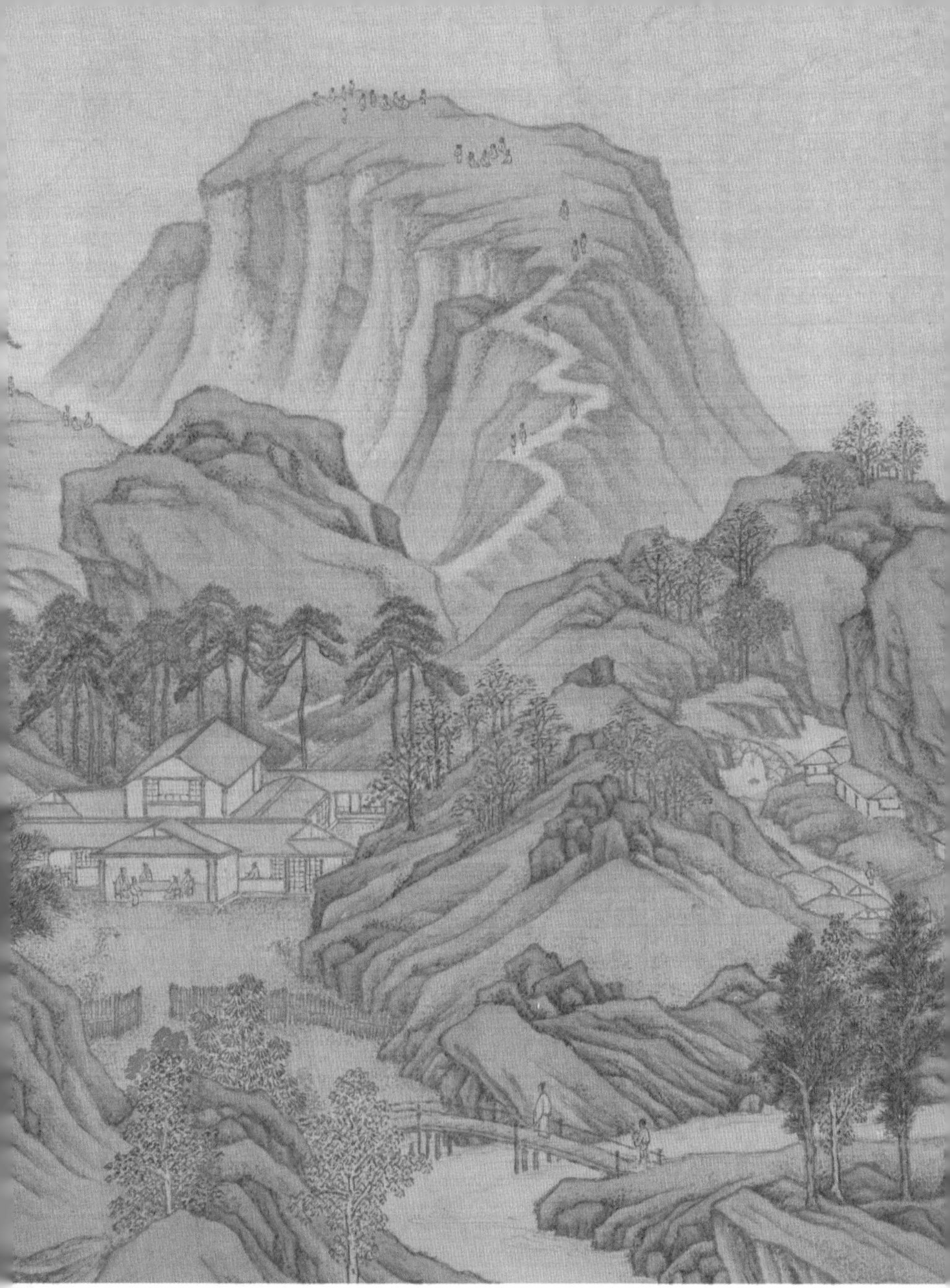

诗歌里的中国

醉花阴·薄雾浓云愁永昼

宋·李清照

薄雾浓云愁永昼，瑞脑①销金兽。佳节又重阳，玉枕纱厨，半夜凉初透。

东篱②把酒黄昏后，有暗香盈袖。莫道不销魂，帘卷西风，人比黄花瘦。

李清照，自号易安居士，两宋时期杰出的词人，婉约派的代表，素有"千古第一才女"的美誉。

诗歌里的民俗

主旨

李清照在词中借咏菊表达对丈夫的思念和独居一方的寂寞心情。

注释

①瑞脑:一种熏香,也叫龙脑,在西汉时已传入我国。《本草纲目》中记载了龙脑香的形状和特征:"以白莹如冰,及作梅花片者为良。故俗呼为冰片脑,或云梅花脑。"李清照应该很喜欢瑞脑香,词中多次出现,《鹧鸪天·寒日萧萧上琐窗》:"酒阑更喜团茶苦,梦断偏宜瑞脑香。"《浣溪沙·莫许杯深琥珀浓》:"瑞脑香消魂梦断,辟寒金小髻鬟松。"

②东篱:指采菊之地。出自陶渊明的《饮酒》:"采菊东篱下,悠然见南山。"此后,"东篱"便成为历代诗人常用的咏菊典故。毛滂《菩萨蛮·淡烟疏雨东篱晓》:"淡烟疏雨东篱晓。菊团凄露真珠小。"

诗里诗外

李清照出身于书香之家,父亲李格非官至礼部员外郎,还是"苏门后四学士"之一。李清照的母亲也出身名门,是宋仁宗时期大臣王拱辰的孙女。王拱辰是当时最年轻的状元,其名乃皇帝御赐。因此,李清照便受到家庭氛围的熏陶,自幼酷爱读书,文

采出众。

关于这首《醉花阴》还有一段故事。宋徽宗崇宁元年（1102），徽宗在蔡京的蛊惑下，决定再度推行新法。李清照的父亲李格非因受党争的牵连，被打入"元祐党人"之列。已经嫁人的李清照虽未受到影响，但毕竟是自己的父亲出了事，于情于理也不能坐视不理。于是李清照写诗请求公公为父出面，尽管"炙手可热心可寒，何况人间父子情"饱含真情实感，但并没有打动公公。李格非最终被罢官离开京师，直到去世也未复职返京。

崇宁二年（1103）九月，皇帝下诏禁止元祐党人的子女居京。这时李清照被迫与丈夫赵明诚分开，回到山东章丘的娘家。赵明诚这时刚从太学"毕业"，被任命为鸿胪寺卿。在分开的三年中，二人只能通过书信和诗词寄托对彼此的思念。

有一年，李清照在重阳节填了这阕《醉花阴》，通过"人比黄花瘦"表达了相思之苦。赵明诚收到信后很是感动，绞尽脑汁填了五十多阕，并把李清照的词夹杂其中，拿给朋友陆德夫看。陆德夫看了三天，对赵明诚说："这些词中有三句写得绝佳。"赵明诚连忙追问是哪三句，陆德夫说："莫道不销魂，帘卷西风，人比黄花瘦。"可见，在填词的造诣上，赵明诚远不如李清照。

李清照以词作成就最大，前期多写悠闲生活，后期伤感孤寂，在风格上以婉约为主。正如吕思勉在《宋代文学》中对其所作的评价："易安诗笔稍弱，词则极婉秀，且亦妙解音律，所作词，无一字不协律者，实倚声之正宗，非徒以闺阁见称也。"

祭灶

科普 //

　　祭灶，也叫送灶、辞灶，是古代"五祀"之一，是一项在民间有着广泛影响的民俗活动。祭灶一般在腊月二十三或二十四举行，就是年底将灶王爷送上天，希望他在天上多说些好话，为明年祈福。

历史

祭祀灶神在我国已有几千年的历史，最初源于人们对火的崇拜。原始社会，人类对很多现象都无法解释，就产生了各种崇拜，对火也是如此。由于对火的崇拜，进而对做饭的灶也产生了崇拜。在战国以后兴起的五行观念中，有灶等同于火的观念，因此，灶神与火神便联系了起来。

灶神，俗称灶君、灶王、灶王爷、东厨司命等，是我国古代神话中掌管灶火和饮食的神。关于灶神到底是谁，有多种说法。有炎帝说，《淮南子·氾论训》中记载："炎帝作火，而死为灶。"该说法认为炎帝发明了用火，死后化作灶神。有祝融说，《周礼》中记载："颛顼氏有子曰黎，为祝融，祀以为灶神。"颛顼帝的儿子祝融，号赤帝，是古代神话中的火神，被后世人当作灶神来祭祀。有黄帝说，古版《淮南子》记载："黄帝作灶，死为灶神。"这一说法比前两种更加明确，黄帝发明了灶，所以死后被人们当作灶神来祭祀。还有说法认为灶神是天上的神仙，因为有过失，被玉皇大帝贬到人间当灶神，也就是"东厨司命"。

由于年代久远，也没有明确的文字记载，灶神具体是谁已经说不清了，但可以肯定的是，灶神是我国古老的家神，掌管人间的饮食之事。灶神的地位最初不是很高，在后世才逐渐提高。灶神地位的提升主要经历了两次，一次在汉代，一次在唐代。

汉代之前，祭灶还只是腊祭的一部分，没有发展为独立的祭祀。据《史记》记载，西汉时期，有个叫李少君的人，是当时的方士，

诗歌里的民俗

以长生不老的方术获得汉武帝的认可。李少君对汉武帝说："祭祀灶神能够将丹砂炼成黄金，黄金可以铸成饮食器皿，使用这些黄金的器皿能够延年益寿。长寿的人就可以见到蓬莱仙人。黄帝就是见到蓬莱仙人并被封禅而长生不老的。我曾在海上游览，见过安期生，他吃的枣子都像瓜一样大。像安期生这样的仙人住在蓬莱仙境，遇到有仙缘的人就会出现，否则就隐身。"于是，在李少君的一番"忽悠"下，为了长生不老，为了成仙，汉武帝开始诚心祭祀灶神。灶神也有了被单独祭祀的日期，地位有了很大的提升。

汉代以后灶神的地位不断提升，晋代已认为灶神有上天汇报一年之事的权力，至于是否能掌管人间福祸还没有明确记载。到唐代，灶神的权力中增加了掌管、监察人间善恶和生死祸福。年底的时候，灶神要到天上去向玉皇大帝汇报每一家的善行或者恶行。据说灶神身边跟着两名童子，一人手里捧着一只罐子，即"善罐"和"恶罐"。善罐用来记录这户人家所做的善事，恶罐用来记录这户人家所做的恶事。等到年底的时候，灶神会把善事和恶事分别统计出来，到天上向玉皇大帝汇报。玉皇大帝则根据这户人家的善恶情况进行奖惩，也就是第二年的命运。

习俗

时间

在祭灶的时间上，南北有不同，各个时代也有不同。目前南方的祭灶时间主要是在腊月二十四，北方则在腊月二十三。历史

上多是在腊月二十四祭灶，如晋代，据周处《风土记》记载："腊月二十四日夜祀灶，谓灶神翌日上天，白一岁事，故先一日祀之。"就是说灶神在二十五日上天汇报人间一年的事情，所以提前一天在腊月二十四日晚上祭灶。宋代也是在腊月二十四日祭灶，范成大《吴郡志》有"二十四日，祀灶用胶牙饧"的记载。吴自牧《梦粱录》："二十四日，不以贫富，皆备蔬、食、饧、豆祀灶。"《武林旧事》也有类似记载。以上都说明宋代的祭灶时间是在腊月二十四。一直到清代中期以前都是在腊月二十四日祭灶，至少乾隆时期还有腊月二十四日祭灶的记载。

清代中后期开始，皇帝要在腊月二十三举行祭天大典，正好灶神也要上天，就顺道一起祭祀了，所以北方的祭灶此后就逐渐改成腊月二十三了。而南方很多地方还保留着腊月二十四祭灶的习俗。

另外，民间还有一种说法："官三，民四，蛋家五。"就是说官府在腊月二十三祭灶，普通百姓在腊月二十四祭灶，渔民在腊月二十五祭灶。蛋家也叫蛋民、疍民，是指世代居住在大疍港、保平应港、望楼港滨海诸处的人家，这里的人很少从事农业生产，主要以打鱼为生。

祭品和仪式

灶神是我国古老的家神，最初管理饮食，祭祀灶神是先民追求"温饱"梦想的体现。后来，随着人们生活水平和灶神权力的提高，对灶神的祭祀也就重视起来，最直接的体现就是祭品的丰富和仪式的复杂。

诗歌里的民俗

祭品各地有差别，主要有饺子和糖。民间有"出门饺子回家面"的说法，送灶神上天属于出门，故而用饺子。用糖祭祀则是出于祈福的需要。灶神掌管人间善恶之事，会上天向玉皇大帝汇报，玉皇大帝会根据灶神的汇报决定每一家人来年的运气。用糖粘在灶神的嘴上，吃了糖嘴就甜了，利于上天"言好事"，多说点好话，明年这家就会多点好运气。

除了常见的祭品，还有米饵、糟、糕、茶等。如河南除了有祭灶糖，还有祭灶汤，这种汤用豆腐、粉条、白菜、海带等制作而成。北京祭灶的祭品比较简单，除了糖瓜，就是用糯米蒸莲子八宝饭。福州祭灶有一种特殊的祭品——甘蔗头。传说宋代时有一个穷书生，买不起祭品，就捡了别人丢掉的甘蔗头供奉灶神，另外，他还剪了一匹纸马，写上："一匹乌骓一条鞭，送你灶公上青天。玉皇若问人间事，谓道文章不值钱！"灶神上天就把这件事告诉了玉皇大帝。玉皇大帝十分同情，就让书生中了状元。后来，福州祭灶时，就保留了甘蔗头作祭品这一传统。晋东南地区有吃炒玉米的习俗，就是将炒玉米用麦芽糖粘到一起，冻过之后再吃，口感酥脆。

祭灶的晚上，一般一家人要坐在一起吃晚餐，食用包括祭灶用的糖和其他祭品，这天的饭尽量吃素食，而且吃得越多越好，即所谓的"填仓"。

灶神要祭祀，灶神的"坐骑"也要祭祀。灶神虽然是神仙，可以直接飞上天，但也许是在人间待久了，法力不够，上天还需要骑着灶马。灶神的马一般用豆子和清水来供奉。河南对祭灶马很讲究，一般用公鸡当作灶神的"马"，用十八个火烧夹在公鸡的

两只翅膀下,旁边放一些草和豆,用来"秣神马"。也有用秫秸扎成灶王爷的"马"的。

祭灶仪式一般都是男子参与,灶为火,属阳,因此有"男不祭月,女不祭灶"的说法,不过有些地方也有女子祭灶的。祭灶也叫送灶,即送灶神的仪式。送灶仪式多在晚上举行,有些地方的祭灶仪式是祭灶人跪在灶王爷像前,抱着一只公鸡,也有孩子抱着公鸡跪在大人后面的。公鸡就是灶神上天所骑的"马",根据公鸡的颜色可以叫红马或白马。送灶时还要焚香,祭灶者一边倒酒一边磕头,嘴里还要说着祈福的吉利话语,说完后大喊一声:"领!"把酒浇在鸡头上。如果鸡头扑棱发出声音,说明灶王爷领情了,到天上就会说好话,如果鸡头不动,就要继续浇酒。祭灶仪式结束后,就可以吃祭灶用的糖和其他食物。

有些地方祭灶时会把旧的灶王像焚烧用以送灶。康熙年间《长子县志》记载了当地记载的风俗仪式:"祀灶,《岁时记》腊月二十四日为交年节,《梦笔录》:交年日以酒杯供灶门,谓之醉司命。今俗以二十三日夜初涤釜濯叠,设香楮饴糖,又以黑豆寸草为秣马,具祭告灶前曰送灶君上天。"当地沿袭了宋代以来祭灶的习俗,即把酒杯放在灶门处,意思是灶王喝醉了到天上就不会乱说了。清代祭灶的习俗又有所发展,在夜里用酒果汤糖供奉灶君,用黑豆和草把灶王爷升天骑的马喂饱,把去年贴的灶王像烧掉,为过年迎接新的灶君做准备。

北京地区的人们在祭灶时先将糖瓜在灶门前烤一下,把融化的灶糖抹在灶王爷和灶王奶奶的嘴上。过了五更天,在院子里立一杆,挂天灯,放鞭炮,全家的男子都要跪拜,并说着劝善之语,

诗歌里的民俗

恭送灶王爷上天。

　　清代宫廷中祭祀灶神的仪式非常隆重，皇帝和皇后都会参与。皇帝和皇后在坤宁宫"拈香行礼"送灶神，行礼之后要在宫门外看着被焚烧的"灶王马"升天。此外，宫内御茶、膳房灶神殿举行的大祭礼也仅次于坤宁宫的祭灶仪式。宫内各机构的工作人员在内司府司官的领导下行大祭礼。不过大祭礼之后没有送灶神升天这一环节，因灶神殿不供奉"灶王马"，只有刻着"东厨司命灶神之神位"的金漆牌位。

折桂令

元·刘庭信

想人生最苦离别,雁杳鱼沉①,信断音绝。娇模样其实丢抹②,好时光谁曾受用,穷家活逐日绷曳③。才过了一百五日④上坟的日月,早来到二十四夜祭灶的时节。笃笃寞寞⑤终岁巴结,孤孤另另彻夜咨嗟。欢欢喜喜盼的他回来,凄凄凉凉老了人也!

刘庭信,元代散曲家,原名廷玉,排行第五,身黑而长,人称"黑刘五"。其作品以闺情、闺怨为主要题材。

诗歌里的民俗

主旨

这首曲子写的是贫苦人家的女子对远在他乡的丈夫的思念,整个基调十分悲伤。

注释

①雁杳鱼沉:化用鱼雁传书的典故,指没有书信。鱼雁传书也叫"鱼传尺素",古人认为鱼和大雁能够传递书信,有人还把信件折叠成鲤鱼的形状。鸿雁传书在诗词中倒是经常出现,鱼在古人眼中也是自由的生灵,因此,二者都是能够传递情感的信使。晏几道词:"关山魂梦长,鱼雁音尘少。"秦观词:"驿寄梅花,鱼传尺素,砌成此恨无重数。"

②丢抹:梳妆打扮。

③绷曳:勉强支撑。

④一百五日:指寒食节,清明前一日或两日距离上一年的冬至日刚好一百零五天。

⑤笃笃寞寞:元代俗语,笃寞的叠音,指周旋、徘徊。

诗里诗外

刘庭信作为元代著名的散曲家,留存的资料并不多。他并非

诗歌里的中国

汉族，先祖是女真乌古伦氏，后来改姓刘。他长得人高马大，不过就是皮肤较黑，故而被称为黑刘五。很难想象，这么一位健壮的汉子竟然喜欢写闺情题材的作品，而且写得细腻生动，情感真挚。除了自身才华横溢，还与他"风流蕴藉"，常常混迹于市井有关。

当时有一名叫马素卿的妓女，才艺俱佳，能写一手好文章，能歌善舞，在当地也颇有名气，就是长得不好看，因此，还得到一个绰号叫"般般丑"。有一次，二人在路上偶然相遇，朋友就介绍二人认识。没想到，朋友介绍完，刘庭信睁大眼睛看了半天了，来了一句："真是名不虚传。"搁现在来说，刘庭信也太不绅士了，哪有当面说女子丑的呢？好在"般般丑"素质高，没与他计较，反而微笑着道别了。也许是同为有才之人，此后，二人竟然交往密切，相互唱和。

刘庭信的词曲风格自然质朴，通俗易懂，使用了很多口语化的语言和叠字形式，增加了其作品的艺术感染力。《折桂令》共有三首，每一首都使用了较多的叠字和通俗易懂的口语，现将其他两首选入，以供欣赏。

其一：

想人生最苦离别，三个字细细分开，凄凄凉凉无了无歇。别字儿半晌痴呆，离字儿一时拆散，苦字儿两下里堆叠。他那里鞍儿马儿身子儿劣怯，我这里眉儿眼儿脸脑儿乜斜。侧着头叫一声"行者"，阁着泪说一句"听者"，得官时先报期程，丢丢抹抹远远的迎接。

其二:

　　想人生最苦离别,唱到阳关,休唱三叠。急煎煎抹泪揉眵,意迟迟揉腮搅耳,呆答孩闭口藏舌。情儿分儿你心里记着,病儿痛儿我身上添些;家儿活儿既是抛撇;书儿信儿是必休绝;花儿草儿打听得风声,车儿马儿我亲自来也!

"马儿""眉儿""眼儿""车儿"这些词因加上"儿"字而非常口语化,读着如话家常,生活气息浓厚,同时将人物的内心世界刻画得十分生动,使读者仿佛看见一女子对爱人的依恋与思念。

守岁

科普 //

　　守岁，也叫守岁火、照岁、熬年等，是为了迎接新年而进行的通宵守夜活动。守岁是除夕时的一种重要民俗活动，一方面为了辞旧迎新，另一方面也象征着赶走疾病邪祟，迎来好运和吉祥。

诗歌里的民俗

历史

　　守岁的习俗由来已久，最初是为了驱除"年"这种怪兽。据说年兽长得很吓人，具体有多吓人应该也没人见过，关键是它凶猛残暴，喜欢吃人肉，而且每到年三十晚上都会出来抓人吃。人们为了躲避年兽的危害，就早早吃过晚饭，把门窗关紧，但仍然不敢睡觉，熬到天亮之后，才能躲过被年兽吃掉的危险。漫漫长夜，又冷又怕，恐惧笼罩着每家每户。为了壮胆，人们就喝酒吃饭，借此打发难熬的时光。后来即使没有年兽的侵扰也形成了守岁的习俗。

　　从传说来看，这种习俗应该是古人为驱赶大型动物或者所谓的"鬼"而形成的。到先秦时期，古人对岁时节令已有一定的认识。不过年底多进行祭祀活动，如《诗经·豳风·七月》中的"十月获稻，为此春酒……十月涤场，朋酒斯飨，曰杀羔羊，跻彼公堂"，就是关于人们收获后酿酒杀羊庆祝的欢乐情景。

　　汉代时已将正月确定为岁首，《史记·天官书》载："正月旦，王者岁首；立春日，四时之始也。"这时虽没有春节的概念，但已形成一定的习俗和活动，如东汉崔寔《四民月令》在："正月之旦，是谓正日。躬率妻孥，絜祀祖祢。"可见，当时已有祭祖的活动。

　　守岁的习俗最晚形成于晋代。这时已有明确的记载，周处在《风土记》说："蜀之风俗，晚岁相与馈问，谓之馈岁；酒食相邀，为别岁；至除夕，达旦不眠，谓之守岁。"也就是说蜀地之风俗，年底的时候大家相互赠送礼物，这就是馈岁；准备丰盛的酒菜，

相邀着欢饮庆祝,就是别岁,到除夕这天,家人聚在一起,通宵达旦,就是守岁。可见,魏晋时期,守岁的风俗已经形成。

唐代时,守岁活动已很隆重。唐朝是诗歌的盛世,不少诗人对守岁这一习俗都有记载。孟浩然《除夜有怀》:"守岁家家应未卧,相思那得梦魂来。"白居易《客中守岁》:"守岁尊无酒,思乡泪满巾。"杜甫《杜位宅守岁》:"守岁阿戎家,椒盘已颂花。"李商隐《隋宫守岁》:"消息东郊木帝回,宫中行乐有新梅。沈香甲煎为庭燎,玉液琼苏作寿杯。"唐代守岁活动已经非常隆重,皇宫中在除夕这天会大摆筵席,宴请群臣。为了庆贺新年,君臣怎能不作诗应景呢?就连皇帝都亲自作诗,李世民就曾作《于太原召侍臣赐宴守岁》:"四时运灰琯,一夕变冬春。送寒馀雪尽,迎岁早梅新。"

宋代守岁也叫"分岁",守岁习俗大盛。据宋《东京梦华录》记载:"除夕……士庶之家,围炉而坐,达旦不寐,谓之守岁。"除夕这天晚上,不管世家大族还是普通百姓,一家人都会围坐在一起,或饮酒,或聊天,或吃着美食,为守岁一整夜都不睡觉。金盈之在《醉翁谈录》中也有类似的记载:"除夜,京师民庶之家,痴儿騃女,多达旦不寐。俗谚:'守冬爷长命,守岁娘长命'。"从金盈之的记载可以看出,宋代人守岁有为父母增寿之意。周密在《武林旧事》中记载了守岁时的其他活动:"小儿女终夕博戏不寐,谓之守岁。"古代没有电视、手机等打发时间,因此,守岁确实是很难熬的一件事,因此,就用博戏来打发长夜。

明代沈榜《宛署杂记》载:"宛俗除夕,聚坐达旦,有古惜阴之意。"看来除夕守岁珍惜时光之意在明代已算"古事"了。至少宋元诗人对这一意象都有记载。宋席振起在《守岁》一诗中就说

诗歌里的民俗

过要从此珍惜年华："三十六旬都浪过，偏从此夜惜年华。"元姚燧《水调歌头·守岁》："六十一年似，窗隙白驹驰。人家守岁痴计，明日怕容辞……试问自今去，余有几何厄。"明代守岁时的娱乐活动更多，有掷骰子、玩纸牌、玩梭哈、打陀螺、骑竹马等。

　　清代守岁习俗更盛。《燕京岁时记》就记载了当时北京守岁时的热闹场景。一般傍晚之后，家中烛火通明，家人围坐在一起，吃饭喝酒，妇女儿童掷色子、斗百叶，玩得不亦乐乎。快到半夜时，家家都会放鞭炮、焚香，然后穿着衣服小憩一会儿。清代守岁已有不熬通宵之俗，当然通宵守岁仍是主流。

　　近代以来，依然有守岁的习俗，不过通宵达旦者愈来愈少。也许是现代人认识到熬夜不利于身体健康，也许是对传统习俗的不重视。

习俗

　　守岁是过年时的一项活动，守岁的传统习俗主要有照虚岁、踩岁、放鞭炮等。

　　除夕这晚人们将家里所有房间甚至床下都点上灯，就是照虚岁，也叫照虚耗。照虚耗最初是为了驱邪，后来演变为节日的喜庆活动。传说虚耗是一只恶鬼，专门给人带来灾祸。虚耗喜欢穿红色长袍，长着一个牛鼻子，单脚着地，另一只脚挂在腰间。虚耗不但喜欢偷东西，还偷人的运气。正如《唐逸史》所言"望空虚中盗人物如戏""耗人家喜事成忧"。

据说一般人是看不到鬼的,那人们是怎么知道虚耗的存在的?传说有一次虚耗进入了唐玄宗的梦境,并且偷了唐玄宗的笛子和杨贵妃的香囊。唐玄宗就喝住了它,并问其名字。鬼说自己叫虚耗,本事很大,不但能偷东西,还能偷人的运气和心情,让喜事变成忧事。唐玄宗听后大怒,立刻叫出钟馗。钟馗是专门捉鬼、守护人间的神。钟馗出现后立即捉住虚耗并吞进肚子。

虚耗虽然被钟馗吃掉了,但人们还是有些担心。后来又传说虚耗怕光,人们就开始在房间、厕所、床底等处点灯,让其无处藏身,就逐渐形成了除夕"照虚耗"的习俗。《岁时杂记》记载的北宋习俗有:"交年之夜,门及床下以至圊溷,皆燃灯,除夜亦然,谓之照虚耗。"明田汝成在《西湖游览志余·熙朝乐事》中有记载:"除夕……燃灯床下,谓之照虚耗。"不少地方志中对这一习俗也有明确记载。照虚耗不仅是驱邪,还寄托了人们对来年的期盼。

踩岁就是除夕夜把芝麻秸铺撒在家门口或道路上,人们在上面踩踏就叫"踩岁"。因"岁"与"祟"谐音,踩岁就是踩祟,就是把各种鬼怪之类的邪祟踩在脚下,使它们无法危害人类。踩在芝麻秸上会发出"啪啪"的声音,如果有邪祟进家,就会发出声响,因而也起到了防范、驱邪的作用。现在踩岁是为了一种吉祥的寓意,取"岁岁平安"之意。《燕京岁时记》对这一习俗有记载:"除夕自户庭以至大门,凡行走之处,遍以芝麻秸撒之,谓之'踩岁'。"

与踩岁类似的习俗还有撒岁,关于这一习俗有一个传说故事。古时有一种十头鸟经常危害人间,后来被二郎神的哮天犬咬掉一个头,断掉的脖颈处此后就常年滴血,每到除夕时节,它都要来

诗歌里的民俗

人间哀鸣啼叫。血要是滴在谁的身上，谁就大祸临头。为了免除灾祸，人们就想到了一个办法，那就是将芝麻秸撒在地上，因为芝麻荚形似二郎神的三尖两刃刀。用芝麻荚接住九头恶鸟的滴血，就能趋吉避凶。因此，为了驱灾，撒岁后来就成了守岁时的一种习俗。

守岁放鞭炮起源于古代的燎岁。人们为了驱邪，会用竹竿做成火把，在除夕夜点燃，发出噼啪声，还会在院子里燃烧柏树枝等能散发浓烈味道的枝叶，希望通过声音和味道来驱散晦气和邪祟。后来人们就用燃放鞭炮来驱邪，慢慢地，驱邪的意义逐渐消失，更多的是为了增加节日的喜庆以及延续千百年来形成的传统。

守岁除了这些习俗，各地还有自己不同的习俗。如河北有些地方有在除夕夜转香椿树求高的习俗。一般在夜深人静时，由母亲带领个子矮小的子女到离家较近的高大香椿树前先祈祷一番，然后让子女围着香椿树正着转三圈，转的时候还要唱歌："椿树椿树你好香，正转三圈跟着长。今年我若长了个，明年给你烧炷香。"说完之后不能回头，直接跑回家，不然路上要是遇到人或者回头就不灵了。现在，从科学的角度来说，即使没有遇到人也没有回头，也不会灵。这样做不过是寄托人们美好的愿望罢了。

有些地方守岁还不能说不吉利的话、不能大声说话等，有的地方除夕夜要把剪刀、菜刀等锋利的工具"封起来"以求平安，有些地方会在大门的后面放甘蔗或者竹子等。

守岁

宋·苏轼

欲知垂尽岁，有似赴壑蛇①。
修鳞半已没，去意谁能遮？
况欲系其尾，虽勤知奈何。
儿童强不睡，相守夜欢哗。
晨鸡且勿唱，更鼓畏添挝②。
坐久灯烬落？起看北斗斜③。
明年岂无年，心事恐蹉跎。
努力尽今夕，少年犹可夸。

苏轼，字子瞻，号东坡居士，北宋著名思想家、文学家、书画家。词开豪放一派，与辛弃疾并称"苏辛"，散文艺术成就高，为"唐宋八大家"之一。

诗歌里的民俗

主旨

苏轼在诗中回忆与家人一起过年的美好，反映了对亲人的思念，并以时光易逝，不可虚度年华自勉。

注释

①赴壑蛇：钻洞的蛇。壑，山谷。
②添挝：更鼓的声数增加。挝（zhuā），敲，击，指更鼓声。
③北斗斜：指天快要亮了。北斗包含天枢、天璇、天玑、天权、玉衡、开阳、瑶光七星，其中天枢、天璇、天玑、天权为斗身，古称魁；玉衡、开阳、瑶光为斗柄，古称杓。北斗的斗柄指向与季节相对应，北斗星的位置对应着夜晚不同的时间。唐刘方平《月夜》："更深月色半人家，北斗阑干南斗斜。"

诗里诗外

这首诗是苏轼在嘉祐七年（1062）年底所写的一组诗中的一首。缘起是快过年了，苏轼还在凤翔，也就是今天的陕西凤翔，因忙于公事而无法回京师与父亲和弟弟团聚，不禁想起了家乡蜀地的过年风俗，就写下了三首过年诗，即《馈岁》《别岁》《守岁》，寄给弟弟苏辙，以表达对家乡和亲人的思念。苏轼在诗中先是说岁

是守不住的，没有必要守岁，接着展现了守岁时的生动情景，明明很困，快要撑不住了，还在勉强自己，一个"强"自生动形象，最后表达了真正想要表达的思想，守岁是为了惜时，勉励弟弟也自勉。

　　苏轼与苏辙关系一直比较好，经常给苏辙写信，据说二人唱和的诗词就有两千首左右。苏轼的《水调歌头·明月几时有》是在中秋节写给弟弟表达思念，也表达无奈的一首词。写这首词时，兄弟俩已有七年没有见面，虽然这时同在山东，但还是没能见上一面。看来过去交通落后，古人想见一面非常不容易，所以才会有那么强烈的感情需要抒发。后来，苏轼调任徐州，苏辙给哥哥回赠了一首《水调歌头·徐州中秋》：

　　离别一何久，七度过中秋。去年东武今夕，明月不胜愁。岂意彭城山下，同泛清河古汴，船上载凉州。鼓吹助清赏，鸿雁起汀洲。
　　坐中客，翠羽帔，紫绮裘。素娥无赖，西去曾不为人留。今夜清尊对客，明夜孤帆水驿，依旧照离忧。但恐同王粲，相对永登楼。

　　经过七年的分别，苏辙与哥哥在徐州相见，但短暂的相聚之后又要分离。苏辙就写下了这首词，表达了对哥哥的依恋与不舍。
　　兄弟俩一生聚少离多，曾约定老了之后要"对床夜雨听萧瑟"。无奈苏轼一生不断遭贬，临终前这一愿望也未能实现。苏轼在临终前，给苏辙写信表达了自己的遗憾："惟吾子由，自再贬及归，不及一见而诀，此痛难堪。"可见，二人兄弟情深。

第二辑

游艺民俗

灯会

科普 //

  灯会是我国的一项古老的民俗活动,元宵节举办群众观灯集会,集会上悬挂着各式各样的彩灯。有的灯会还有踩高跷、舞狮子、跑旱船、表演杂技等娱乐活动。灯会起源较早,有官府举办的,也有民间举办的。目前南京的秦淮灯会和四川的自贡灯会经国务院批准被列入国家级非物质文化遗产名录。

历史

灯会是一种集体性的活动，起源较早。关于灯会的起源，说法较多，这里选取有代表性的两种说法，一种是燃灯祭祀太乙神，一种是燃灯礼佛。

燃灯祭祀太乙神的说法大约起源于秦汉时期。太乙，也叫太一、泰一、东皇太乙、东皇太一，是前秦时期楚国神话中的最高神祇，也是最尊贵的神，其地位在五帝之上。战国时，楚国民间已有祭祀太乙神的习俗。屈原就写过一篇《东皇太一》："吉日兮辰良，穆将愉兮上皇。"上皇就是指东皇太一。屈原的文章中并没有提到具体在什么日期祭祀太乙。汉武帝时确定了在正月十五日祭祀太乙神，祭祀时间从傍晚到第二天黎明，夜间灯火通明，以灯火进行祭祀。这时的祭祀还只是在宫廷进行，是官府行为。

燃灯礼佛说发生在东汉时期。东汉明帝永平十年（67），蔡愔求得佛法归来。为了表示对佛法的敬重，汉明帝下令官民在这天燃灯敬佛。传说，在永平十四年（71），五岳的道士曾和西域的和尚比法。汉明帝就给他们定了个比试的日期和地点——正月十五日，洛阳白马寺。据说比试当天，道家先出场，诵经、设坛，然后焚经，不幸的是经书被烧成了灰烬。然后佛家上场，佛家点燃舍利经像时，出现了异象，"光明五色，直上空中，旋环如盖，于时天雨宝花，大众感悦"。这场比试当然是佛教大获全胜。虽然故事不可信，但说明佛教传入中国后，正月十五燃灯的习俗已从宫廷逐渐向民间和寺庙流传。

诗歌里的民俗

魏晋之后，灯会的规模不断壮大。南朝时，南京在元宵节这天举行灯会，除了宫廷，民间也是张灯结彩，出现了"灯火满市井"的壮观景象。梁简文帝萧纲在《列灯赋》中描绘了元宵节宫廷灯会的盛况："南油俱满，西漆争燃。苏征安息，蜡出龙川。斜晖交映，倒影澄鲜。九微间吐，百枝交布。聚类炎洲，迹同大树。"魏晋南北朝时就有许多达官贵人居住在秦淮河畔，正月十五日，他们也效仿宫廷，举办灯会。

隋代时，元宵节举办灯会的习俗已正式形成。据《隋书·音乐志下》记载："每岁正月，万国来朝，留至十五日，于端门外，建国门内，绵亘八里，列为戏场。百官起棚夹路，从昏达旦，以纵观之。至晦而罢……大列炬火，光烛天地，百戏之盛，振古无比。自是每年以为常焉。"隋代时，元宵节的灯会规模已较大，虽然万国来朝有些夸张了，但热闹程度可想而知，灯会盛况会持续一个月的时间。

唐代时，元宵灯会更是大放异彩，灯会的娱乐性更加突出。唐代国力强盛，因此过节经费充裕，据《朝野佥载》记载，睿宗时："京师安福门外作灯轮，高二十丈，衣以锦绣，饰以金玉，燃五万盏灯，簇之如花树。"燃五万盏灯，应该能照亮半个皇宫了吧。灯下还有人载歌载舞，热闹非凡。唐玄宗下发敕令将灯会作为法定活动，还有三天的法定假日，唐玄宗还将灯会时间从一夜改为三夜。从众多诗文中也能感受到唐代灯会的盛况，如苏味道的《正月十五夜》："火树银花合，星桥铁锁开。暗尘随马去，明月逐人来。游伎皆秾李，行歌尽落梅。金吾不禁夜，玉漏莫相催。"卢照邻《十五夜观灯》："缛彩遥分地，繁光远缀天。接汉疑星落，依楼似月悬。"

李商隐《正月十五夜闻京有灯恨不得观》:"月色灯光满帝都,香车宝辇隘通衢。"

宋代时,灯会更加兴盛,北宋时灯会延长至五夜,南宋时,又延长至六夜。宋代灯会活动民间化更加突出,皇帝会率领妃嫔宫女坐车赏灯,还给这一活动取了好听的名字"与民同乐"。其实皇帝并未出皇宫,不过是站在城楼上往下看看,即使皇帝真想与民同乐,那些大臣也会劝阻的。《东京梦华录》中对北宋灯会的盛况有所记载,灯会上不但有"歌舞百戏",还有各种绝技表演等,这时的彩灯"垒成灯山,花灯焰火,金碧相射",可以说灯火如昼。胡仲弓《元宵》:"缓辔归来看夜城,千门灯火照街明。"辛弃疾《青玉案》:"凤箫声动,玉壶光转,一夜鱼龙舞。"可见,灯会上的热闹景象。宋代有专门售卖花灯的灯市,沿街商铺在元宵节前就把花灯悬挂于店铺门口。宋代花灯种类众多,有琉璃灯、明角灯、料丝灯、万眼灯、鱼灯、龙灯、鹤灯、凤灯、竹马等等。南宋时,皇帝带领宫人在城楼上赏灯,观看鳌山。鳌山就是在灯市的中间搭建的鳌形高台,鳌山上悬挂着数百盏花灯。

明代时,灯会规模进一步扩大,达到鼎盛。明太祖时,有正月初八开灯会,十七才落灯的盛况。为了把灯会办得更吸引人,朱元璋这位皇帝也是绞尽脑汁,不惜花费大量的人力、财力和物力,还曾在秦淮河上燃放万盏水灯。明代灯会盛况空前,唐伯虎曾在《元宵》一诗中盛赞道:"满街珠翠游村女,沸地笙歌赛社神。"明代民间制作花灯的手艺也有创新,除了宋代常见的花灯,如花鸟鱼虫兽等造型外,还出现了草编工艺。甚至还有能工巧匠用糯汁烧成琉璃瓶,再制成花灯,灯中可以贮水养鱼,十分精巧。灯会

诗歌里的民俗

上也新增了烟花、炮仗、舞狮子之类的节目。张岱在《陶庵梦忆》中讲述龙山灯会时就记载了耍狮子的活动。

　　清代统治者对灯会的热情明显没有前代高，不过民间举办灯会的热情倒是没有减少，而且灯会上的娱乐活动更加丰富多彩。曹雪芹在《红楼梦》中描写了大观园中元宵节赏灯的情景，据此可以推断出当时灯会的情景。贾元春受到皇帝恩准于元宵节回家省亲。得知消息后，贾赦亲自督率工匠准备花灯、烟火之类的物品，等贾元春进入大观园时，只见"园中香烟缭绕，花彩缤纷，处处灯光相映，时时细乐声喧"，"太监跪请登舟，贾妃乃下舆。只见清流一带，势若游龙，两边石栏上，皆系水晶玻璃各色风灯，点的如银花雪浪，上面柳杏诸树虽无花叶，然皆用通草绸绫纸绢依势作成，粘于枝上的，每一株悬灯数盏，更兼池中荷荇凫鹭之属，亦皆系螺蚌羽毛之类做就的。诸灯上下争辉，真系玻璃世界，珠宝乾坤。船上亦系各种精致盆景诸灯，珠帘绣幕，桂楫兰桡，自不必说"。从曹雪芹的这段文字可以看出清代花灯的种类更加多样，灯上还增加了不少装饰。

　　清代还出现了冰灯，由于清代统治者入关之前居于东北，因环境因素故而有冰灯之俗。此外，制灯也形成固定的地方特色和风格，如当时民间流传的"米灯"，便是米姓艺人所制。

◆明吴彬月令图　元夜（局部）

画面中部是一大型建筑，似楼阁，能发光，应为一座彩色灯山。

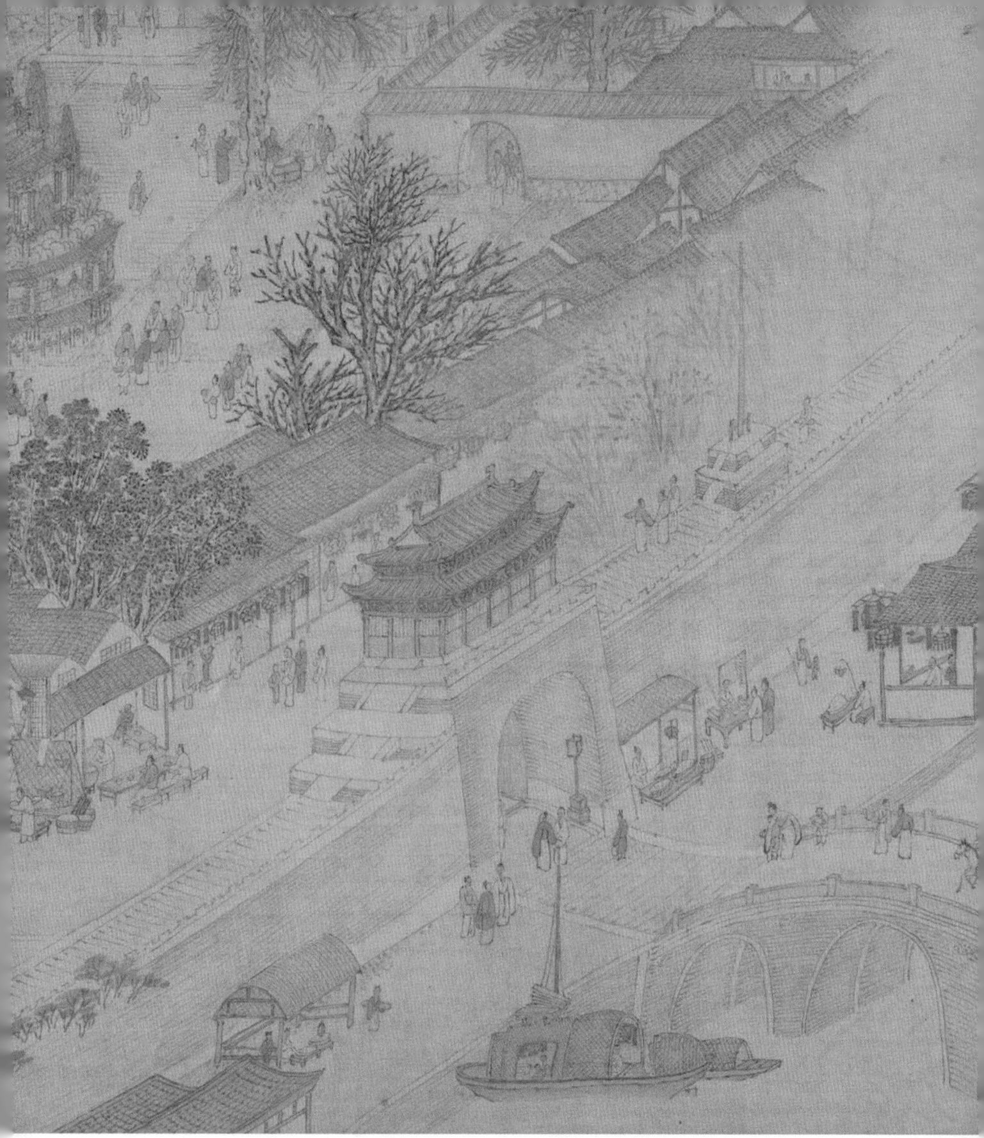

习俗

灯会是我国一项重要的民俗活动，源于祭祀神灵，后世灯会的娱乐性功能不断增加，逐渐成为一件娱乐游艺活动。灯会上赏月、观灯、猜灯谜等是必不可少的活动，各地的灯会还有各自的地方特色和民俗。

洛阳是灯会的发源地，自东汉便有一定规模的灯会。洛阳在春节期间便开始赏花灯，尤其是元宵节，洛阳城里家家户户挂灯笼，人们手提花灯游览。隋炀帝时期，灯会流光溢彩，"执丝竹者万八千人，声闻数十里"，非常热闹。

南京夫子庙灯会也叫"金陵灯会"，是流行于南京地区的非常有特色的民俗活动。南京作为六朝古都，自古繁华，南朝时已有灯会。明初就有"灯彩甲天下"的美誉。南京灯会有张灯、赏灯、玩灯、闹灯等形式，这些活动融合了当地的历史与文化，寄托了人们对美好生活的追求。

九曲黄河灯阵是北京密云地区的一项古老灯会。这种灯会俗称"灯场子"，是当地在元宵节举办的民间灯会。村民一般在秋收之后就开始准备灯阵，到正月十五日晚上正式"走灯阵"，目的是辟邪除厄，迎接好运，当地有"转九曲五谷丰登，抱老杆祛病消灾"的说法。所谓走灯阵，就是从灯阵的口进去，最后从出口出来，新的一年就能无病无灾。老人走阵时，遇到老杆要摸一摸，抱一抱，人们认为这样做可以延年益寿。有的老人还会把老杆拔起来带回家，这种杆被称为长寿杆。九曲黄河灯阵的阵形是由"富贵不断头"

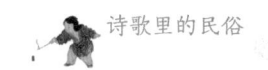

的民间图案变化构成的，这种图形的利用也反映了人们的一种朴素的追求和对幸福生活的向往。

灯会上的歌舞表演后来在民间形成了各具特色的灯戏。如四川的花灯戏，浙江的马灯调等。这些民间灯戏融合当地的唱腔、曲调、歌词等，一般通俗易懂，生动有趣，有极强的地方特色和民俗特点。

我国各地灯会都有自己的特色，这里就不一一列举，即使到了现代，灯会也为人们增加了喜庆的节日气氛，这种习俗已成为融入人们血液中的一种文化符号。

正月十五夜闻京有灯恨不得观

唐·李商隐

月色灯光满帝都,香车宝辇隘通衢[①]。
身闲不睹中兴盛,羞逐乡人赛紫姑[②]。

李商隐,号玉溪生,又号樊南生,晚唐时期诗人,与杜牧合称"小李杜",与温庭筠合称"温李"。著有《李义山诗集》。

诗歌里的民俗

主旨

这首诗描写了元宵节灯会上灯月交辉、游人如织的热闹场景。

注释

①隘通衢：指道路拥挤。隘，堵塞。通衢，四通八达、宽敞的道路。班昭《东征赋》："遵通衢之大道兮，求捷径欲从谁。"
②赛紫姑：迎接紫姑的赛会。赛，指古代以仪仗、鼓乐、杂戏等形式迎神出庙、周游街巷的仪式。紫姑，指紫姑神，民间传说中的司厕之神。

诗里诗外

元宵节灯会与紫姑有何关系？这就要从紫姑还是人的时候说起。

紫姑最早见于南朝刘敬叔的《异苑》，那个时候紫姑神就已存在。紫姑原是小妾，也许是因为紫姑年轻漂亮，于是遭到正房夫人的嫉恨，常常让她做很多又脏又累的活计。紫姑受不了折磨，就在正月十五日这天悲愤而亡。

紫姑死后是如何变成神的呢？又为何是厕神呢？这个神的名字听着似乎有点不雅。

诗歌里的中国

后来关于紫姑又出现了另一个版本的传说。据说紫姑是唐代人，而且有名有姓，叫何媚，字丽卿，山东莱阳人。后被李景纳为妾，但李景的夫人十分善妒，容不下小妾，在正月十五这天，就在厕所把何媚杀死了。后来，天帝可怜她，就任命她为厕神。

还有一种说法，厕神是纪念西汉时期的戚夫人。戚夫人被吕后残害成人彘后，死于厕所。紫姑也被称为七姑，大概是因七姑与戚夫人音近吧。后人对戚夫人十分同情，就把她奉为厕神。

不管是戚夫人、紫姑还是何媚，生前都备受折磨，死后受到同情，因此故事在流传的过程中，个人的形象逐渐神化。

紫姑被神化后，人们就在正月十五日这天用草或布扎成人形，在夜晚到厕所或者猪栏边迎接紫姑，嘴里还要念念有词："子胥不在，是其婿名也，曹姑亦归，曹即其大妇也，小姑可出戏。"子胥是紫姑的丈夫，曹姑是指正房。如果捧着人偶时感觉忽然一重，就说明紫姑神降临了。这样就可以带着紫姑神回房间，以酒果祭祀。

庙会

科普 //

庙会，又称庙市、节场、香会，是设在寺庙内或附近的集市，在节日或规定的日子举行。庙会是我国民间的一种宗教和岁时风俗，多在春节、元宵节、二月二等节日举办。不少地方的庙会已经被列入国家级非物质文化遗产名录。

历史

庙会的起源与原始社会的宗庙祭祀活动有密切的关系。庙是古代祭祀先祖或存放祖宗牌位的地方,据《说文解字》载:"庙,尊祖先貌也。从广朝声。"用《释名·释宫室》来解释的话就是:"庙,貌也。先祖形貌所在也。"所以说,庙是缅怀、祭祀先祖的地方。《毛诗序》:"清庙,祀文王也。"清庙,是祭祀文王的地方。古人最初有很多崇拜的神灵,后来随着认知能力的提高,崇拜对象也从虚无的神到现实的人。他们认为人死后有"灵魂",相信人和"灵魂"能够通过某种方式进行沟通。在这种认知下,逐渐产生了对先祖或首领"灵魂"的崇拜和祭祀,于是祖先神便代替了其他神。祭祀时,为了能够与神灵沟通,需要一些特殊的形式,这就形成了祭祀的仪式。先秦时期已形成了对祖先和神灵祭祀的传统,祭祀时间、祭品、规模等都有严格的规定。所以孔子对周朝后期"礼崩乐坏"的局面感到十分痛心,忍不住说:"八佾舞于庭,是可忍也,孰不可忍也。"就是说古代祭祀时只有天子能用八佾之舞,因为《周礼》对此有严格的规定。庙的数量也有等级划分,一般来说,天子七庙,大夫三庙,士一庙,庶人没有庙,只能在家中祭祀,就是所谓的"庶人无庙,死曰鬼"。普通人死后是没有庙的,因为他们不能成为神,所以就不需要在庙中祭祀。

秦汉时期,庙的主要作用还是祭祀先祖与神灵,但已出现了其他功能。汉代宗庙祭祀除了祭祖还出现了祈雨等内容。东汉时期,随着佛教的传入和统治者对佛教的重视,使西汉已初步形成的道

诗歌里的民俗

教产生了一定的危机感。为了竞争，双方是各显神通，除了斗法，还举办各种活动，为了吸引信众扩大影响，在宗教活动之外增加了音乐、舞蹈等娱乐活动。因此，道观、寺庙的活动影响不断扩大。

魏晋南北朝时期，社会动荡，出现了民族融合和文化交流。生活的艰辛促进了精神领域信仰的发展，尤其是六朝以后，佛寺、道观数量众多，"南朝四百八十寺"说的就是这种情况。庙会作为一种民间信仰的物化，寄托了人们在社会现实面前无助，进而转向寻求来生幸福的希望。因此，这一时期，庙会不再是统治者的专属活动场所，普通百姓也可以参与到庙会活动中，出现了音乐百戏、诸般杂耍，从而使庙会活动更加丰富、热闹，也增加了一定的商业气息。

唐代政治统一，经济繁荣，出现了"万国来朝"的局面。宗教活动和文化都有较大的发展，统治者的重视进一步推动了民间信仰的发展。庙会综合了多种活动，而且相当热闹，从当时留存下来的资料可以看出一二，如《岁时广记·游蜀江》："蜀中风俗，旧以二月二日为踏青节。都人士女络绎游赏，缇幕歌酒……于是日，自万里桥，以锦绣器皿结彩舫十数只，郡僚属官分乘之。妓乐数船，歌吹前导，名曰游江。于是都人士女骈于八九里间，纵观如堵，抵宝历寺桥出，宴于寺内。寺前创一蚕市，纵民交易，嬉游乐饮，倍于忘岁，薄暮方回。"可见，庙会这天十分热闹，不管"郡僚属官"还是"都人士女"都能参加，游人络绎不绝，和现在的步行街差不多热闹吧。游船装饰得"花枝招展"，增添了热闹气氛。更重要的是，寺庙前专门开设了蚕市，也就是简单的交易场所，人们可以随意买卖，结伴游玩，直到傍晚才散。

诗歌里的中国

宋代庙会在唐代的基础上进一步发展。开封是北宋的都城，以开封为中心的庙会非常繁盛。宋代著名词人李清照就与丈夫赵明诚一起逛过开封有名的庙会——大相国寺庙会。大相国寺庙会每月举行五次，这五天里允许百姓到寺内摆摊做生意，寺前还会搭建表演用的舞台，歌舞、杂耍、百戏等都可以看到，人们在这里既可以求神拜佛，又能看热闹，还能吃喝玩乐购，可以媲美现在的商场。据《麈史》记载："伎巧百工列肆，罔有不集，四方珍异之物，悉萃其间。"宋代庙会繁盛与当时经济繁荣固然分不开，也与勾栏瓦舍、街肆的发展有极大关系。

明清时期，庙会的作用和影响进一步发展。有些庙会已经开始向市集的性质转变，由于明代资本主义经济萌芽，手工业发展迅速，进而促进了市场的发展，庙会的市场性增强。不过，明代统治者也很重视对诸神的祭祀，因而促进了这类庙会的发展，比较有代表性的就是城隍庙会，这是官民都可以参加的庙会。清代还出现了"迎神赛会"等形式的庙会活动，就是可以把神像抬到庙外巡游，这样的庙会有祭祀表演等，但没有集市。

后世的庙会虽没有固定的形式，但其所传承的文化内涵无不体现了民间的信仰、民俗等。

习俗

从庙会的起源来看，庙会最初的功能是祭祀先祖和神灵，那么庙会上最重要的习俗便是祭祀仪式。最初的祭祀仪式程序繁杂，礼节诸多，但这种繁琐的仪式在春秋时期就"礼崩乐坏"了。后来随着宗教活动的兴起，庙会上的祭祀仪式就没有森严的等级制度划分了。庙会上有把神像抬出巡行的，也有在寺内进行祭祀的。

庙会另一项重要民俗就是求子。一般是年轻的已婚女子，若多年不孕就会跟着婆婆到庙会上烧香求子，烧香前要在相应的神像前摆上供品，跪在蒲团上，双手合十，嘴里念念有词，无非是希望神灵能赐给孩子之类的话。如北京香山庙会是向三皇姑求子，烧香祈求之后需要到山门外西边的娃娃沟，用红线拴一块人形石头放在衣服里。如果以后真的怀孕生子了，还要在初一、十五向三皇姑还愿。我国很多庙会有这样的求子习俗，虽然这是迷信行为，但在过去医学不发达的情况下，是人们的一种精神寄托和希望。

各地信仰的地方神不同，庙会时间和名称也不同。如天津有信仰妈祖的习俗，因此，天津庙会中以供奉妈祖的天后宫庙会最为隆重，影响也最大，天后宫庙会也称"娘娘会"，一年会举办多次，规模最大的一次是农历的三月二十三日妈祖的诞辰庆庙会，其次是腊月十五至正月初一也就是春节期间举办的盛大庙会。此外，农历的五月，也会举行庆祝海船平安出海、返港的酬谢娘娘的庙会。如山西省的晋祠庙会，是以祭祀圣母诞辰为由而举办的赛神会。这一活动大约出现在明朝，最初是在农历七月初二举办活动祭祀圣母诞辰，后来形成庙会，也被称为赛神会。在山西晋源地区人们的信仰中，圣母是人们的水神，祭祀圣母是为了祈雨，以获得丰收，在祈雨的过程中伴随着祭神、酬神表演以及庙会的其他活动。在长期的历史发展进程中，庙会上的祭神活动逐渐淡化，表演也从酬神慢慢转为娱民，庙会活动的重心也转向了热闹的集市功能。

诗歌里的中国

如成都有在青羊宫举办的祭祀李老君诞辰的庙会。青羊宫最初是供奉李老君的道教庙宇，庙外是青羊场。青羊宫在战国、秦汉时期是物资交易场所，也叫青羊肆，后改称青羊观，唐代称青羊宫。自唐代始，在农历二月花朝节期间，会在此举办庙会，以庆祝二月十五日李老君的诞辰，这里的庙会也称为花会。

庙会上还有很多其他风俗，如舞狮、民间杂耍、地方戏曲等，无不具有鲜明的民间特色，大多体现了人们对美好生活的希冀，也是人们放松、娱乐、购物、游览的一次热闹盛会。

诗歌里的民俗

和子由蚕市

宋·苏轼

蜀人衣食常苦艰，蜀人游乐不知还。
千人耕种万人食，一年辛苦一春闲。
闲时尚以蚕为市，共忘辛苦逐欣欢。
去年霜降斫秋荻，今年箔①积如连山。
破瓢为轮土为釜，争买不啻金与纨。
忆昔与子皆童丱②，年年废书走市观。
市人争夸斗巧智，野人③喑哑④遭欺谩。
诗来使我感旧事，不悲去国悲流年。

苏轼，字子瞻，号东坡居士，北宋著名思想家、文学家、书画家。词开豪放一派，与辛弃疾并称"苏辛"，散文艺术成就高，为"唐宋八大家"之一。

诗歌里的中国

主旨

这首诗描写了蚕市上的热闹场景,也反映了农民的艰辛。

注释

①箔:用苇子等编织的用来养蚕的帘子或筐。
②童丱(guàn):把头发束成两个角。
③野人:指乡下人。
④喑哑:说不出话,拙于言辞。

诗里诗外

四川的蚕市是自古流传下来的用于交易的一个场所,到唐宋时期逐渐形成习俗,成为庙会的重要组成部分。从苏轼的这首《和子由蚕市》标题来看,应该是弟弟苏辙先给苏轼写了关于蚕市的诗,苏轼给弟弟回信和了一首。苏辙寄给苏轼的诗是《记岁首乡俗寄子瞻二首》,其中第二首是《蚕市》,苏轼在嘉祐八年(1063)写了这首和诗。从苏轼的和诗中可以看出蜀人在逛蚕市时除了购买需要的物品,还可以欣赏歌舞表演等,所以"游乐不知还"。

和诗是古人之间相互唱和的诗,先写的诗是原诗,回应、答

诗歌里的民俗

和的诗就是和诗。唐代有一对才女先于苏轼兄弟写了一组关于蚕市的和诗。成都才女卓英英写过《锦城春望》：

和风装点锦城春，细雨如丝压玉尘。
漫把诗情访奇景，艳花浓酒属闲人。

卢眉娘则写了一首《和卓英英锦城春望》进行唱和：

蚕市初开处处春，九衢明艳起香尘。
世间总有浮华事，争及仙山出世人。

卢眉娘在和诗中描写了蚕市的热闹场景。这个卢眉娘据说是南海人，善于刺绣，能在一尺的绢布上秀出七卷《法华经》，字的大小不超过一粒粟的大小，而且每一笔画都很清晰。卢眉娘还能将一缕丝分为三缕，能绣出十洲、三岛、天人、玉女、瑞兽等。顺宗皇帝都禁不住夸赞其技艺，称其为"神姑"。不过卢眉娘后来做了道士，号逍遥。

竹马

科普 //

　　竹马既是指儿童放在胯下当马骑的竹竿,也是指一种民间歌舞用的道具,用竹片、纸、布扎成马形,可系在表演者身上。竹马作为民间舞蹈,也称纸马、裤马、火竹马、马马社、跑竹马、竹马灯等。2008年6月7日,经国务院批准,竹马被列入第二批国家级非物质文化遗产名录。

诗歌里的民俗

历史

　　跑竹马历史悠久，是由儿童玩具竹马发展而成的。作为儿童玩具，竹马至少可以追溯至汉代。据《后汉书·郭伋传》记载："始至行部，到西河美稷，有童儿数百，各骑竹马，于道次迎拜。"这里记载的是东汉郭伋从扶风到西河看到的景象，既然有数百儿童骑竹马的规模，说明汉代竹马已经非常盛行。

　　骑竹马的游戏多是男孩子玩，不少孩子的梦想是长大后成为大将军，因此，男孩子多自封为"竹马将军"。所以后世将从小一起玩的男子之间的友谊称为"竹马之友"或"竹马之好"。魏晋南北朝时期，社会动荡，梦想成为大将军的男孩子更多，如西晋初年的诸葛靓，其父诸葛诞曾发动叛乱，兵败被杀。诸葛靓投靠东吴，官至大司马。晋灭吴之后，吴降晋朝。诸葛靓因父仇，终身不仕晋朝。晋武帝司马炎从小与诸葛靓是"竹马之友"，而且司马炎的叔母又是诸葛靓的亲姐姐，司马炎就想以此劝诸葛靓。诸葛靓也是非常有骨气，吴灭后，常背洛水而坐，意思就是不承认晋朝。后来司马炎拜托叔母诸葛太妃见到了诸葛靓，酒足饭饱后，司马炎就问诸葛靓："你还记得我们小时候一起骑竹马的友谊吗？"诸葛靓冷淡地说："臣不能吞炭漆身，今天得以再见您的圣颜。"说罢，痛哭流涕，司马炎惭愧不已，只好默默退出，不再提入仕之事。诸葛靓话中的意思很明显：就是我没有像豫让一样吃炭让自己变成哑巴，也没有用漆把浑身皮肤尽毁，没有隐藏自己，您还能再见到我，您还提儿时友谊，您的父亲杀了我的父亲，我没有"吞

一七七

炭漆身"已经有愧了。

唐代时，竹马游戏发展成竹马剧。如杜牧《杜秋娘诗》："渐抛竹马剧，稍出舞鸡奇。"不过竹马剧到底是怎么表演的，目前还没有明确的资料记载。唐代资料中更多的还是关于竹马游戏的记载。如敦煌莫高窟曾出土晚唐时期儿童骑竹马的图像。白居易也曾写过关于竹马的诗，如《喜入新年自咏》："大历年中骑竹马，几人得见会昌春。"《观儿戏》："一看竹马戏，每忆童骏时，童骏饶戏乐，老大多忧悲。"看到儿童骑竹马，诗人就想起了自己年少时骑竹马的情景，那时是多么快乐啊，现在老了，多么悲伤。

宋代时，民间社火中出现了跑竹马的活动。跑竹马用的竹马是用竹篾扎制成马的骨架，在外面糊上纸，马身中间是空的，可以套在表演者的腰间。这种竹马有头有尾巴，脖子上还会挂着装饰用铃铛，表演时，人要跑着小步，抖着马走，所以叫跑竹马。竹马表演时人可多可少，男女老少皆可，还可以表演历史故事、民间传说等题材。南宋周密在《武林旧事》中将竹马列入了"舞队"，且是由男女共跳的。在山西省发掘的金末元初的古墓中，就有美女跑竹马的乐舞砖雕，说明宋元时期，跑竹马已成为一种乐舞民俗活动。

元代时，竹马成了戏剧表演中常用的道具。元代剧本中常见"踏竹马上""骑竹马上"等舞台提示。不过舞台表演用的竹马随着表演艺术的不断提高，逐渐演变为一根马鞭。

明清时期，骑竹马已经成了"岁时杂戏"中的一种。明代的竹马歌舞活动与一个传说故事有关。相传元末时，朱元璋曾在淳

诗歌里的民俗

安地区屯兵，走时遗下一匹战马，战马因思念主人，在山冈间日夜嘶鸣，人们却又找不到马，就怀疑有"神马"。为了能够平安，人们就开始用纸糊竹马，让儿童骑上竹马，走村串巷去讨要"常例钱"，用讨来的钱买香纸，和竹马一起焚烧，以超度战马的亡魂。后来逐渐演变为一种民间歌舞活动。明代阮大铖编写的剧本《双金榜》中，就记述了跑竹马的舞蹈表演。不过淳安竹马舞的起源还有一种说法，就是朱元璋被张士诚打败后，曾躲在淳安的一个山洞里，恰好遇到了一匹用竹子扎制、外糊彩纸的竹马，朱元璋就用鞭子一抽，竹马竟然昂首长啸，迎风急奔起来。朱元璋就靠着这匹神马打败元军。清代，《帝京岁时记胜》中也记述了跑竹马："至百戏之雅驯者，莫如南十番。其余装演大头和尚，扮稻秧歌，九曲黄花灯，打十不闲，盘杠子，跑竹马，击太平神鼓。"

民俗

竹马成为表演性的民俗活动以后，各地的竹马表演习俗各有不同。接下来选取部分有代表性的竹马民俗进行介绍。

竹马戏源于唐宋时期的竹马灯舞蹈，这是闽南地区独特的艺术形式。竹马戏是在当地小调、南曲、民间歌谣等基础上，吸收融合了木偶戏、梨园戏的一些唱腔形成的。竹马戏的早期表演者会骑着竹马，竹马的下边有画着马腿的垂幅遮挡住表演者的下半身，所以表演就主要通过上半身和面部传达。竹马戏的角色到清

初已增加至七个,即生、旦、净、丑、末、贴、外。表演的剧种有《王昭君》《砍柴弄》《搭渡弄》《陈三五娘》等。康熙年间,《秋水堂诗集》记载了竹马戏《王昭君》演出时的情况:"一曲琵琶出塞,数行箫管喧城。不管明妃苦恨,人人马首欢迎。"

浙江淳安地区的竹马活动从元末明初形成以来,变化不大,主要是一种祭祀求平安的民间活动。由于纸糊的竹马套在儿童身上,儿童"骑上"它要学着真正骑马的样子跳着走,所以也叫跳竹马、跳神马。一般在农历的腊月二十四日糊竹马,正月初一开始跳竹马,正月十七统一焚竹马。焚竹马时,要集中在祠堂门口,由一人装扮成道士模样,在祠堂门口念彩词,每念完一段,就有一匹竹马跑出来。跑竹马的儿童还要扮成钟馗、吕洞宾、关公等来吊神。

江西地区的竹马舞源于浙江,最初的功能主要是祝福、祈子等,如春节时,"神仙"骑着"神马"挨家挨户去拜年,这时还没有舞蹈和唱词,只是简单地说一些祝贺之类的吉祥话。后来出现了"送子舞",求子的人家会让"神马"在他们家的床上滚一圈,以为这样就会有神仙给他们送来孩子,叫作"五马送子"。在以后的发展过程中,逐渐加入了戏剧的成分,在民间艺人的不断创作下,形成了只舞不唱的竹马舞。竹马舞表演结合当地传统,有多种舞蹈队形,每一种表演都极具生活气息,体现了当地的民风民俗。如表演结束后,竹马舞者不卸下道具,只把缰绳松开,让马头垂地,就是他们要留下吃饭的意思,叫作"五马下馊";如果卸下道具,将五个马头放在一堆,就是他们晚上要住下的意思,叫作"五马打堆"。为了表示吉祥,舞队进村出村马头都要向前,表示"好马

诗歌里的民俗

不吃回头草"，这样大家就会交好运。

广西有些地方的竹马舞是一种庆祝采茶的歌舞形式。这种舞蹈一般是四到七人表演，跑竹马和马童各需要两人，由少年男子扮演，马妹和掌灯者三人由少女扮演。舞蹈形式简朴，节奏欢快，有的地方以唱贺歌为主，唱词主要是祝贺五谷丰登、家畜兴旺之类的吉祥话，也有表演割草、喂马等劳动过程的舞蹈动作。广西的竹马舞在光绪年间修纂的地方志《郁林州志·风俗篇》中已有记载："元宵以前，乡村中有装扮竹马、春牛者，竹马则唱采茶歌，春牛则唱耕田曲。"广西的竹马舞也是以表达美好希望为主的一种民俗。

广东地区的竹马舞是一种富有特色的歌舞表演，其起源有两种说法。一是源于土行孙娶亲的故事。在商周时期，姜子牙作为周武王的军师，在武王伐纣时，为了促成土行孙与纣王军中的邓婵玉的姻缘，就用旗杆制成竹马，以绿竹制成鸡、鸭、鹅、鱼等灯，施展法术将这些竹制动物变成活的，让土行孙驾车，将士骑竹马，扛彩礼，装扮成迎亲队伍，去迎娶邓婵玉。这就是竹马的一种起源之说。另一种说法是起源于唐代的一个被贬出宫的乐师。他出宫后，正值元宵节，便模仿宫中的排场，用竹子制成马、鸡、鸭、鹅、鱼、兔等六畜灯进行表演，这种活动流传下来，就成了后世的竹马舞。竹马舞表演者有竹马郎（骑马者）、竹马娘（坐车者），一般在春节和元宵节期间表演，主要是为了增添节日的喜庆气氛，表达美好的生活祝愿。竹马队伍到谁家门前时，主人会在门前说"舞竹马，跳竹马，六畜到我家"之类的欢迎语。

不管哪个地方的竹马舞都是一种民间表演，其素材也多是来自劳动人民的日常生活，表达的是人们的美好愿望和对幸福生活的追求与向往。

诗歌里的民俗

长干行①二首·其一

唐·李白

妾发初覆额，折花门前剧。
郎骑竹马来，绕床②弄青梅。
同居长干里，两小无嫌猜，
十四为君妇，羞颜未尝开。
低头向暗壁，千唤不一回。
十五始展眉，愿同尘与灰。
常存抱柱信③，岂上望夫台④。
十六君远行，瞿塘滟滪堆⑤。
五月不可触，猿声天上哀。
门前迟行迹，一一生绿苔。
苔深不能扫，落叶秋风早。
八月蝴蝶黄，双飞西园草。
感此伤妾心，坐愁红颜老。
早晚下三巴，预将书报家。
相迎不道远，直至长风沙。

李白，字太白，号青莲居士，又号"谪仙人"。唐代伟大的浪漫主义诗人，被后人誉为"诗仙"。在诗歌方面具有较高的成就，有《李太白集》传世。

主旨

　　这首诗以商妇的口吻,追述了自己感情生活的各个阶段,塑造了一个思念远方丈夫的女子形象。

注释

①长干行:乐府诗题,是《杂曲歌辞》调名。长干,指长干里,在今江苏省南京市,是商贾渔民聚居的地方。宋王象之《舆地纪胜》卷十七:"长干是秣陵县东里巷名。江东谓山陇之间曰干。"郑泽《桃花》:"莫问长干旧时事,半弯眉月印天涯。"

②床:井床,指井边的围栏。《乐府诗集·舞曲歌辞三·淮南王篇》:"后园凿井银作床,金瓶素绠汲寒浆。"

③抱柱信:故事出自《庄子·盗跖篇》。一个叫尾生的男子与一女子相约在桥下见面,女子还未到时,河水突然上涨。尾生十分守信,见女子未到,坚持不肯离去,最后抱着桥柱被淹死在桥下。"尾生抱柱"就成了讲信用的故事。

④望夫台:民间传说有女子因思念丈夫登上山顶遥望,久而久之就化为石头。全国多地有望夫石,有孟姜女化望夫石之说,有大禹之妻涂山氏女娇化望夫石之说等,"望夫台"与"望夫石"的典故大致相当。

⑤滟滪堆:瞿塘峡峡口有一块大礁石,叫"滟滪堆",每年农历的五月份,峡中江水上涨,没过滟滪堆,行船经过时容易触礁,很危险。

诗歌里的民俗

诗里诗外

  现在常说的青梅竹马、两小无猜便是出自李白的这首《长干行》。长干里是唐代时商人和渔民居住的地方，商人为了做生意，常常要离开家乡，因此家人聚少离多。李白之所以能写出这么传神的"闺怨诗"，与他的成长经历是分不开的。李白就出生在一个商人之家，其父李客就在长江沿岸多个城市做生意，李白自小便目睹这种生活。

  青年的李白便离开蜀地，沿着他们家在长江的生意据点，一路来到南京。在这里与商人接触后，李白对他们的生活有了更多的了解，创作出这首《长干行》。诗中以女子的口吻回忆了与丈夫自孩童时便一起玩耍，丈夫骑着竹马，他们在井边玩闹嬉戏以及一起折花、摘梅的快乐时光。十四岁的时候，女子便嫁给丈夫，接着描写了婚后的变化，不管怎样，她对丈夫的感情始终如一。

  现实中，李白却没有这样幸运，青梅竹马的感情不是每个人都能得到。唐代商人地位低下，唐中期以前连参加科举的机会都没有。李白空有一身才华，无处施展，唯有入赘改变自己的身份。就像电影《长安三万里》所展现的，李白一生入赘两次，这样的婚姻并不是他想要的，所以在第一次入赘前才会如此纠结，忍不住问高适、孟浩然的意见。李白虽然最终入赘，但因其狂放的性格，在政治上并没有取得什么成就。

斗蟋蟀

科普 //

　　斗蟋蟀，也叫斗促织、斗蛐蛐、秋兴等，是一种驱使蟋蟀相斗的娱乐活动，是中国的一种传统游戏。斗蟋蟀也用来打赌，已具有博戏的性质。斗蟋蟀多在秋末举行，在全国多地流行。

诗歌里的民俗

历史

蟋蟀亦名蛐蛐、夜鸣虫、将军虫、秋虫、斗鸡、促织、趋织、地喇叭、灶鸡子、孙旺、土蜇、斗蛩等，是一种非常古老的昆虫。《诗经·唐风·蟋蟀》有相关记载："蟋蟀在堂，岁聿其莫。今我不乐，日月其除。"《诗经·豳风·七月》："五月斯螽动股，六月莎鸡振羽，七月在野，八月在宇，九月在户，十月蟋蟀入我床下。"

关于蟋蟀的记载虽早，但斗蟋蟀产生相对较晚。斗蟋蟀产生于唐代，盛行于宋代。据说斗蟋蟀始于唐玄宗开元天宝年间。据王仁裕《开元天宝遗事·金笼蟋蟀》记载："每至秋时，宫中妃妾辈皆以小金笼捉蟋蟀，闭于笼中，置之枕函畔，夜听其声，庶民之家皆效之也。"也就是说每年到了秋天，皇宫中的妃嫔们都会去捉蟋蟀，捉到蟋蟀就装在小金笼子里。妃嫔们会把装有蟋蟀的笼子放在床头，在夜里听它们鸣叫，民间也多效仿她们的这一做法。

宋代顾文荐在《负暄杂录·禽虫善斗》中明确记载了唐代的斗蟋蟀，而且输赢已有赌资："斗蛩亦始于天宝间，长安富人镂象牙为笼而畜之，以万金之资付之一啄。"有钱人果然豪奢，装蟋蟀的笼子都用象牙镂刻而成，赌资万金，可见亦形成豪赌之风。

宋代斗蟋蟀之风大盛，上至皇室贵族，下至平民百姓都有斗蟋蟀的喜好。据《西湖老人繁胜录》记载，宋代时，杭州街市上每年秋季常有三五十处斗蟋蟀的场所，这种专门斗蟋蟀的场所已兼有娱乐和赌博性质。周密在《武林旧事》中记载了南宋临安城中专门售卖蟋蟀、促织盆的店铺。既然有专门售卖蟋蟀的店铺，

乡下人为了增加收入，就把捉到的蟋蟀带到城里来售卖。如果蟋蟀体型大，还很善斗，价格就相对高一些，如果蟋蟀能够连胜两场，那么这只蟋蟀的价格也会随之水涨船高。南宋临安有一种叫"棚头"的人，是职业斗蟋蟀人，他们专门"养百虫蚁、促织儿"。

民间斗蟋蟀的风气盛行，达官贵族间斗蟋蟀的风气更甚。南宋权臣贾似道作为理宗、度宗两朝的宰相，掌权达十五年之久。贾似道是理宗宠妃贾贵妃的弟弟，凭借姐姐的关系，一路仕途通畅。贾似道虽然官当得不怎么样，喜欢卖官鬻爵，喜欢声色犬马的生活，就是不为百姓做事，但是他对斗蟋蟀却颇有研究。他沉迷于斗蟋蟀，为此专门写了一部《促织经》。这部书已经失散，明代的周履靖作了续增本，保留了贾似道的一些研究成果，如蟋蟀的捕捉、饲养、斗胜、治疗、繁衍等。

贾似道对斗蟋蟀有多投入呢？据说战争期间，北方边报不停送过来的情况下，贾似道依然在半闲堂里和他的那些幕僚、姬妾斗蟋蟀，丝毫不受影响。所以当时有人就作诗讽刺他："烽火匆忙甚？王孙斗一堂。喧呼诸女侍，闲煞老平章。风排军书警，沙虫败垒荒。雄心争户宇，将略擅闺房。中国全输局，西湖小战场。夫征惊妇子，儿战泣君王。银烛笙歌沸，金笼笑语香。夜深江北望，磷血照襄阳。"诗中一方面描述烽火连天的战况下，人们生活的悲惨，另一方面叙述了贾似道夜夜笙歌、醉生梦死的生活。

明清时，斗蟋蟀的风气一直都在。如明代的宣宗就爱好斗蟋蟀，为了斗蟋蟀，竟然下令让百姓为他捉蟋蟀，据《皇明纪略》记载："（明）宣庙好促织之戏，遣取之江南，其价腾贵至十数金。"当时民间还流传着"蟋蟀瞿瞿叫，宣德皇帝要"的谚语。明蒋一葵《长安客话》记载了京师到处斗蟋蟀的场景:"京师人至七八月,家家皆养促织……瓦盆泥罐,遍市井皆是,不论老幼男女,皆引斗以为乐。"可见明代时,不论皇帝还是平民百姓,都有斗蟋蟀的爱好,民间斗蟋蟀多以娱乐为主。当然也有为了赌钱的,如明沈德符《万里野获编》中就记载了当时浙江一带有专门从事斗蟋蟀的赌场,每一场的输赢可达数百两白银,可见,这种程度的赌戏不是一般人能玩得起的。明《五杂俎》、清《清嘉录》也有赌钱的记载。《五杂俎》中记载的斗蟋蟀输赢也相当大,"至于千百不悔,甚可笑也"。《清嘉录》对于斗蟋蟀赌钱就记录得非常详细了:斗时在台上"两造认色,或红或绿,曰标头,台下观者,即以台上之胜负为输赢,谓之贴标。斗分筹码,谓之花,花,假名也,以制钱(即铜钱)一百二十文为一花,一花至百花千花不等,凭两家议定,胜者得彩,不胜者输金"。就是说斗蟋蟀时,双方的蟋蟀会被涂上不同的颜色,参斗的蟋蟀以胜负分输赢,谁家的蟋蟀胜了,自然就是赢家,就可以参与分筹码。筹码的计量单位为花,一花是一百二十文铜钱,赌彩可大可小,从一花至百花千花不等,要看双方事前商定。斗蟋蟀从最初的娱乐性到成为赌博的工具时,就不值得提倡了,有些人沉迷于斗蟋蟀赌博,甚至落得个倾家荡产的下场。

习俗

斗蟋蟀作为中国特有的一项民俗活动,其中蟋蟀的捕捉、饲养、聚斗等都很有讲究,此外,民间文学中还有《济公斗蛐蛐》的故事,

诗歌里的中国

这些都反映了当时当地斗蟋蟀的风俗。

蟋蟀主要生活在野外的草丛、乱石、土隙中，或者藏在墙缝中。捉蟋蟀主要是在晚间靠听声音辨别，如果单纯从外形辨别的话，有些昆虫如"油葫芦"长相与蟋蟀接近，容易捉错。听声音还可以辨别蟋蟀的"战斗能力"，如鸣声有力短促者，就是善斗的蟋蟀，发出噪鸣或者叫声无力者则不善斗。捉蟋蟀时要特别小心，不能伤到须和尾。捉蟋蟀还有专门的工具，如钎子、罩子、吹气管和灌穴水壶等。但不是看到蟋蟀就捉，有战斗力的才值得捉，判断一只蟋蟀是否有战斗力，可以从颜色、长相、环境等方面进行鉴别。根据《促织经》记载，从颜色来说："白不如黑，黑不如赤，赤不如黄，黄不如青。"也就是说，白色的蟋蟀不如黑色的，黑色的不如红色的，红色的不如黄色的，黄色的不如青色的，青色的蟋蟀是最有战斗力的。从长相来说："钳像蜈蚣钳，嘴像狮子嘴，头像蜻蜓头，腿像蚂蚱腿。"这是优秀"选手"的长相特点。从生长环境来说："生于草土者，其身软；生于砖石者，其体刚；生于浅草瘠土、砖石沉坑、向阳之地者，其性劣。"生长在草丛、土地的蟋蟀身体软，缺乏战斗力，生于砖石缝中的蟋蟀身体强健，战斗力强，生长在贫瘠的土地、浅草滩、深坑、向阳之地的蟋蟀战斗力较弱。看来人与动物一样，只有在艰难的生存环境下，才能铸就强健的体魄和不屈的精神。

捉到蟋蟀也有一定的讲究，不是放在笼子里养着就完事了，每天早上太阳出来一半时，要将蟋蟀拿出来见见阳关，叫作"晒鞍"。蟋蟀一般饲养在瓦盆中，养在金笼、象牙笼中的另当别论。盆内有专门喝水用的水盂，居住的陶房。蟋蟀的饮食可谓丰盛，有鳜鱼、茭肉、断节虫、扁担虫、黄米饭、水果丁等。专门饲养蟋蟀的人被称为"把式"。

  斗蟋蟀也有很多讲究。斗蟋蟀要用一根草来调拨起蟋蟀的斗性，这根草叫作蟋蟀草，也叫拣子。斗蟋蟀一般在中秋前后，称为"秋兴"娱乐。专门斗蟋蟀的场所有"专业裁判员"，如果双方蟋蟀咬在一起，裁判员就大声说搭牙，一方的蟋蟀没有张嘴，就报某某的蛐蛐不搭牙，不搭牙的蟋蟀不算输，相斗的蟋蟀败的一方叫下风。一般赢的一方要交一点费用作为场地费。以娱乐为主的斗蟋蟀一般是双方各自看着自己的蟋蟀，众人可以围观。蟋蟀放入斗钵中以后，两只蟋蟀如果不相斗，就由各自的主人用拣子调拨蟋蟀，以引起其斗性，但不能碰对手的蟋蟀，这是斗蟋蟀的常见的规矩。

  民间文学中《济公斗蛐蛐》的故事有不同的版本，不管哪种版本，主要意思就是济公通过斗蟋蟀帮助一个穷苦人免去责罚的故事。故事发生在杭州，一个张木匠恰巧看到地主家不务正业、游手好闲的儿子在斗蟋蟀，不巧的是蟋蟀跳出来不见了。地主家的儿子就诬陷张木匠偷了他的蛐蛐，要么赔蛐蛐，要么赔一千两银子。这两个要求张木匠都做不到，正在一筹莫展之际，济公带着一只瘦小的蛐蛐出现了，说是能赢了现场所有蟋蟀。地主家的儿子肯定不信，济公二话不说，用他破扇子拨了拨瘦小的蟋蟀，蟋蟀发出响亮的叫声，顿时将旁边盆里的蟋蟀吓得乱窜。地主家的儿子这才意识到这个和尚的瘦蟋蟀不简单，就说如果能赢了他的蟋蟀，就免去张木匠的一千两银子。济公见地主家的儿子上钩了，就让他立个字据。济公的蟋蟀自然是很轻松就斗败了地主儿子的蟋蟀。地主家的儿子见状立刻笑着拉住济公，要求买下济公的蟋蟀，

诗歌里的中国

并且出了一千两银子的大价钱。济公当然乐意赚这个人的钱。不过这只战斗力爆棚的蟋蟀刚被带到家,正准备被放进笼子里,"嗖"地一下就蹦了出去,跳到窗外,钻进草丛找不到了。

诗歌里的民俗

满庭芳·促织儿

宋·张镃

月洗高梧,露漙①幽草,宝钗楼②外秋深。土花③沿翠,萤火坠墙阴。静听寒声断续,微韵转、凄咽悲沉。争求侣,殷勤劝织,促破晓机心④。

儿时,曾记得,呼灯灌穴⑤,敛步随音。任满身花影,犹自追寻。携向华堂戏斗,亭台小、笼巧妆金。今休说,从渠床下,凉夜伴孤吟。

张镃,原字时可,因慕郭功甫,故易字功甫,号约斋。能诗擅词,善画竹石古木,尝学诗于陆游,诗词皆有造诣,著有《南湖集》《仕学规范》《玉照堂词》。

主旨

这首词由蟋蟀写到人,抒发的是对过去美好生活的怀念以及对现在凄苦生活的感伤。

注释

①漙(tuán):指露水多。
②宝钗楼:酒楼的名字。
③土花:指青苔、苔藓。宋周邦彦《风流子·新绿小池塘》:"羡金屋去来,旧时巢燕,土花缭绕,前度莓墙。"
④机心:原指机巧功利之心,词中指的是蟋蟀为劝织煞费苦心。陆玑在《毛诗草木鸟兽虫鱼疏》说:"里语曰:'趣织鸣,懒妇惊。'"
⑤灌穴:捉蟋蟀的一种方法。把水灌进洞穴,逼迫蟋蟀出来。

诗里诗外

张镃出身于富贵之家,曾祖父乃是与岳飞、韩世忠并称为三大将的张俊。不过张俊后来迎合朝廷与金议和的想法,主动请求解除了兵权,得了个枢密使的官,后来加封清河郡王。张俊的人品、官品都很差,贪婪好财,兼并土地,积累下了丰厚的家底。以至于到了曾孙张镃这一代,还能过上奢侈的生活。据周密在《齐东野语》中记载,张镃的家宴有歌姬艳装盛服地唱歌、跳舞、劝酒等环节,而且家中"园池、声妓、服玩之丽甲天下"。可见其家不是一般的富裕。正是因为这样的生活环境,张镃的诗词作品题材范围较窄,多是写一些咏花赏月的酬唱之作。不过张镃也曾向陆游学诗,且与辛弃疾、姜夔等人郊游,故其词也有少量感怀国事的。

这首《满庭芳》的词就是与姜夔在宴饮时所作。据姜夔《齐天乐·蟋蟀》的小序记载,这首词作于南宋宁宗庆元二年(1196),当时姜夔在张镃家参加"宴会",听到墙壁间有蟋蟀的叫声,两人就约定各写一首词给歌伎演唱,于是就有了这两首词。

张镃在词中先是写了听到蟋蟀叫声的感受,以咸阳古迹宝钗楼指代自家楼台,词人祖籍西秦,是借此抒发对故乡的怀念。然后词人回忆了儿时捉蟋蟀、斗蟋蟀的趣事,如今蟋蟀的叫声只能"凉夜伴孤吟",更是衬托出现在的悲凉。可见,即使生活在富贵之家的张镃,儿时的快乐也是很简单的。

反观姜夔的词,格局和境界就完全不同了。姜夔以庾信的《愁赋》开头,"庾郎先自吟愁赋。凄凄更闻私语",奠定了整首词的感情基调,女子在深秋时节听到蟋蟀的叫声更感孤独,也更加思念远方的丈夫,所以"思妇无眠,起寻机杼"。虽然词的下阙写到了儿童捉蟋蟀这一充满生活情趣之事,但难掩"伤心无数"和世间的种种愁苦。

投壶

科普 //

投壶是古代宴会时的一种娱乐活动,宾主依次把筹投入壶中,以投中多少决定胜负,负者须饮酒,因此,投壶是古代流行的一种投掷游戏,也是一种礼仪。

诗歌里的民俗

历史

投壶源于西周时的射礼。"射"为六艺之一,是先秦时期士大夫需要掌握的一种礼仪。据《礼记·射义》记载:"射者,仁之道也。射求正诸己,己正而后发。发而不中,则不怨胜己者,反求诸己而已矣。孔子曰,君子无所争,必也射乎。揖让而升,下而饮,其争也君子。"射礼体现君子之道,射箭首先要身体端正,然后才能射出,没有射中也不能怨恨胜过自己的人,应该反省自己。孔子说,作为君子,不应该争什么,如果不得不争,那就是射箭的礼仪。比赛结束后,输的人要饮酒,在这样的比赛中争胜也是君子风度的体现。可见,射在古代,既是一种礼仪,也是一种比赛。

在宴会上比试射箭这一活动在春秋时期演变为投壶游戏。因为有些人确实不会射箭,就改为把箭投进酒壶代替,这样宴饮时就不需要太大的场地,既能模仿射箭,也更加方便,同时还具有一定的娱乐性,因此,投壶就逐渐成为宴会时的一项游戏并流行起来。有关投壶记载较早的文献资料是《左传》,记载了春秋时投壶的一些礼仪:"晋侯以齐侯宴。中行穆子相。投壶,晋侯先,穆子曰:'有酒如淮,有肉如坻。寡君中此,为诸侯师。'中之。齐侯举矢曰:'有酒如渑,有肉如陵,寡人中此,与君代兴。'亦中之。"就是说晋昭公和齐景公举行宴会,在宴会上,他们玩起了投壶游戏。晋昭公先投,穆子就在旁边说:"有酒像淮水,有肉像高丘,您若投中壶,定能统诸侯。"晋昭公果真投中。齐景公也举起了箭矢说:"有酒如渑水,有肉像山陵,我若投中壶,代君兴盛。"说完,也

投中了。可以看出，二人以投壶暗示称霸的野心。

战国时期，投壶活动进一步发展，娱乐性突出，成为社交活动中一项重要的技艺。1974年，山东省出土了一件战国早期的提梁壶，壶的腹部有一幅投壶的图案，图案描绘了战国时期投壶礼仪的具体形式和细节。除出土实物，文献资料也有记载，《史记·滑稽列传》记载了淳于髡对齐威王说的一段话："若乃州闾之会，男女杂坐，行酒稽留，六博投壶，相引为曹，握手无罚，目眙不禁，前有堕珥，后有遗簪，髡窃乐此，饮可八斗而醉二三。"意思大概是：在宴会上，男女混坐在一起，饮酒玩乐，有下棋和投壶的游戏，三三两两地聚在一起，握手也不会受到惩罚，也可以看着别人，前面有人耳饰掉落在地，后面有人遗落的簪子，我就喜欢这样的宴会，喝了八斗酒才有两分醉意。可见，这时投壶已成为宴席上常见的普通游戏，也没有那么多的礼节束缚。

汉代，投壶更加盛行，成为一种常见的游戏。人们对投壶的玩法也有不少改进，增加了投壶的难度和玩法，出现了盲投和反投。盲投就是投壶者和壶之间设一屏风，投壶人看不见壶，只能凭感觉投，反投就是背对着壶，把箭矢往身后投，这无疑增加了投壶的难度。《西京杂记》还记载了一个善于投壶的郭舍人，这个郭舍人是汉武帝的"御用投壶人"，经常为汉武帝投壶。郭舍人的厉害之处在于他能将箭矢投进壶中并反弹回来，接着再投，如此可投一百多次。汉代之前壶中会装入豆子以防止箭矢反弹，到了汉代，游戏规则有所改进，壶中不再装豆子，这样箭矢反弹回来可以接着投。

魏晋南北朝时期，投壶已成为士大夫聚会时必不可少的一项

诗歌里的民俗

娱乐活动，并且成为文人间的一项高雅活动，成了一种待客之礼。不少文人大臣都善于投壶，如王弼"性和理，乐游宴，解音律，善投壶"，南朝时的齐竟陵王萧子良也善于投壶，还得到过皇帝的赏赐。还有不少人还写文记述这一活动，如王粲等都写过《投壶赋》之类的文章。这一时期，投壶活动在民间很盛行，出现了投壶名人，如石崇有个歌伎能够隔着屏风投中。

唐代时，投壶与诗歌、绘画等艺术相结合形成了独特的投壶文化。上官仪还专门写了一卷《投壶经》研究这一游戏。唐代是诗歌的王朝，宴饮时饮酒投壶自然少不了赋诗助兴。如李白的《梁甫吟》："帝旁投壶多玉女，三时大笑开电光，倏烁晦冥起风雨。"曹唐《小游仙诗九十八首》："北斗西风吹白榆，穆公相笑夜投壶。"

投壶游戏在宋元时期继续发展。这一时期，投壶除了娱乐性，其教化和修身养性的作用受到重视。司马光写了一本《投壶新格》，在序言中记述投壶的作用："投壶可以治心，可以修身，可以为国，可以观人。何以言之？夫投壶者，不使之过，亦不使之不及，所以为中也；不使之偏颇流散，所以为正也；中正，道之根柢，圣人作礼乐，修刑政，立教化，垂典谟，凡所施为，不啻万端，要在纳民心于中正而已……"司马光讲了这么多，无非是强调投壶修身、治心的教化作用，再次强调了早已淡化的"礼乐"，显然是不符合历史发展规律的。对于普通百姓来说，玩个游戏而已，本就是为了放松身心，竟然被上升到如此高度，哪还有心情玩乐？但从统治者的角度来说，娱乐和政治教化相结合有利于巩固统治，自然是好的，因此，到明清时期，这部《投壶新格》还不断被重印。

明清时期，投壶游戏也是十分流行，不过已有衰落的趋势。

明代投壶一度风靡全国，与当时的"蟋蟀皇帝"朱瞻基有很大关系。明宣宗从小就对体育活动感兴趣，骑马、射箭自不必说，他还很迷恋投壶、斗蟋蟀。为了斗蟋蟀，还曾做出让全国人民帮他找蟋蟀的荒唐之举。如此痴迷游戏的明宣宗在投壶方面也展现出了超强的天赋和实力，在他的影响下，明代的投壶活动较为盛行。当时还出现了不少投壶专著，这些书中记载的投壶之法已经有一百多种。清代，随着西方体育活动的传入，投壶逐渐退出了历史舞台。

民俗

投壶起源于礼仪，就注定了它有不少规矩。明陆容在《菽园杂记》中说："投壶乃射礼之变也，虽主乐宾，而观德之意在焉。"就是说投壶是从射礼演变过来的，虽然主要功能是娱乐宾客，但也具有修养品德之意。

古人重礼，在投壶活动中体现得淋漓尽致。《礼记》中对投壶的礼仪有详细的记载，投壶时，主人拿着箭矢，专门的裁判——司射——主持投壶仪式，裁定胜负，主人和客人要相互行礼之后才开始投射。

投壶一般用口小身长的瓶子，被称为箭壶。箭壶的尺寸并没有统一的要求，如《礼记》中记载的壶的尺寸为："颈修七寸，腹修五寸，口径二寸半，容斗五升。"可见，这时的箭壶有一尺二寸高。明代西北地区出现了一种八尺多高的天壶，需要仰投才能玩这个游戏。

诗歌里的民俗

投壶的矢至少要准备八支,其材质有柘木、竹等,需要把一头削尖,做成矢状。在古代矢的长度以"扶"作为计量单位,据《礼记》记载,其尺寸有五扶、七扶、九扶等几种长度,折算成尺就是二尺、二尺八、三尺六,根据投壶时的场地大小选择不同尺寸的矢。

壶的位置要放在距离主人和客人相等的位置,这个距离一般用矢来衡量,大约距离投壶者的坐席二矢半。投壶成绩的计算用"算"来统计,算是一种计数用的竹片或木片。盛放算的器具被称为"中"。

投壶主要有以下几个程序。首先宾主各自在坐席上坐好,然后开始投壶之礼。主人捧着矢对宾客说一些客套的话,大致是自谦之语,说自己的箭矢、壶不好,让宾客勉强玩乐一下之类的话。宾客也要谦虚地推辞,说一些赞美感谢的话,就像"您用美酒佳肴招待我们,还要请我们玩乐,真是打扰"之类的话。要如此反复客套三遍,就是所谓的三请三让。三请三让之礼结束后,宾客才从主人手里接过矢,回到坐席坐好。这时,司射上场,把壶放在测量好的位置,然后再摆一个中,中一般用木头雕刻成跪伏的兕或鹿,其背部要凿空成为一个筒状用来盛放算,摆好之后,司射要向宾主宣布投壶的规则。然后乐队奏乐,一切准备就绪后,就可以开始投壶。投壶时,宾客是一队,在右边投,右为上,表示对宾客的尊重,主人和子弟为一队,在左边投,每人有四矢。乐会演奏五遍,第一遍不投,第二遍奏完,鼓声响起,宾客先投,主人接着投,第一轮投完再次奏乐,鼓声响起可以进行第二轮投掷,演奏完第五遍的时候,四矢就投完了,为一局。总共要投三局。谁投中一矢,司射就给谁的中里放上一算,如果对方没有投

完,就开始抢投的话,即使投中,司射也不会给算,就是不算成绩。胜一局,司射会给立一"马",三局全胜就赢得三"马",如果只赢一局,自己的那一"马"也要送给对方,这样对方就是三"马",算赢,这种输赢的计算方法就是今天的三局两胜制。

  投壶结束分出胜负,就开始进行罚酒,输的要饮酒。罚酒时也要奏乐,被罚的人要恭敬地跪奉酒杯,不能慢慢地喝,要一饮而尽,喝完还要说一声"赐灌",就是感谢的话。赢的人也要陪着跪在一边,回一句"敬养",就是敬请饮酒的意思。可见投壶活动的礼仪非常复杂。在后来的发展中,投壶的娱乐性不断增加,礼仪也就相应地减少了。

诗歌里的民俗

登邯郸洪波台置酒观发兵

唐·李白

我把两赤羽①,来游燕赵间。
天狼②正可射,感激无时闲。
观兵洪波台,倚剑望玉关③。
请缨④不系越,且向燕然山⑤。
风引龙虎旗,歌钟昔追攀。
击筑⑥落高月,投壶破愁颜。
遥知百战胜,定扫鬼方⑦还。

李白,字太白,号青莲居士,又号"谪仙人"。唐代伟大的浪漫主义诗人,被后人誉为"诗仙"。在诗歌方面具有较高的成就,有《李太白集》传世。

主旨

这首诗是李白在北游途中观看军队操练之后所作,表达了自己也要抗敌报效国家的豪情壮志。

注释

①赤羽:箭矢名,将箭羽染成红色。古时将动物羽毛做成箭矢,根据《六韬注》记载:飞凫、赤茎、白羽,以铁为首,电景、青茎、赤羽,以铜为首。这些都是不同箭矢的名称。

②天狼:天狼星。古人将船尾座和大犬座的一些星星想象成一把横跨在南天上的大弓,其箭头对着天狼星,故古人作品中多有"射天狼"之句。《楚辞》:"举长矢兮射天狼。"苏轼《江城子·密州出猎》:"会挽雕弓如满月,西北望,射天狼。"

③玉关:玉门关,这里泛指西北边塞。王之涣《凉州词》:"羌笛何须怨杨柳,春风不度玉门关。"李白《子夜吴歌》:"秋风吹不尽,总是玉关情。"

④请缨:主动要求做事。缨,绳子。《汉书·终军传》:"愿受长缨,必羁南越王而致之阙下。"

⑤燕然山:在今蒙古国境内。《后汉纪》:"永元二年,窦宪、耿秉自朔方出塞三千里,与匈奴战于稽落山,斩首大获,铭燕然山而还。"

⑥筑:一种古代乐器。高渐离曾以筑击杀秦王,不过没有成功。陶渊明《咏

荆轲》："渐离击悲筑，宋意唱高声。"杜佑《通典》："筑，不知谁所造也，史籍惟云高渐离善击筑。汉高祖过沛所击。"

⑦鬼方：国名，商周时西北部的方国。《周易·既济》载："高宗伐鬼方，三年克之。"《晋书》："夏曰淳维，殷曰鬼方，周曰猃狁，汉曰匈奴。"

诗里诗外

　　李白虽以诗名，被称为"谪仙人"，但并不是文弱书生，亦有驰骋沙场的雄心壮志。李白虽然无法在政治上实现自己的理想，但不妨碍他"仗剑去国，辞亲远游"的潇洒。这首《登邯郸洪波台置酒观发兵》就是李白在天宝十一年（752）北游幽州途径邯郸时所作，在洪波台观看士兵操练时，不免激发了李白想要在边疆建功立业的远大志向，因此，他还到边塞之地练习骑射。通过《幽州胡马客歌》可以看出李白对边塞人民的骁勇善战十分倾慕，"笑拂两只箭，万人不可干。弯弓若转月，白雁落云端"。李白在诗中也表达了自己对战争的厌恶和对百姓的同情，"何时天狼灭？父子得安闲"。

　　李白在幽州待了一段时间后，发现了安禄山的野心，为此还登上黄金台痛哭流涕，不久就离开幽州南下。不久安史之乱爆发，天下大乱。唐玄宗的第十六子永王想要自立为王，邀请李白相助，为了仕途，李白不顾谋逆之罪，竟然投靠了永王。永王兵败后，李白被流放夜郎，不过幸运的是还没到夜郎便被赦免了。

诗歌里的中国

　　李白虽有"大鹏一日同风起,扶摇直上九万里"的满腔热血,但终究未能实现建功立业的人生理想。也许这就是"仙人"不解人间事吧。

曲水流觞

科普 //

　　曲水流觞也叫流觞曲水、流杯曲水、流杯、浮杯等，是古代文人之间流行的一种酒令游戏。大家围坐在环曲的水渠旁，从水渠上流放置酒杯，酒杯顺流而下，停在谁面前，谁就饮酒。

◆明仇英修禊图（局部）

文人于山间竹林聚会，一觞一咏，实为雅事、乐事也。

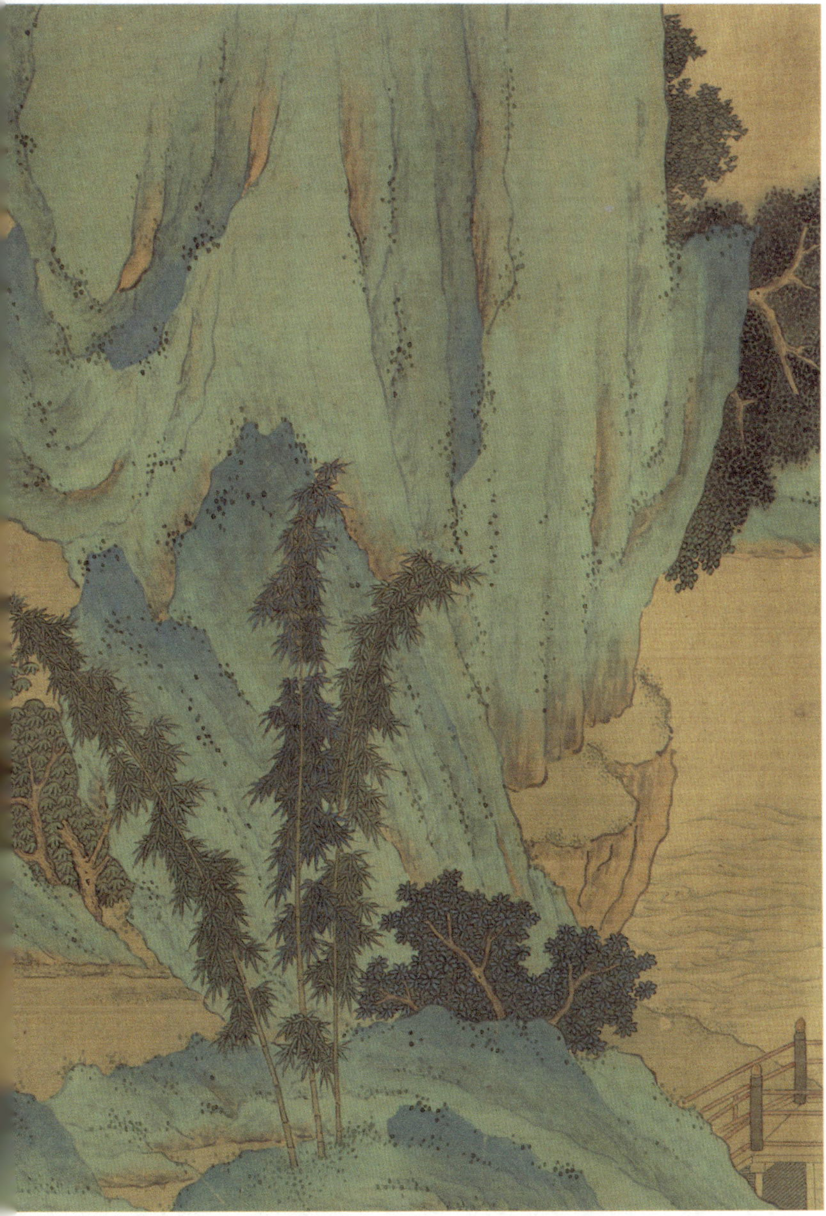

历史

  曲水流觞是一种古老的传统习俗，源于三月初三上巳日的祈福活动，至少可以追溯到西周时期。上巳日是古代祓除祸灾，祈降吉福的节日，这一天人们会举行祓禊（fúxì）仪式。祓禊就是通过清洗身体，以祛除疾病的一种祭祀仪式。早在周代，就有在水滨进行祓禊的习俗，周王室还设置了专职女巫掌管此事。每年的春秋两季，人们都会到水边沐浴，以祈福。据南朝梁吴均《续齐谐记》："昔周公卜城洛邑，因流水以泛酒，故逸《诗》云'羽觞随流波'。"羽觞就是酒杯，也叫羽杯、耳杯，因杯子两侧有耳，就像鸟的两翼，故名。大意就是周公在洛邑建筑都城，建好之后，在洛水放置酒杯，表示庆祝。这大概就是曲水流觞的起源。

  曲水流觞的起源还有一种说法，就是徐肇为女祈福。据《续齐谐记》记载："晋武帝问尚书挚虞曰：'三日曲水，其义何指？'答曰：'汉章帝时，平原徐肇以三月初生三女，至三日俱亡，一村以为怪，乃相与携酒至东流水边，洗涤去灾，遂因流水以泛觞。曲水之义起于此也。'帝曰：'若如所谈，便非嘉事。'"晋武帝问尚书挚虞三日举行曲水流觞的原因。挚虞回答说是因为汉代章帝时，徐肇的三个女儿都出生于三月初，都是生下来三天就死了，全村的人都觉得是怪事，就带着酒到东流水边，希望通过洗浴免去灾祸，并顺着水流以泛觞，曲水之义就起源于此。

  《续齐谐记》中记载的曲水流觞的第三种起源是："秦昭王三月上巳置酒河曲，有金人自河而出，奉水心剑，曰：'令君制有西夏。

及秦霸诸侯，乃因其处立为曲水。二汉相沿，皆为盛集。'"这种说法源于秦昭王逐霸诸侯。

汉代时，三月上巳被正式确定为节日，这一天不但普通百姓会去水边洗浴，甚至连皇室贵族也会去水边洗濯。看来这时沐浴祛灾祈福的习俗已经较为普及。后来逐步发展为临水宴饮。

魏晋南北朝时期，曲水流觞已成为文人聚会的一种高雅活动。三国时期魏明帝曹睿在洛阳天渊池南侧的石头上凿刻出弯曲的水道，在此流觞欢宴。六朝时期，上巳日曲水流觞已成为风尚。据《荆楚岁时记》记载："三月三日，士民并出江渚池沼间，为流杯曲水之饮。"这时期最为有名的一次曲水流觞是王羲之在《兰亭集序》中介绍的，这次集会也是历史上最负盛名的一次。这次活动发生在东晋永和九年（353），是著名书法家王羲之在浙江会稽的兰亭召集的一次聚会，出席活动的有当时颇有名气的四十二位文学家、艺术家，就连谢安都参加了。这次集会能够流传千古是因为王羲之醉后写了一篇三百多字的《兰亭集序》。鉴于这篇文章的影响力，现选录部分：

> 永和九年，岁在癸丑，暮春之初，会于会稽山阴之兰亭，修禊事也。群贤毕至，少长咸集。此地有崇山峻岭，茂林修竹；又有清流激湍，映带左右，引以为流觞曲水，列坐其次。虽无丝竹管弦之盛，一觞一咏，亦足以畅叙幽情。
>
> 是日也，天朗气清，惠风和畅。仰观宇宙之大，

俯察品类之盛，所以游目骋怀，足以极视听之娱，信可乐也。

……

在天朗气清、微风习习的暮春之初，当时的名家都来了，大家开怀畅饮，"畅叙幽情"，酒杯顺水漂荡，流到谁的面前，谁就即兴赋诗饮酒，如果作不出诗就要被罚酒。这一场集会有十一人作出两首诗，十五人作出一首诗，十六人没有作出。

活动结束后，王羲之把大家作的诗收集起来，编为《兰亭集》，然后乘兴挥毫，写下了这篇著名的《兰亭集序》。这次集会在文人间形成了一种特殊的曲池文化。同时对园林文化也产生了重要影响，曲水流觞成为后世园林风景中的一个重要文化意象。有的帝王、达官贵族就在园苑中开凿水渠，以作流觞之用。如南朝宋的西池、北周的华林园、唐代的曲江、宋代的龙池等。

隋代时这一活动更加盛行，还出现了室内流觞。据《太平御览》记载："流杯殿东西廊，殿南头两边皆有亭子，以间山池。此殿上作漆渠九曲，从陶光园引水入渠。"可见，流杯殿是建在廊殿内的，九曲水渠所用之水是从陶光园引过来的，隋炀帝常在这里举行曲水之饮。

唐宋时，流杯殿简化为流杯亭，《旧唐书》《长安志》中都有相关记载。唐代的曲水流觞还增加了游乐的成分，如曲江两岸"彩幄翠帱，匝于堤岸，鲜车健马，比肩击毂"，更像热闹的庙会。也正是因为如此，曲水流觞也逐渐走向民间市井，与音乐、绘画等

诗歌里的民俗

艺术相结合，使得这一活动更有特色。这时有不少诗人在游乐宴饮之后留下了优秀的诗篇，如孟浩然《上巳日涧南园期王山人陈七诸公不至》："上巳期三月，浮杯兴十旬。"唐德宗李适《三日书怀因示百僚》："流觞想兰亭，捧剑得金人。"宋连文凤《流杯亭》："流杯亭下水无声，满地牛关野草腥。"

明清时期，曲水流觞变化不大，在环境的装饰布置、食物的丰富性方面有所改变，新增加了一些礼俗等。

民俗

曲水流觞起源于古代的祓禊仪式，这是一种祛灾祈福的民间习俗。即使演变为集会宴饮活动，也蕴含着丰富的民间习俗。南北朝时期人们在溪水边聚会时，酒杯顺流流到谁的面前，谁就喝掉，喝酒的人在当年会有好运气。这与最初的祈福有一种内在的传承，曲水流觞就是从上巳活动中衍生出来的一种风俗。

三月三是中国最早的情人节。这天人们都会出来沐浴，还用兰草在水渠边进行祭礼活动，这就给人们提供了相聚的机会。三月三日就成了古代青年男女约会的好时机。《周礼·媒氏》："仲春之月，令会男女，于是时也，奔者不禁。"这天是自由约会日，未婚男女约会不受管束，甚至可以互结情好。

唐代时，进士登科的放榜日恰好在上巳节前，中举的进士就可以参加为新科进士举办的庆祝宴会——曲江会。在封建社会，

诗歌里的中国

中了进士就意味着踏入了仕途。曲江会之所以隆重还有公卿之家参与的原因，他们可以在这些人中挑选"乘龙快婿"。孟郊在中举后，骑马跟着探花郎在长安城风风光光跑了一圈，写下了《登科后》，其中就有"春风得意马蹄疾，一日看尽长安花"之句。

曲水流觞作为宴饮文化的一部分，包含着重要的文化内涵和礼仪形式。曲水流觞一般由主人设置席位，在客人到达前，要摆放好酒觞，点燃香薰，摆好食物和饮品。客人到达，要相请入座等，然后才能开始倒酒。宴饮中，主人要为客人斟酒、夹菜等，这些都有一定的礼节要遵守。宴会过程中还有音乐、戏曲、歌舞等节目以助兴。

曲水流觞在宴饮中还形成了饮酒令，如名士美人令、捉曹操令等。名士美人令有三十六支酒筹，二十支是写有美人的，如西施、神女、卓文君、洛神、绿珠、薛涛、紫云、樊素、小蛮、朝云、琴操、小鬘、桃根、柳枝、宠姐、秦若兰、贾爱卿、纤桃、桃叶、隋情娱等，十六支写有名士，如李白、杜牧、白居易、元稹、陶谷、范仲淹、苏轼、韩琦、韩文公、石崇、司马相如、司马道、曹植、王献之、范蠡、宋玉等。大家先抽酒筹，根据抽到的酒筹猜拳、喝酒，如抽到曹植的和抽到洛神的就需要猜拳、交杯。

捉曹操令有十二支酒筹，分别是诸葛亮、曹操、关羽、张飞、赵云、马超、黄忠、许褚、典韦、张辽、夏侯惇、夏侯渊。这种酒令由十二人玩，每人抽一支，抽到诸葛亮的人要猜曹操，如果第一次能猜中抽到曹操酒筹的人，这个人就要喝五杯酒，若是第二次猜中，就要喝四杯酒，第三次猜中，持酒筹者喝三杯酒，但

诗歌里的民俗

持诸葛亮酒筹的人也要喝一杯酒。如果猜到蜀汉五虎将,可让其代为猜曹操,如果猜到了魏将,则可让蜀汉五虎将之一与魏将猜拳等。这里的蜀汉五虎将是指关羽、张飞、赵云、马超、黄忠,魏将是许褚、典韦、张辽、夏侯惇、夏侯渊。

满江红·春色匆匆

宋·洪适

春色匆匆,三分过、二分光景。吾老矣,坡轮①西下,可堪弄影。曲水流觞时节好,茂林修竹池台永。望前村、绿柳荫茅檐,云封岭。

蜂蝶闹,烟花整。百年梦,如俄顷。这回头陈迹,漫劳深省。吹竹弹丝谁不爱,焚琴煮鹤②人何肯。尽三觥、歌罢酒来时,风吹醒。

洪适(kuò),字景伯,又字温伯、景温,号盘州,晚年自号盘州老人。与弟弟洪遵、洪迈以文学负盛名,被称为"鄱阳英气钟三秀";同时在金石学方面也造诣颇深,与欧阳修、赵明诚并称为宋代金石三大家。

诗歌里的民俗

主旨

这首词描写了暮春时节的美好，同时感叹时光匆匆，抒发内心感慨。

注释

①坡轮：月亮。
②焚琴煮鹤：比喻随意糟蹋美好事物。宋胡仔《苕溪渔隐丛话》引《西清诗话》："义山《杂纂》，品目数十，盖以文滑稽者。其一曰杀风景，谓清泉濯足，花下晒裈，背山起楼，烧琴煮鹤，对花啜茶，松下喝道。"明冯梦龙《醒世恒言》卷三："焚琴煮鹤从来有，惜玉怜香几个知。"

诗里诗外

洪适很有才华，不管读书还是做官都取得了不小的成就，可惜生不逢时。洪适自幼聪颖好学，有"日诵三千言"之誉。洪适与弟弟洪遵在绍兴十二年（1142）同中博学宏词科，洪遵为状元，洪适为榜眼。在仕途上，洪适累官至尚书右仆射、同中书门下平章事兼枢密使，最终官至右丞相。

洪适在文学上有深厚的功底。但他生活在山河破碎的南宋，即使也参加曲水流觞的宴会，也无法像王羲之一样拥有面对"茂

林修竹"的心情,"百年梦,如俄顷",自然无法"畅叙幽情"。所以,才会有陆游《书愤》中那种壮志难酬又无可奈何的心境:"塞上长城空自许,镜中衰鬓已先斑。"

也许是心中理想无法实现,所以洪适致仕后,退而回乡归隐。通过他的文章可以看出归隐后的生活,如《渔家傲引》:

> 九月芦香霜旦旦。丹枫落尽吴江岸。长濑黄昏张蟹断。灯火乱。圆沙惊起行行雁。
> 半夜系船桥北岸。三杯睡著无人唤。睡觉只疑桥不见。风已变。缆绳吹断船头转。

《渔家傲引》从一月写到了十二月,洪适在这首词中描写了渔家的生活状况,也可以看出他在归隐后的生活状态,枫叶、渔船、灯火、雁阵,泛舟饮酒,逍遥自在。只是内心深处估计还放不下"洛阳荆棘久,谁是惜花人"的遗憾吧。

蹴鞠

科普 //

蹴鞠，也叫蹹鞠、蹴球、蹴圆、筑球、踢圆等，古代的球类游戏，类似于现代的踢足球。蹴有踢、蹋之意，鞠就是球。

诗歌里的中国

历史

蹴鞠历史悠久，据说是黄帝发明的。据西汉刘向的《别录》记载："蹴鞠，传言黄帝所造，或云起于战国。"据说黄帝的部落和蚩尤部落发生战争，黄帝打败了蚩尤，虽然把蚩尤杀了，但还不解恨，就把蚩尤的胃取出来，充满气，放在地上踢着玩。这就是蹴鞠的起源。当然这只是一个神话传说，还没有资料可以证实。

刘向还记载了蹴鞠的另一个起源，即起源于战国。起源于战国说已经有明确的资料记载，《战国策·齐策一》："临淄甚富而实，其民无不吹竽、鼓瑟、击筑、弹琴、斗鸡、走犬、六博、蹋鞠者。"可见，在齐国的都城临淄，蹴鞠已是一项常见的活动。不过这时的蹴鞠叫蹋鞠。蹴鞠一词见于《史记·扁鹊仓公列传》："太仓公者，齐太仓长，临淄人也，姓淳于氏，名意……安陵阪里公乘项处病，臣意诊脉，曰：'牡疝。'……臣意谓之：'慎勿为劳力事，为劳力事则必呕血死。'处后蹴鞠，要蹶寒，汗出多，即呕血。臣意复诊之，曰：'当旦日日夕死。'"临淄的淳于意是当时的名医，安陵的项处生病请淳于意看病，淳于意诊脉后叮嘱其不要劳累，如果剧烈运动就会吐血而亡。然而项处并没有把淳于意的话当回事，后来就去玩蹴鞠了。果然如淳于意所言，项处出了很多汗之后，就开始吐血。淳于意被请来为其复诊，看过之后说最多活到明天傍晚。项处不听医嘱，因玩球而丧命。

汉代时，蹴鞠不但是一项游戏，还被用来训练士兵。作为游戏的蹴鞠深受人们喜爱，刘歆在《西京杂记》中记载了高祖为了

诗歌里的民俗

让父亲开心，专门修建蹴鞠场，还将太上皇的"球友"都邀请过来陪着老父亲踢球的故事。在汉代的皇帝中，汉武帝、汉元帝、汉成帝等都爱蹴鞠。不过《西京杂记》载："成帝好蹴鞠，群臣以蹴鞠劳体，非至尊所宜。"也就是说，汉成帝喜欢蹴鞠，但遭到群臣的反对，他们认为皇上乃九五之尊，不宜玩这么消耗体力的游戏。东汉伏波将军马援的儿子马防，为了方便蹴鞠，还在家里修建了蹴鞠场。不过这样的大手笔也就皇帝、有钱人家才有条件做到。一般老百姓只能"康庄驰逐，穷巷蹋鞠"，也就是随便找个地方踢踢，玩乐放松一下。

由于蹴鞠的运动量大，且需要一定的技巧和灵活性，因此也被用来练兵。刘向在《别录》里说："蹋鞠，兵势也，所以练武士，知有材也，皆因嬉戏而讲练之。"可见，蹴鞠已被用于训练士兵。《汉书·霍去病传》："其在塞外，卒乏粮，或不能自振，而（霍）去病尚穿域蹋鞠也。"可见，霍去病在塞外时，在军队缺粮少食的情况下，为了鼓舞士气，还带领士兵蹴鞠。这时出现了关于蹴鞠的专著《蹴鞠二十五篇》，班固在《汉书》中将其列为兵书。

汉代蹴鞠已有比赛，有简单的比赛规则，还出现了裁判员。东汉李尤《鞠城铭》记载："圆鞠方墙，仿象阴阳。法月冲对，二六相当。建长立平，其例有常：不以亲疏，不有阿私；端心平意，莫怨其非。鞠政犹然，况乎执机！"这时的蹴鞠场已有围墙，裁判要公平不能徇私。

三国到隋唐时期，蹴鞠游戏更加盛行，沿袭了汉代的运动娱乐、军事训练作用和表演功能，不过军事功能有所下降，娱乐功能开始上升。三国时期，蹴鞠的练兵功能仍较为常见，如《会稽

典录》记载:"三国鼎峙,年兴金革,士以弓马为务,家以蹴鞠为学。"三国时期的曹操就非常喜欢蹴鞠,当时有一个叫孔桂的人,蹴鞠水平了得,于是曹操就将其留在身边作为"球伴",《魏略》有载:"故太祖爱之,每在左右。"曹操的儿子曹植在《名都篇》也写到玩蹴鞠的场景:"连翩击鞠壤,巧捷惟万端。"

到了唐代,蹴鞠的变化主要体现在球体变轻,运动量减小,所以这时女子蹴鞠就非常盛行。之前的鞠多是以皮革缝制的实心球,这时出现了充气的鞠,这种鞠多用动物的膀胱制作而成。据徐坚《初学记》记载:"鞠即毬字,今蹴鞠曰毬戏。古用毛纠结为之,今用皮。以胞为里,嘘气闭而蹴之。"也就是说,过去的球里面会填充毛发,唐代的球有两层,里面一层是充气的动物膀胱制成的内胆,外面一层用皮革缝制将球包裹住,这样的球比较轻,就能踢得更高更远。唐代女子蹴鞠与过去不同,前者不用球门,也没有激烈的奔跑和争夺,而是以踢得高、踢出新花样为本事。唐代蹴鞠还出现了一种新的玩法叫"白打",就是不限制场地和参加人数,削弱了蹴鞠的竞技性与对抗性,增加了娱乐性和观赏性。从白打花哨的动作名称可见大端,如燕归巢、斜插花、风摆荷、旱地拾鱼、双肩背月等。

当时上自宫廷下至民间,都有女子蹴鞠,甚至皇帝也爱看蹴鞠。从当时的诗歌中可以看出蹴鞠是一种非常普遍的娱乐游戏。既有"交争竞逐、驰突喧阗"的激烈场面,也有"或略地以丸走,乍凌空以月圆"的高超技艺,既有宫内豪华的"斗鸡金宫里,蹴鞠瑶台边",也有民间的"蹴鞠屡过飞鸟上,秋千竞出垂杨里"。

宋代蹴鞠更加流行,统治者的喜爱是其中一个重要因素。宋

诗歌里的民俗

太祖赵匡胤、宋太宗赵光义就对蹴鞠情有独钟。宋代的大臣中就有不少蹴鞠高手，如北宋开国功臣赵普，宰相李邦彦，《水浒传》中的太尉高俅都是蹴鞠高手，尤其是高俅，更是因为踢得一脚好球而被宋徽宗赏识，一路青云直上。

宋代女子蹴鞠也比较流行，仅宫廷女子蹴鞠队员就有一百五十多人，她们还有专门统一的"运动服"，个个都是高手。据《文献通考》记载，她们能够做到球不离足，足不离球。宋徽宗看到她们的比赛，都忍不住赋诗赞叹："韶光婉媚属清明，敞宴斯辰到穆清。近密被宣争蹴鞠，两朋庭际角输赢。"

宋代蹴鞠的发展表现在制作材料和工艺的进步上。球的外壳由八块发展到十二块材料制成，原材料也由皮革发展为"熟硝黄革，实料轻裁"，制作工艺上则表现为"密砌缝成，不露线角"。当时还出现了专门制作鞠的手工作坊，还出现了不同品牌的鞠，内胆的充气方式也由用嘴吹气改为用气筒充气。蹴鞠的普及催生了以踢球为生的职业艺人，类似于现在的专业球员。在民间还出现了专门组织蹴鞠比赛的组织——齐云社，负责蹴鞠活动的组织和宣传。这说明蹴鞠已开始从娱乐向商业化发展。

元代蹴鞠虽仍流行，但在上层社会已开始鄙弃这项活动。在元代的散曲、杂剧、南戏等文学作品中，蹴鞠还是常常出现，说明蹴鞠在民间是较为普及的一项活动，关汉卿就写过专门赞赏女子蹴鞠的《女校尉》。蹴鞠虽还流行，但如果想像宋代那样通过蹴鞠得到统治者的赏识就有一定难度了。元代大臣多认为蹴鞠是"奇技淫巧"，玩蹴鞠者多是不务正业、游手好闲之徒。元武宗曾想给一位蹴鞠技艺高超者重赏，就遭到丞相阿沙不花的强烈反对："以

蹴鞠而受上赏,则奇技淫巧之人日进,而贤者日退矣,将如国家何?臣死不敢奉诏。"阿沙不花认为如果皇上奖赏这种奇技淫巧之人,那么有才能的人就得不到重用,他们也不愿为皇上效力,国家怎么能发展进步。

  明清时期,蹴鞠主要成为妇女、儿童的游戏。朱元璋曾下旨禁止军人蹴鞠,但禁令只能在军中生效,民间蹴鞠依然进行。不过到明宣宗朱瞻基时,就不再禁止蹴鞠。明武宗朱厚照自己还在宫中玩蹴鞠。清代蹴鞠与滑冰相结合出现了冰上蹴鞠,不过蹴鞠活动渐趋衰落。后来随着西方足球的传入,蹴鞠逐渐被取代。

习俗

  蹴鞠从产生开始,就因其娱乐性而深受大众喜爱。唐代时,蹴鞠与寒食节联系起来成为一项民俗活动。寒食蹴鞠本是民间习俗,后来这一习俗传进宫中,在宫中也成为一项固定的习俗。在民间,寒食节时,人们会在踏青扫墓之余,到郊外蹴鞠。不少诗人对此习俗都有描写,王维《寒食城东即事》:"蹴鞠屡过飞鸟上,秋千竞出垂杨里。"白居易《洛桥寒食日作十韵》:"蹴球尘不起,泼火雨新晴。"韦庄《丙辰年鄜州遇寒食城外醉吟》:"永日迢迢无一事,隔街闻筑气球声。"杜甫《清明》:"十年蹴鞠将雏远,万里秋千习俗同。"温庭筠《寒食日作》:"彩索平时墙婉娩,轻球落处晚寥梢。"可见,唐代寒食节蹴鞠的习俗已经非常普遍。这一习俗的出现与寒食节的饮食习惯有一定的关系。寒食节吃冷食,不易

诗歌里的民俗

消化，肠胃容易积滞，因此，蹴鞠就是一项很好的消食运动。同时，在初春到郊外也能感受一下春天带来的欢快。在宫中，也形成了寒食节蹴鞠的习俗，据《新唐书》记载："二月献牙尺，寒食献毯，五月献绶带。"寒食节这天，宫中会举行蹴鞠活动，而且表现好的人，还会得到皇帝的赏赐。韦庄在《长安清明》中就写道："内官初赐清明火，上相闲分白打钱。"白打相当于现在的"花式"表演，以娱乐为主，皇帝开心了，自然就会进行赏赐。寒食蹴鞠的习俗除了民间和宫廷盛行，在军队也会举行，韦应物《寒食后北楼作》中的"遥闻击鼓声，蹴鞠军中乐"，反映的就是军队中开展蹴鞠活动的情景。

寒食蹴鞠的习俗到宋代还在延续，而且除了寒食节，其他重大节日如元宵节等也会举行蹴鞠活动。宋代的礼仪活动队伍中也曾出现蹴鞠队伍，蹴鞠礼仪队伍甚至还出现在皇室接见外交使者的场合。宫廷艺人中还有专门的蹴鞠音乐伴奏者。陆游在《春晚感事》一诗中就描写了寒食蹴鞠的情景："寒食梁州十万家，秋千蹴鞠尚豪华。"

宋代蹴鞠的专业组织齐云社制定了专门的社规，如十紧要：要和气，要信实，要志诚，要行止，要温良，要朋友，要尊重，要谦让，要礼法，要精神；还有十禁戒：戒多言，戒赌博，戒争斗，戒是非，戒傲慢，戒诡诈，戒猖狂，戒词讼，戒轻薄，戒酒色。这说明在蹴鞠活动中，人们要遵守一定的规则和制度，这是人们在长期的活动中总结和制定出来的。蹴鞠不但能强身健体，还能令人身心舒畅，还有助于人们领悟团结、谦逊等美德。

名都篇

三国·曹植

名都多妖女①,京洛出少年。
宝剑值千金,被服丽且鲜。
斗鸡东郊道,走马长楸间。
驰骋未及半,双兔过我前。
揽弓捷鸣镝,长驱上南山。
左挽因右发,一纵两禽连②。
余巧未及展,仰手接飞鸢。
观者咸称善,众工归我妍。
归来宴平乐③,美酒斗十千。
脍鲤臇胎鰕④,寒鳖炙熊蹯⑤。
鸣俦啸匹侣,列坐竟长筵。
连翩击鞠壤⑥,巧捷惟万端。
白日西南驰,光景不可攀。
云散还城邑,清晨复来还。

曹植,字子建,曹操第四子,又称陈思王,三国时期文学家、诗人、音乐家。曹植是建安诗坛成就较高者,对五言诗的发展作出了重要贡献,完成了乐府民歌到文人诗的转变。

诗歌里的民俗

主旨

这首诗描写的是洛阳少年斗鸡走马、射猎宴饮的奢侈生活,意在讽刺这些少年耽于享乐,没有追求。

注释

①妖女:指艳丽的女子或打扮妖娆的女子。南朝梁何逊《嘲刘郎诗》:"妖女寨帷去,蹴蹀初下床。"
②两禽连:同时射中两禽。这里指前面提到的双兔,古时,兽也可以称禽。
③平乐:指平乐观。东汉时期明帝所建,在洛阳西门外。
④脍鲤臇胎鰕:把鲤鱼切成丝,把有鱼籽的鱼做成羹。
⑤寒鳖炙熊蹯:把甲鱼腌制成酱,烤熊掌。
⑥鞠壤:鞠,蹴鞠。壤,古代的一种游戏工具。击壤,需要两个一头大一头小的木块,其中一个放在几十步之外,用另一块投击,击中者为胜。

诗里诗外

曹植作为曹操的儿子,自然也是锦衣玉食,因此,对诗中描写的斗鸡走马、射猎宴饮、蹴鞠击壤的生活方式应该也是相当熟悉的。曹植才华横溢,虽然不是长子,但也得到曹操的重视,曹

操曾想将其作为"接班人"培养。但曹植也有他的不足,如饮酒失节、恃才傲物等。

曹植在年轻的时候也有建功立业的雄心壮志,他曾将"戮力上国,流惠下民,建永世之业,流金石之功"作为人生目标。从这个角度来说,曹植对于洛阳少年斗鸡走马没有人生追求的生活方式自然是看不上的。不过,就在曹植前途一片光明的时候,却因一次醉酒而前途尽毁。

建安二十二年,曹操在外征战。曹植喝醉了酒,竟然赶着曹操的马车穿过了只有重大礼仪才能通过的司马门。曹操闻讯自是大怒,下令处死了管理马车的公车令,当年十月就封了曹丕为世子。颇有城府的曹丕虽然得到了曹操的信任,但对曹植的才华还是非常忌惮的。所以在曹操去世后,曹植一直过着战战兢兢的日子,在政治上也失去了年少时的抱负和理想,以至于"感物伤我怀,抚心长太息"。如果从这个角度来说,曹植是在经历了一系列的政治打击后,才开始对年少不羁生活进行反思,对这种生活进行批判的。

不管曹植写这首诗的目的是什么,失去政治理想的曹植在文学创作上还是充满灵性的,他的《洛神赋》在后世有深远影响。"翩若惊鸿,婉若游龙。荣曜秋菊,华茂春松。髣髴兮若轻云之蔽月,飘飖兮若流风之回雪。远而望之,皎若太阳升朝霞;迫而察之,灼若芙蕖出渌波。秾纤得衷,修短合度。肩若削成,腰如约素。"通过浪漫主义的手法,写出了人神之间的真挚爱情。

斗草

科普 //

  斗草,也叫斗百草,是中国民间流行的一种古老游戏。斗草有"文斗"和"武斗"两种,"文斗"指比试谁采的花草种类多,"武斗"是比试草的韧性,断者为负。斗草是端午节的一项民俗活动。

诗歌里的中国

历史

　　斗草一种由采草药发展成的民间游戏，其起源与神农氏有关。由神农氏尝百草的传说逐渐发展为夏代的每年五月五日到郊外采药的习俗，再到后来就形成了端午节采草药以解溽暑毒疫的习俗。也有一种说法认为斗草起源与春秋战国时期的吴王与西施有关，据《中吴纪闻》卷一记载："吴王与西施尝作斗百草之戏，故刘禹锡诗云：'若共吴王斗百草，不如应是欠西施'。"这一观点并没有在学界得到一致的认可。清代的翟灏在《通俗编》就认为刘禹锡的诗是假设之辞，没有依据。翟灏又引用申公的《诗说》，以《诗经·芣苢》中的记载来推测周代已有斗草的游戏。《诗经·芣苢》中记载的是："采采芣苢，薄言采之；采采芣苢，薄言有之。采采芣苢，薄言掇之；采采芣苢，薄言捋之。采采芣苢，薄言袺之；采采芣苢，薄言襭之。"这记载的是先秦时期的劳动场景，不过汉代申培公认为这里讲的是儿童斗草的歌谣之辞。这些说法都没有确切的记载。

　　斗草之名最早出现在韩鄂的风俗志《岁华纪丽》："端午结庐蓄药，斗百草。"南朝的《荆楚岁时记》中记载了："五月五日谓之浴兰节，四民并蹋百草。"唐代《初学记》说："四人并蹋百草，今人又有斗百草之戏。"从这些记载来看，无法确定蹋百草是否就是斗百草。《隋唐嘉话》中记载了一个关于斗草的故事："晋谢灵运须美，临刑，施为南海祇洹寺维摩诘须。寺人宝惜，初不亏损。中宗朝，安乐公主五日斗百草，欲广其物色，令驰驿取之。又恐为他人所得，因剪弃其余，遂绝。"大概就是说，晋朝谢灵运的胡

诗歌里的民俗

须很美,在被处死前,将其胡须布施给南海祇洹寺的维摩诘塑像做胡子。寺里的僧人十分爱惜,将这些胡须保护得很好。到唐中宗时,安乐公主在端午节要斗百草,想要增加新品种,就让人把谢灵运的胡须取来,又担心剩下的胡须被别人拿去,就剪下来全部丢掉,从此,这世上就没有谢灵运的胡子了。这说明唐代斗百草已经很普遍,也说明斗百草在唐代之前应该已经产生。

在唐代,斗百草是一种盛行的游戏,上至王公贵族,下至平民百姓,男女老少皆爱玩,从众多的诗歌中可见当时斗百草的盛况。崔颢《王家少妇》:"闲来斗百草,度日不成妆。"李商隐《代应二首》:"昨夜双钩败,今朝百草输。"贯休《春野作》:"牛儿小,牛女少,抛牛沙上斗百草。"李白《清平乐》:"禁庭春昼,莺羽披新绣,百草巧求花下斗,只赌珠玑满斗。"郑谷《采桑》:"何如斗百草,赌取凤凰钗。"从李白和郑谷的记载可以看出,这时的斗百草除了游戏娱乐,还发展为博戏,有物品或者金钱为赌注。

唐代斗草的方式有两种,一种是文斗,就是看谁采的花草种类多,除了采的种类多,还要知道这些花草的名字,这就需要一定的专业知识和实践能力了。不同的植物有不同的寓意,除了认识植物,还要记住它们的含义,只有这样在比赛中才能赢得对手。如芍药对芙蓉,金盏草对玉簪花,苍耳子对白头翁等。另外一种是武斗,就是比试草的韧性,把草茎相交,双方各持一端向自己方向拉扯,断的一方就算输了。

宋代斗草之风更盛。除了端午节,春社、清明等也有斗草活动。从文人的诗词中可以看出一二。如晏殊《破阵子》:"巧笑东邻女伴,采桑径里逢迎。疑怪昨宵春梦好,元是今朝斗草赢,笑从双脸生。"

柳永《木兰花慢》："盈盈，斗草踏青。"不过这时写斗草的诗词还有另外一种情景，即应制作品，这样的作品就看不出斗草的生动和乐趣了，如欧阳修《端午帖子词·夫人阁》："鸣蜩惊早夏，斗草及良辰。"苏轼《夫人阁端午帖子词》："皇恩乐佳节，斗草得珠玑。"

元明清时期，斗草还是一种比较流行的游戏，但已没有唐代盛行。元代斗草缺少了相应的文化内涵，文学作品中描写斗草场景的也相对较少。明清时期的一些作品中对斗草的描写倒是有详细的描述，如吴兆的长诗《秦淮斗草篇》，李汝珍的《镜花缘》，曹雪芹的《红楼梦》等。

李汝珍在《镜花缘》的第七十七回《斗百草全除旧套 对群花别出心裁》中用了大量笔墨来写姑娘们斗草的情景。如紫芝道："即如铃儿草原名沙参，鼓子花本名旋花，何尝不是借用。又如古诗所载'鸦舅影、鼠姑心'，鸦舅即药中乌臼，鼠姑即花中牡丹。余如合欢蠲忿、萱草忘忧之类，不能枚举。只要见之书，就可用得，何必定要俗名。"陈淑媛道："据姐姐所言，自然近世书籍也可用了？"后面还有许多优秀的对子，如"长春"对"半夏"，"金盏草"对"玉簪花"，"观音柳"对"罗汉松"等。从李汝珍的描写可以看出，文斗这种形式确实需要对植物的名称、典故、文化内涵等有充分的了解。

曹雪芹在《红楼梦》写道香菱和芳官、蕊官、藕官、荳官等几个人在园中斗草的情景，大家你一言我一语，从观音柳对罗汉松，到君子竹对美人蕉，从星星翠对月月红，到《牡丹亭》上的牡丹花对《琵琶记》里的枇杷果，直到荳官说有姊妹花，众人才一时接不上，这时香菱正拿着一枝蕙兰，就说："我有夫妻蕙。"大家

诗歌里的民俗

都没听过这个说法，香菱就解释说："凡蕙有两枝，上下结花者为兄弟蕙，有并头结花者为夫妻蕙。我这是枝并头的，怎么不是？"香菱的一番解释用来斗草也说得通，但却遭到荳官的一番取笑。不过可以看出，清代时斗草依然是常见的游戏。

民俗

  斗草作为端午节的民俗活动，与古代辟邪解溽暑毒疫的习俗有关。农历五月，天气炎热，各种毒虫出来活动，经常给人带来伤害，古人就将五月称为"恶月""毒月"，这个月的五日为"恶日"，认为这个月有五毒横行，五毒即蛇、蝎、蜈蚣、壁虎、癞蛤蟆。尤其是在南方地区，五月多雨潮湿，人们就用艾草、菖蒲等祛除邪毒。后来就形成了在端午时节踏百草、采草药、熬汤药等习俗。

  到隋唐时期，就演变为端午"结庐蓄药，斗百草"。唐代敦煌词《斗百草》中"建士祈长生，花林摘浮郎。有情离合花，无风独摇草"反映了斗草的另一种习俗，即祈求健康长寿。这与古人为保儿童健康无灾以草编制百岁索是同样的道理。斗草除了祛灾避凶，也与祈求丰年、庆贺丰收有关。唐王驾《社日》："桑柘影斜春社散，家家扶得醉人归。"宋范成大《春日田园杂兴》："社下烧钱鼓似雷，日斜扶得醉翁归。青枝满地花狼藉，知是儿童斗草来。"在春社的日子里，人们进行祭祀、宴饮、斗草等活动。

  斗草多为妇女儿童所玩，唐宋是最为盛行的时期，男女老少皆可玩。此外，山东有些地方也有男子斗草的习俗，据胡朴安《中

华全国风俗志》下篇记载:"(三月)念八日,祀东岳。女子为秋千,男斗百草。"山东斗百草是男子的活动,而且是在三月份举行,是为祭祀东岳泰山的。

斗草作为一种游戏,尤其是武斗的名称在不同地区有不同的叫法。如四川地区叫"打官司"或"拉将",山东地区叫"拉巴条",北京地区叫"拔根"或"拔老根"等,从这些名称也可以看出武斗体现的是双方通过草进行博弈,主要动作是拉、扯、拔等。可见武斗主要比试的是草的韧性和比试者的力量大小。

诗歌里的民俗

观儿戏

唐·白居易

髫龀①七八岁,绮纨②三四儿。
弄尘③复斗草,尽日乐嬉嬉。
堂上长年客④,鬓间新有丝。
一看竹马戏⑤,每忆童騃时。
童騃饶戏乐,老大多忧悲。
静念彼与此,不知谁是痴。

　　白居易,字乐天,号香山居士,又号醉吟先生,唐代现实主义诗人,诗歌题材广泛,语言平实,富有情味。白居易倡导新乐府运动,强调诗歌的"美刺"作用。

主旨

这首诗描写的是儿童玩游戏的快乐,诗人感叹时光匆匆,人已老。

注释

①髫龀:儿童换牙,指儿童。《后汉书·董卓传》:"其子孙虽在髫龀,男皆封侯,女为邑君。"
②绮纨:好的布料,这里指有钱人家的孩子。
③弄尘:指孩子玩泥土的游戏。
④长(zhǎng)年客:指年长者。
⑤竹马戏:儿童以竹竿当马骑的游戏。李白《长干行》:"郎骑竹马来,绕床弄青梅。同居长干里,两小无嫌猜。"

诗里诗外

这首诗写于元和九年(814),这时白居易已经四十多岁,对于古人来说,四十多岁可能已算是"老年"了。白居易看到孩子们无忧无虑地玩泥巴、斗百草、骑竹马,勾起许多美好的回忆和遐想,忽然又觉得"老大多忧悲"。白居易羡慕孩童天真无邪的同时,也不免感叹成人的忧伤和不易。白居易静静地看着孩子们

诗歌里的民俗

玩耍，似在回忆，似在羡慕，原来诗人那颗纯粹之心依然没有蒙上岁月的尘埃。

"不知谁是痴"，到底谁在羡慕谁，也许孩子渴望长大，大人又羡慕孩童简单的快乐。辛弃疾的《丑奴儿·书博山道中壁》将没有忧愁的少年却强说愁的状态描写得令人回味无穷：

少年不识愁滋味，爱上层楼。爱上层楼，为赋新词强说愁。
而今识尽愁滋味，欲说还休。欲说还休，却道天凉好个秋。

辛弃疾在识尽愁滋味之后回忆少年不识愁滋味，才知如今满腔愁绪无法排遣。与辛弃疾不同，白居易即使到了晚年，也依然过得悠闲自在。白居易晚年生活在洛阳，在这里置办了一座大宅院。白居易最得意的是宅院里的池塘，常常邀朋友过来饮酒作诗。有一次他正在绕着池塘散步赏鱼，却遇到来钓鱼的儿童。从其《观游鱼》"绕池闲步看鱼游，正值儿童弄钓舟。一种爱鱼心各异，我来施食尔垂钩"可以看出，白居易虽然对调皮孩子来钓鱼有一丝谴责，但更多还是爱，对生活的爱，对孩子童真的爱。

第四辑

生活中的民俗

宴饮礼仪

科普 //

  宴饮礼仪是关于宴席上的饮食礼仪和饮食行为规范，由古代的宴礼和乡饮酒礼发展而来，起源于对祖先和鬼神的祭祀活动。

◆明仇英春夜宴桃李园图（局部）

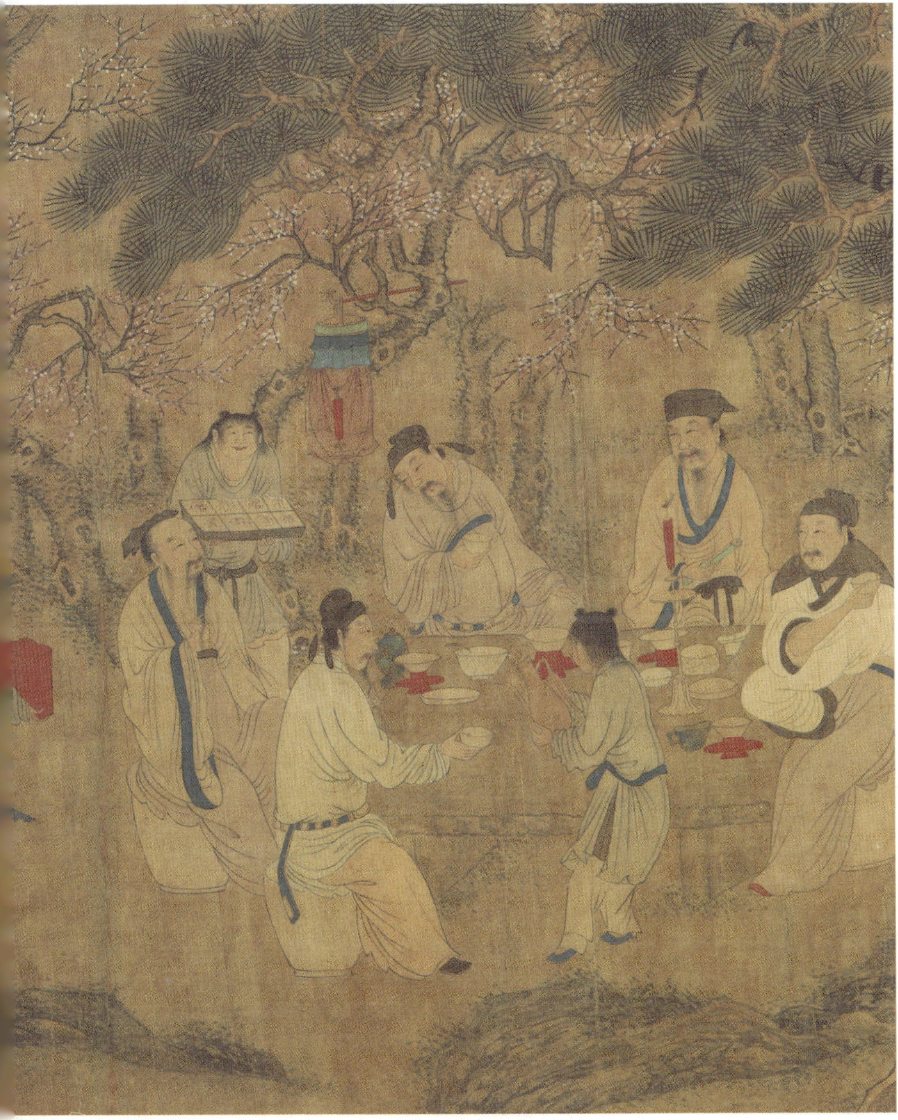

诗歌里的中国

历史

  宴饮礼仪起源较早，是一个逐步形成的过程，至少在先秦时期已形成一套完善的礼仪制度。据《礼记·礼运》记载："夫礼之初，始诸饮食。其燔黍捭豚，污尊而抔饮，蒉桴而土鼓，犹若可以致其敬于鬼神。"也就是说礼的产生始于饮食，由饮食产生了一系列的礼仪制度和风俗。那时的人是用烤熟的黍米和小猪敬神，同时伴随着简单的礼仪，即饮酒和以槌敲打地面。

  古代宴饮礼仪主要包含宫廷宴饮礼仪和民间宴饮礼仪。宫廷宴饮礼仪较为复杂，民间宴饮礼仪相对简单。自从周公制礼作乐，便形成了一套完备的礼仪制度，这些礼规范着人们的言行。如《尚书》中《酒诰》，《礼记》中的《投壶》《燕义》《少仪》《乡饮酒义》，《仪礼》中的《公食大夫礼》等，都是关于宴饮礼仪的规范。古代的宴饮礼仪主要通过严格的等级制度来规范社会秩序和人们的行为。

  如《礼记·燕义》："献君，君举旅行酬；而后献卿，卿举旅行酬；而后献大夫，大夫举旅行酬；而后献士，士举旅行酬，而后献庶子。俎豆、牲体、荐羞，皆有等差，所以明贵贱也。"也就是说，敬酒有先后顺序，先敬国君，再敬卿，接着是大夫、士、庶子，所用的器皿、食物数量、食物品类等都与身份地位有密切的关系，之所以有这样的区别，是为了区分贵贱，也就是实行等级制度。《礼记·礼器》记载："礼有以多为贵者……天子之豆二十有六，诸公十有六，诸侯十有二，上大夫八，下大夫六。"就是说，尊贵者所享用的食物要多于其余人，天子就可以吃二十六盘食物，诸公有

诗歌里的民俗

十六,诸侯有十二,上大夫有八,下大夫有六,也就是不同等级有不同的标准。

《乡饮酒义》主要记载的是地方的宴饮之礼,由乡大夫设宴,其目的也是明长幼之序。这种礼始于周代,最初是乡人的一种聚会,后来随着儒家尊老思想的融入,逐渐形成宴饮礼仪。自秦汉以后,乡饮酒义就被士大夫遵守,一直持续到清代道光年间。这就是我国尊老、敬老思想的根源。

春秋战国时期,虽然孔子认为这时已经"礼崩乐坏",但饮食依然有一套严格的礼仪规范。据《论语·乡党》记载:"食不厌精,脍不厌细。食饐而餲,鱼馁而肉败,不食;色恶,不食;臭恶,不食;失饪,不食;不时,不食;割不正,不食;不得其酱,不食……"这里记载的是饮食的一些礼仪规范,说明这时的贵族阶层对饮食还是非常讲究的。对于老百姓来说就没有那么多讲究了,如《战国策》所载:"民之所食大抵豆饭藿羹,一岁不收,民不厌糟糠。"那时百姓还在能否吃饱饭的边缘徘徊,也就没有太多的礼仪约束。

秦汉时期,由于社会制度的重建,在西汉初年礼仪制度还没有完全确立,因此,"群臣饮争功,醉或妄呼,拔剑击柱,上患之"。跟随刘邦打天下的多是武将,所以才会出现宴席上"群魔乱舞"的局面。刘邦坐上了帝位,就希望原来那帮人在他面前不再没大没小。这时,叔孙通就制定了一整套严格的礼仪制度,并带领群臣排练演戏。于是"自诸侯王以下莫不震恐肃敬。至礼毕,尽伏,置法酒。"西汉饮食的席位也有尊卑之分,如西方为尊,北方次之,东方为客位,南方为臣位。

三国两晋南北朝时,由于民族和文化的融合,社会环境相对

宽松，社会风气较为开放，尤其是魏晋时期，当时的名士多放浪形骸，宴饮礼仪也不太严格。如《世说新语》记载，魏晋时期郗鉴郗太傅想在宰相王导家的子弟中寻找一位合适的人做女婿，就派人去王家打探。打探的人回来说他们家的子弟相貌端正，博学多才，不过知道来意后，大多有些不自然，只有一个人敞着胸口斜躺在床上吃东西，完全不受影响。郗太傅听了非常高兴，立刻决定就是这个年轻人了。这个人就是著名的大书法家王羲之。虽然故事有些夸张，但也说明魏晋时期，宴饮礼仪已经开始淡化。但是从统治者的角度来说，随着封建社会的发展，礼仪制度是一个不断变化和完善的过程。魏晋南北朝只是中国礼仪制度长河中的一段，这一时期已经确立了五礼的框架和体系。

唐宋及以后宴饮礼仪的变化与饮食制度的变化有关，唐之前主要是分餐制，一人一桌，不同等级者所用食器、食物、饮品、数量等都有区分。唐代开始出现会餐、合食的情况，到两宋时期，共器、共餐已成为主要的宴饮方式。尤其是宋代经济发展，街头饮食店肆较多，市民多围坐在一张桌子周围，同餐共食。通过食器、食物、数量等来区分等级贵贱的宴饮礼仪也发生了一定的变化。自周代形成的燕礼，也就是宴礼，也相应有所改变。尤其是元代，宴礼受到很大冲击，礼节简化，不再有那些繁琐的礼节。

不过到明代，随着封建王权的进一步强化，燕礼重新受到重视，其礼节也更加繁琐，还有专门的鸿胪寺负责礼仪制度。《明会典》《明史》均有相关记载。《明会典》中的"诸宴通例"说："先期，礼部行各衙门，开与宴官员职名，画位次进呈，仍悬长安门示众。宴之日，纠仪御史四人，二人立于殿东西，二人立于丹墀左右。锦衣卫、鸿胪寺、礼科亦各委官纠举……务于候朝外所整齐班行,俟叩头毕,候大臣就坐,方许以次照名就席,不得预先入坐及越次失仪。"明代举行宴会之前,礼部要到各衙门开列好参加官员的名字、职位,做出位次图,并挂在长安门外供大家观看,以免到时候坐错位置。宴会当天,有四人专门负责监督管理官员礼仪,此外锦衣卫、鸿胪寺、礼科也都会派人监督。宴席入席前还有一套礼节,不能直接入座等。《明史》在"大宴仪"记载:"洪武元年,大宴群臣于奉天殿,三品以上升殿,余列于丹墀,遂定正旦、冬至圣节宴谨身殿礼。二十六年,重定大宴礼,陈于奉天殿。永乐元年,以郊祀礼成,大宴。十九年,以北京郊社、宗庙及宫殿成,大宴。宣德、正统间,朝官不与者,给赐节钱。凡立春、元宵、四月八日、端午、重阳、腊八日,永乐间,俱于奉天门赐百官宴,用乐。其后皆宴于午门外,不用乐。"可见,明代不仅重定大宴礼,宴会还比较频繁。

清代在重大节日虽然也举行盛大宴会,但皇帝一般不与群臣共饮了,只是象征性地出席一下。但王公大臣在宴会上还是有一套严格而完整的礼节的,包括穿着、排位、饮食顺序、时间、礼乐等。

宴饮礼俗

饮食是一种社会交际方式,中国人讲究吃饭的礼仪。在传统饮食礼仪中,如果主人请客,主人开动了,客人才跟着一起吃。

刚上的菜，通常让长辈先吃。喜欢的菜也不能只顾着自己吃，要考虑到他人的感受。与长辈喝酒时，晚辈要站立起来敬酒。与长者碰杯时，晚辈的杯沿不能超过长辈的杯沿。要等到长辈饮完，晚辈才能放下酒杯。

吃饭的座席位次也很有讲究，显示着身份地位的尊卑。《史记·项羽本纪》中记载鸿门宴："项王、项伯东向坐。亚父南向坐，亚父者，范增也。沛公北向坐，张良西向侍。"可见当时坐西面东的座位最为尊贵，其次是面向南方，再次为面向北，最后是面向西的座位。现在酒店包间一般靠里、面朝大门的是上座，家中通常是由长辈坐上座。而靠近门的座位，因为服务员经常要端菜，常由小辈来坐。

现在中国人习惯将菜摆放在桌子的中间，大家一起夹菜吃，但其实早在汉代就出现了分餐制的餐具——染炉。染炉中的"染"指的是调味品。染炉由三部分构成，上面是盛放食物的耳杯，下面是炭炉和承接炭灰的盆。中国人吃火锅有着悠久的历史，早在西周时期，就有用来煮火锅的鼎，而染炉是吃火锅的用具搭档。在耳杯中放入调好的火锅蘸料，然后在染炉中点火加热，再将美食放入耳杯中蘸调料。染炉能够起到保持调料的美味的作用。一人一个小染炉，既卫生又方便。

宴饮交际中少不了饮茶与喝酒。茶是中国人发明的饮品，中国是世界主要的茶产地。英国科学史专家李约瑟给予茶非常高的评价，他认为茶是中国继四大发明之后，贡献给人类的第五大发明。自古至今，中国的饮茶风气很盛，风靡全国。成千上万的中国人有饮茶的习惯，茶楼遍布大街小巷。中国茶叶主要有六大类别，

诗歌里的民俗

分别是红茶、绿茶、白茶、乌龙茶、黄茶和黑茶。茶香有沁人心脾、愉悦心情的功效，因而喝茶成为人们的一种休闲方式。喝茶是读书交友、洽谈生意常见的方式之一，在倒茶的礼仪中忌讳将茶倒满，俗话说"从来倒茶七分满，留下三分是人情"，因为茶是烫的，七分满的话端起杯子时不容易被烫伤，茶香也不容易散失。此外，茶水泡好后，一般按照先客人后主人、先长辈后晚辈的顺序斟茶。喝茶时切忌皱眉头，因为这样会被认为茶水不好喝，使主人难堪。客人为了表示对倒茶者的感谢，一般会用手敲几下桌子，这就是流传已久的"叩谢礼"。

中国的酒文化可谓博大精深，是宴饮交际中的重头戏。正所谓"酒酣胸胆尚开张"，酒能够拉近人们之间的距离，促进人们之间情感升温，使人打开心扉，开阔胸怀。与倒茶礼仪不同的是，倒酒通常要给他人倒十分满，这是主人热情好客的表现。人们之间还要相互敬酒。如果有长者在，通常由长辈起头说祝酒词，邀全体成员共饮。但是，喝酒也要量力而行，喝多了酒难免会失态，且容易伤害身体。

喝酒行酒令是我国特色的酒文化，往往能够起到助兴、活跃氛围的作用。从古到今有许多有意思的酒令活动，"曲水流觞"就是其中之一，人们坐在河渠边上，将酒杯放在弯弯曲曲的水面上令其漂流，酒杯停在谁面前谁就要饮酒赋诗。古代三月三日上巳节，文人墨客喜好在江渚池沼边聚会，既有娱乐性，又是风流雅事，成为美谈。类似的娱乐活动还有投壶。投壶是将箭投于壶中，以投中的次数决定胜负，中得少的人就要罚酒喝。常见的酒令还有划拳，风靡全国各地，有些人就算不会划拳，在观看别人划拳时，

诗歌里的中国

也会在这一氛围中受到感染。划拳时的吆喝声热闹非凡,参与划拳的人兴奋得面红耳赤,围观之人也兴致勃勃。酒令活动有繁有简,现代的酒令游戏更是五花八门。如"报数字"的游戏,在开局时规定避免念出某一个数字的倍数,轮到要念那个数字的倍数时就要用拍桌子代替念出来,没有反应过来、念了那个数字的人就算输了,输了的人就要接受惩罚。

诗歌里的民俗

诗经·大雅·既醉

先秦·佚名

既醉以酒，既饱以德。
君子万年，介①尔景②福。
既醉以酒，尔肴既将③。
君子万年，介尔昭明。
昭明有融，高朗令终。
令终有俶，公尸④嘉告。
其告维何？笾豆⑤静嘉。
朋友攸摄，摄以威仪。
威仪孔时，君子有孝子。
孝子不匮，永锡尔类。
其类维何？室家之壸⑥。
君子万年，永锡祚胤。
其胤维何？天被尔禄。
君子万年，景命有仆。
其仆维何？釐尔女士。
釐尔女士，从以孙子。

《诗经》主要收录的是西周初年至春秋中期的诗歌，是我国最早的一部诗歌总集，作者绝大部分已无从考证，传说为尹吉甫采集、孔子编订。

主旨

这首诗写的是周祭祖之后,在宴会上大家争相祝颂周天子之辞。

注释

①介:施,给予。
②景:多。
③将:献,端上。
④尸:指代神受祭祀的人。
⑤笾豆:盛放食物的盘子。笾,盛果品的竹器,状如高脚盘。豆,高足木盘。
⑥壸(kǔn):宫中道路,这里指宫中之事。

诗里诗外

《诗经·大雅》主要记录的是关于西周王室贵族的作品,也就是所谓的"庙堂文学",《诗大序》:"雅者,正也,言王政之所由废兴也。政有小大,故有《小雅》焉,有《大雅》焉。"这篇《既醉》就是歌颂祝福周成王的祝颂辞。古人重礼,尤其是先秦时期,更加重视对祖先和神的祭祀。

周成王是周朝的第二位君主,周文王姬昌之孙,周武王姬发之子，太师姜子牙的外孙，母亲为王后，幼年继位，由叔父周公旦辅佐。西周的这位小皇帝一出生就赢在了起跑线，虽然当上周天子的时候，年纪还小，但有个给力的皇叔。周公旦先是平定了其他兄弟的叛乱，然后制礼作乐，让天下大服。

周成王幼时还因玩游戏成就一段佳话，即桐叶封弟。

周成王有个弟弟叫叔虞。据说武王曾梦到天帝，天帝告诉武王将会有一个叫虞的儿子，还会把唐这个地方送给他。果然，不久之后，武王的一个妻子就怀孕生下了一个儿子。这个孩子一出生手上就写了一个"虞"字，武王给这个儿子取名姬虞。

不久，武王病逝，周成王尚且年幼，便由周公旦辅政。成王虽为天子，毕竟还是个孩子，经常和弟弟姬虞一起玩耍。有一次，成王随手从地上捡起一片梧桐叶，让弟弟跪下，说："我封你为侯王。"姬虞叩头说："谢大王恩典。"兄弟俩哈哈大笑。没想到孩子之间的一场游戏被史官记录了下来。

成王上朝时，史官就站出来说："请大王下令分封姬虞吧。"成王大吃一惊，对史官说："昨天我是和弟弟玩游戏，又不是真的。"史官认为天子无戏言，一旦说了，就要做到，而且还要按照礼节严肃地完成。周公更是严肃地对成王说："天子的言行会被记在史书上，如果言行不一，如何能取得天下的信任？"

因成王年幼，尚未亲政，有的诸侯国就趁机叛乱，其中便有唐国，周公旦平定了叛乱，唐国国君之位暂时空缺。成王虽然舍不得弟弟离开，也只能将姬虞分封到唐国做诸侯。姬虞长大后，励精图治，把唐国治理得越来越强大，使唐国的百姓过上了稳定幸福的生活，姬虞也因此受到唐国百姓的拥戴。

乔迁

科普 //

乔迁用来祝贺别人搬到好的地方居住或者升职，是一种祝福的贺语。后来形成一种礼仪，并产出相应的风俗，一般是主人选择一个好日子，宴请前来祝贺的亲友。在农村地区，建房完成时也会举办乔迁礼。

诗歌里的民俗

历史

原始社会，人类的居住条件有限，多是"穴居野处"，住在天然的山洞里，十分不安全。后来有巢氏"构木为屋"，人类开始从穴居向巢居过度，从地下搬到了树上。住在树上实在不太方便，到仰韶文化时期，人类又搬到半地穴式的房屋居住。后来，随着房屋的不断改进，人类也经历了一次又一次的搬迁。

乔迁一词的出现要远远晚于人类实际的搬迁历史。乔迁最早来源于《诗经·小雅·鹿鸣之什·伐木》："伐木丁丁，鸟鸣嘤嘤。出自幽谷，迁于乔木。"这句诗的意思是砍树的声音铮铮响，林中的鸟儿嘤嘤鸣叫，鸟儿从深谷之中飞出，飞到高大的树木上去。后人将它引申为搬迁新居，是借鸟儿搬迁到更好的住所来比喻人们搬进高大的新屋。

早在春秋战国，人们就有祝贺搬迁新居的一些习俗。《礼记》中便记载了赵武暖房的故事。赵武乃是春秋中期赵氏的宗主，赵氏复兴的奠基人，后升任晋国正卿，执掌国政。同时，赵武也是晋卿赵朔的遗腹子，他还未出生，家族已遭灭门之祸，十五年后才得以昭雪。赵武成年后，被封为大夫，建造了新宅院。这时晋国的大夫们纷纷来祝贺，其中一位就对赵武说："美哉，轮焉！美哉，奂焉！歌于斯，哭于斯，聚国族于斯！"赵武听后，说："武也，得歌于斯，哭于斯，聚国族于斯，是全要领以从先大夫于九京也！"他们两个的对话被君子称赞为一个善于赞颂，一个善于祈祷。贺者说的意思是：美啊，新房子高大宽敞！美啊，新房子富丽堂皇！

可以在这里唱歌祭祀，居丧哭泣，还可以举行聚会。这些祝贺的话语听起来有些让人不解，但赵武领会了贺者的深意，表示贺者是希望自己寿终正寝，家族永昌。不管他们的对话如何，但从这个故事可以看出，那时已经有为别人祝贺乔迁的习俗。

到唐代时，祝贺乔迁已是常见的习俗。唐朝诗人王建在他的《宫词一百首》中写过"太仪前日暖房来，嘱向朝阳乞药栽"的诗句，说明在唐朝时暖房的习俗已经非常普遍了。南宋吴自牧的《梦梁录》亦载："或有新搬移来居止之人，则邻人争借动事，遗献汤茶，指引买卖之类，则见睦邻之义，又率钱物，安排酒食，以为之贺，谓之'暖房'。"可见，到南宋时，祝贺乔迁已与现代无异，甚至比现在更有人情味，现在只有亲朋才会来"暖房"，南宋时，搬到一个新地方，邻居都会争相帮忙，有借日常器具的，有送吃的喝的，有热情指引去哪里能买到需要的物品，邻里之间非常和睦，还会带着钱物，准备好饭菜酒食来祝贺。元明间陶宗仪的《南村辍耕录》就记载了以吴森为首的吴氏乔迁魏塘之事。

习俗

乔迁习俗是一项古老的民俗，即便是在传承了数千年的今天，有些礼俗也还是没有断绝，这就说明了它所代表的含义在人民心目中占据了不可替代的地位。

各地在长期的发展中，形成了各具特色的乔迁习俗，如暖房、升火庆、贺火塘、温锅、燎锅底儿、蘘院和安灶等，都有祝贺之意。

诗歌里的民俗

暖房一般择取良辰吉日，主人会请邻居喝"认邻酒"，寓意与邻居和睦相处，亲戚朋友会带上米面粮油、喜布、画匾等礼品，齐聚一堂说一番吉祥话以示祝贺，主人会准备饭菜招待来访的客人，这就算暖房的过程了。不过现在的暖房已失去了原来的意义，不管亲戚还是朋友很多都是直接拿红包。

升火庆是滇西部分地区的乔迁习俗。人们认为新房子建好后，在房间里烧火，以后的日子就会过得红红火火。升火前，女主人要在正房内砌一个方形的火塘，火塘上放一个装满粮食、鱼干、酥油、彩珠、火镰、火石等物品的陶罐，上面要盖上一层泥土。火塘正方安放着象征祖宗神位的锅庄石。点火的时间也要找专人来算，一般是在中午。在热闹的庆贺中，主人设宴款待前来祝贺的亲朋好友。

温锅和燎锅底儿是一个意思，也是庆贺乔迁的一种习俗。一般在搬新家的时候，先把其他物品搬进去，最后搬锅，在搬锅前要在旧家里烙一个大饼，但只烙一面，盖上锅盖，用红绳子绕一圈，在鞭炮声中搬进新家，把饼反过来烙熟。然后做饭招待前来祝贺的亲朋。通过这种方式，人们希望把旧家的财气、喜气带到新家里来。

有的农村地区在新房子即将建好时也有特别的做法，也是乔迁习俗的一种。据明代徐师曾《文体明辨》记载："按上梁文者，工师上梁之致语也。世俗营构宫室，必择吉上梁，亲宾裹面杂他物称庆，而因以犒匠人，于是匠人之长，以面抛梁而诵此文以祝之。其文首尾皆用俪语，而中陈六诗。诗各三句，以按四方上下，盖俗体也。"其中，上梁文是工匠师傅上梁时说的祝福语。这是建造宫室、房屋的一种习俗。

福建三明地区上梁时会燃放爆竹，唱祝福语。上梁时间一到，主人家会燃放鞭炮。由木匠领头，把钉好框架的两边柱子竖起来。立柱时要唱"立柱歌"："千里来龙结穴真，新地新材样样新。房房发福滔滔起，子孙昌盛万代兴。"边唱边立，柱子竖起来后，木匠师傅用斧头砍下一只公鸡的头，以鸡血祭大梁，再将一壶酒浇在梁上。然后用绳索从大梁两端将大梁吊上柱顶。梁架好后，两个师傅要分别坐在柱顶两端唱"上梁歌"："今日上梁大吉昌，五谷丰登财丁旺。春安夏泰永绸缪，万代兴隆富贵长。"不管上梁歌还是立柱歌，各地都有不同，都是根据当地的习惯流传下来的吉祥、祝福的话语。

建成房屋后，还有躔院和安灶的仪式。躔院是主人乔迁新居时举行的庆贺仪式。躔院的意思是通过众人踩踏院落，来驱邪镇宅，带来吉祥，同时，主人还借此机会答谢乡亲们为建房提供的帮助。人们相信通过躔院祝贺，搬进新居才能起居平安。陇东农村躔院时还有剪彩仪式，剪彩时由专门的主持人进行喝彩，也就是说些吉祥的祝福语。

民以食为天，吃饭是头等大事。因此，新房子建好后，要选择黄道吉日乔迁，乔迁时要在灶膛点火。点火前，要放鞭炮，主人在灶神前上香，祈求灶君保佑家人健康和六畜兴旺，然后在新灶点火做饭，招待亲朋好友。不过需要注意的是，启用新灶的同时就要将旧宅的灶台拆除，这是因为一家不能供奉两个灶王爷。

乔迁这一民间习俗至今流传不衰，因为乔迁仪式结束后，新房子不再是空洞的房子，而成了一个充满人间烟火和温馨的家。

宫词

唐·王建

太仪①前日暖房来,嘱向朝阳乞药栽。
敕赐一窠红踯躅②,谢恩未了奏花开。

王建,字仲初,出身寒微,中年入仕,累迁陕州司马,世称"王司马"。

主旨

这是一首关于乔迁暖房习俗的诗,记述了唐代宫廷礼俗。

注释

①太仪:指公主母亲。《旧唐书·德宗纪下》:"癸酉,复呼亲王母曰太妃,公主母曰太仪。"

②红踯躅:红杜鹃。杜鹃花的颜色传说是由鸟吐血染成。

诗里诗外

王建是唐代著名的宫廷诗人,有《宫词》一百首。《宫词》主要以宫廷生活为题材,多写后妃和宫女们的生活。写过《宫词》的诗人有很多,如白居易:"泪尽罗巾梦不成,夜深前殿按歌声。红颜未老恩先断,斜倚薰笼坐到明。"顾况:"玉楼天半起笙歌,风送宫嫔笑语和。月殿影开闻夜漏,水晶帘卷近秋河。"杨皇后:"日日寻春不见春,弓鞋踏破小除芸。棚头宣入红妆队,春在金樽已十分。"这些宫词多是写闺怨,读来只有哀怨和凄凉。而唐代另一位诗人的《宫词》背后还有一段佳话,这个诗人就是张祜,其《宫词》为:

诗歌里的民俗

故国三千里,深宫二十年。
一声何满子,双泪落君前。

这首诗背后故事的两个主角是唐武宗和孟才人。武宗时有个孟才人因才艺双绝而深受武宗宠幸,但武宗后来病重,自知大限已到,就把孟才人召到跟前,问道:"我死之后,你有何打算?"孟才人也知道皇上是担心自己,才人的地位在宫中并不高,上面还有美人、婕妤、嫔、妃等,沉默了一会儿哭着说:"如果陛下您先去了,妾将自缢跟随您去,绝不苟活于世。"武宗听后十分感动。

孟才人知道以后可能就没机会了,难过地说道:"陛下,就让我再为您唱一曲吧。"武宗心里也明白,点头默许。这时,孟才人轻轻拨动乐器,唱起了张祜的《宫词》,当唱到"一声何满子"时,突然昏倒在地。武宗下令让太医前来诊治,太医检查完说:"孟才人已经肝肠寸断,无法救治。"就这样,孟才人走在了武宗前面。

孟才人去世没几天,武宗就驾崩了。据传说,武宗棺椁异常沉重,加了很多人都抬不动。后来,就有人说武宗是在等孟才人,孟才人来了才肯走。于是,大家就将孟才人的棺椁抬来了。这时,再去抬武宗的棺椁,竟然能抬动了。

张祜听说这件事后,也是感叹不已,然后写了一首《孟才人叹》:"偶因歌态咏娇嚬,传唱宫中十二春。却为一声何满子,下泉须吊旧才人。"

服饰

科普 //

　　服饰民俗是人们在衣着、穿戴方面的礼仪风俗,具有鲜明的时代特征,与生产力水平、社会风尚密不可分。

诗歌里的民俗

历史

　　服饰的产生有悠久的历史,是先民们在适应自然环境的过程中产生的。远古时期,人们过着采集渔猎的生活,冬天为了御寒,夏天为了防晒,也为了保护、遮蔽身体,最初是利用自然界的天然资源来做成"衣服"。《礼记·礼运》:"昔者先王未有宫室,冬则居营窟,夏则居橧巢。未有火化,食草木之实,鸟兽之肉,饮其血,茹其毛。未有麻丝,衣其羽皮。"也就是说,古人没有房屋,冬天住在洞穴里,夏天住在树上。没有火的时候,人们吃植物的果子、鸟兽的肉,喝动物的血。没有丝麻的时候,穿动物的皮毛。

　　后来,随着生产力的提高,人们学会了缝制兽皮穿在身上,到母系氏族社会时还出现了用贝壳、石子、兽骨等穿成的项链,也就是说人们已开始有审美观念并佩戴饰品。

　　先秦时期,随着麻、葛、布、丝等的发展,人们的服饰也得到发展,服饰的样式不断丰富,同时服饰已体现出身份、地位的差异。到周代时,服饰已被纳入"礼治"范畴。这时的穿着主要采用上衣下裳制,衣用正色,即青、赤、黄、白、黑五种颜色,裳用间色,就是混合色。鞋子主要有履、舄、鞋、靴等形制,鞋子中舄为贵,周天子的舄有黑、白、赤三种颜色,不同的场合有不同的要求。

　　春秋战国时期,服饰在做工、款式、布料、颜色等方面都有进一步的发展。这时期的服饰颜色更加明艳,如屈原《九歌》:"红采兮骍衣,翠缥兮为裳。"此外,还有象征稳重、华贵的紫色。在

服饰用料中出现了绢、缣、绮、绣等高级的料子，好的料子对做工也提出了更高的要求。在样式上，出现了上衣下裳相连，还出现了"续衽钩边"，续衽就是将衣襟延长，钩边就是将左边衣襟的前后片缝合，穿着时将加长后的衣襟绕到背后用腰带扎住。这时北方少数民族服饰即胡服对汉族服饰产生了重要影响，胡服的主要特点是短衣、长裤、革靴或裹腿，衣袖偏窄，便于运动或劳动。

汉代服饰的主要形制有"上衣下裳""深衣""襦裙"等类型。裳和裤子有所不同。裤子中有裆的为"裈"，没有裆的为"袴"。汉族传统的习俗中，上衣是右衽，古代一些少数民族的衣服是左衽。"衽"是衣襟的意思，将前襟向右掩就是右衽，反之就是左衽。衣服的材料通常有皮毛、麻、葛、丝织品、棉。

汉代妇女的服饰主要是上衣下裳，女子多穿裙。先秦时期，妇女的下裳往往无裆，直到汉昭帝时期才得以改变。昭帝的上官皇后是权臣霍光的外孙女，传说霍光想要上官皇后生下皇子，独享恩宠，于是令宫人穿上名为"穷裤"的裤子，"穷绔（裤）有前后当（裆），不得交通也"。后来穿穷裤的风气在民间也传播开来，妇女们从此穿上了有裆的裤子。汉代普通男子一般多着襦裤，贫者着短褐。

深衣也是汉服的基本形制之一，它的历史颇为久远，在周代就已经产生，广泛应用于人们的日常打扮之中，在汉代十分流行。深衣是将上衣下裳分别剪裁好，然后在腰部将其缝合，成为一件长衣。深衣分为直裾和曲裾两种，男女通穿。

汉代有名的裙装当属"留仙裙"，"留仙裙"即有褶皱的裙子。汉代伶玄所撰的《飞燕外传》记载了留仙裙的来历。皇后赵飞燕

诗歌里的民俗

喜爱裙装。相传，有一次赵飞燕与汉成帝泛舟游于太液池时，赵飞燕身着云英紫裙，歌舞《归风》《送远》之曲，侍郎冯无方吹笙伴奏。就在舟驶至中流，人们沉浸在乐舞之中时，大风忽起，赵飞燕的衣裙在风中摆动，仿佛身轻如燕，随时都会被风刮走。赵飞燕顺风扬音曰："仙乎仙乎，去故而就新，宁忘怀乎？"汉成帝见状，赶紧令冯无方拉住赵飞燕，赵飞燕的裙子因而被抓出了褶皱，带有褶皱的裙子反而更加漂亮了。赵飞燕撒娇哭泣道："因为帝王您思念我，使我不得仙去。"因此带有褶皱的裙子被人们称为"留仙裙"。"留仙裙"首先在宫中流传开来，宫女们竞相模仿。后世亦有不少关于留仙裙的诗句为文人所唱和。比如张炎的"回首当年汉舞，怕飞去、谩皱留仙裙折"，又如宋代姚勉的"留仙裙舞风力软，不知何处荷花香"。之后，带有褶皱的留仙裙在民间也流传开来。

汉代服饰的手工艺已经达到十分精细的程度。1972年在中国湖南长沙马王堆汉墓一号墓出土的素纱单衣仅重49克，薄如蝉翼，展现着汉代丝织业高超的技术水平。

在发型上，汉代普通妇女的发型一般不加包帕、发饰等装饰品，头发多中分向两边梳起。汉代十分有特色的发型之一为堕马髻，其形状很像人从马上坠落，这一发型源于汉代梁冀的妻子孙寿，在后世广为流传。据《后汉书·梁冀传》记载："寿（冀妻孙寿）色美而善为妖态，作愁眉、啼妆、堕马髻、折腰步、龋齿笑，以为媚惑。"此外，还有同心髻、迎春髻、百合髻等。成年的士人男子则戴冠，庶人戴巾。到了汉末，头巾也在上层社会流行起来。

唐代妇女上身穿袄、衫、襦，下身着裙。常见的裙子颜色有红、绿、黄、紫，其中红裙最为流行。唐代是一个国力强盛、文化包

容的朝代，中外文化交流也十分活跃，豪迈洒脱的社会风气延伸到服饰上，使其呈现出大气、开放的特征。社会上甚至出现女扮男装的装束。张萱《虢国夫人游春图》中的一位男装骑者应为女性，反映出唐朝人的自信、乐观和雍容华贵。女性之中流行穿高腰襦裙，将系带束至胸部以上。男子的服饰中，普通百姓的服色常用白色，服装以袄、衫、褐为主。《隋书·礼仪志》载大业六年诏令，"胥吏以青，庶人以白，屠商以皂，士卒以黄"。

　　魏晋、隋唐时流行一种登山木屐。李白在《梦游天姥吟留别》中写道："脚著谢公屐，身登青云梯。"这里的"屐"就是李白的登山"运动鞋"。诗文中的"谢公"就是魏晋南北朝时期鼎鼎大名的才子谢灵运，谢灵运喜好游山玩水，为了旅途的便利，他发明了一种木屐。这种木屐有前后两个齿，上山的时候把前齿取下来，下山的时候把后齿拆下来，在跋山涉水时既省力又方便。

　　宋代的服饰在唐代的基础上继承发展，受宋明理学的影响，风格变得较为保守。其中最具特色的服饰是褙子，褙子对襟，两侧开衩，男性女性都穿，但在女装中更为常见。褙子到明代依旧广受欢迎，十分流行。明代的褙子有宽袖和窄袖两种。明代官员的服饰很有特色，主要服饰为补服，补服就是在袍衫前加一个方形的刺绣图案，图案用以区分文官和武官，文官为飞禽图，武官为猛兽图。图案的颜色和图案还能区分官阶和品位。明代的乌纱帽也可以区分官职和身份，这种帽子前低后高，后面从中间向两边各插一翅，戴帽子前要用网巾先把头发束起来。

　　清朝统治者入主中原后，颁布剃发令，剃发易服，加强对民众的统治。男子的前半部分头发要剃光，后半部分头发编成麻花辫，统一按照满族人的发型留着头发。衣着方面，马褂在民众之间被推广。瓜皮帽在男子当中流行。瓜皮帽的形状与西瓜皮很相像，圆顶，帽子的表面有六条棱，一同交汇于帽子的中心，帽顶缀一个丝绒结成的疙瘩。一般男子的服饰主要有长袍、马褂、马甲、衫等。

满族妇女的衣着是直裾开衩，别着白手帕。这时的旗袍比较肥大。满族妇女的鞋子富有特色，鞋底很厚，鞋跟上宽下圆，状似花盆，俗称"花盆底"，鞋底一两寸，厚的至四五寸。由于鞋底中部凿成马蹄式，走路的痕迹像马蹄一般，故也被称作"马蹄底"。这种鞋子可以显现出女子走路时的婀娜多姿。汉族妇女的服饰主要沿袭明制，上身着衫、袄或外面套上长背心，下身穿束裙或者裤子。

民俗

服饰文化是民俗文化重要的一部分，服饰除了御寒，还能体现审美、身份、年龄、职业、礼俗等，而且不同的场合对服饰也有不同的要求。

服饰是身份地位的象征。俗话说"人靠衣装马靠鞍"，在等级鲜明的古代社会，根据衣服的材质、样式，往往就能判断出一个人的身份。《诗经·豳风·七月》云："无衣无褐，何以卒岁？"陶渊明《五柳先生传》云："短褐穿结，箪瓢屡空。""短褐"就是粗布短衣，穷苦百姓多穿粗布短衣，衣服上打着补丁，因而"布衣""褐夫"代指平民百姓和穷苦大众。人们常用"纨绔子弟"形

容游手好闲的富家公子,纨绔是用细绢做的裤子,泛指华美的衣着。士农工商的服饰也有着不同的规定,汉代法律规定商人不得"衣丝乘车",即商人不能穿丝绸做的衣服。长衫是读书人的象征,《孔乙己》中对于孔乙己外貌的描写为"孔乙己是站着喝酒而穿长衫的唯一的人",孔乙己的长衫又脏又破,但是他仍然固执地穿着长衫,就是表达对自己读书人身份的坚守。事实上,各行各业有自己专门的服饰。宗教人员衣着上也区别于常人,道教、佛教都有本宗教特有的服装,展现本门宗教的特征。在古代,从穿衣打扮上往往就能大致推断一个人的身份或者社会阶层。

服饰的不同纹饰代表着不同的寓意,如皇帝的衣服上绣的是龙纹,皇后衣服上的是凤纹,龙凤纹代表的是尊贵。牡丹纹饰象征着富贵、吉祥,松、鹤、蟠桃等象征着长寿,鸳鸯纹饰象征着爱情等。

服饰也是年龄和性别的标志。服饰有成年人与孩童之分。为成年人举行"冠礼""笄礼"时,其中最重要的内容就是改变其服装和发饰,由长辈亲自为成年人将披散的头发束起,可见服饰的改变实际上暗示着长大成人,当然成人意味着可以独立行使更多的权利以及应当承担更多的社会责任和义务。此外,男性与女性在服饰上的区别十分鲜明。女性的服饰色彩更加明亮鲜艳,服装的种类和装饰品较男性而言更为丰富,而男性的服饰通常颜色偏深、尺寸更大。

服饰也是一种信号,能够传达出多种信息,职业服装便是其所属行业的象征。在现代,人们看到穿白大褂的人便认为他们从事的是与医疗卫生有关的行业,同时医生穿白大褂也会向病人传递出"专业"的信号。在正式工作场合，工作单位往往要求员工穿着正装，当员工穿上正装时，在潜意识里就会约束自身的行为，在工作中表现得更加端庄得体，从而营造严谨踏实的工作氛围。

　　服饰习俗也包括葬礼、婚礼等特殊场合所穿服装的习俗。在葬礼方面，有的地方仍然保留"披麻戴孝"的传统，但许多时候人们为了生活的方便，则只在手臂上戴上黑纱。婚礼在形式上有中式婚礼、西式婚礼之分。婚礼上女子穿婚纱、男子着西装，有的地方则保留着女子穿旗袍、男子着马褂的传统。古代女子成婚时有"凤冠霞帔"的装扮习俗，现在很多人在举行婚宴时会准备两套服装，婚纱与旗袍并用。

◆唐张萱捣练图

此画绘唐代贵族妇女捣练缝衣的工作场面,着重描绘衣裙,富贵华丽、精致典雅。

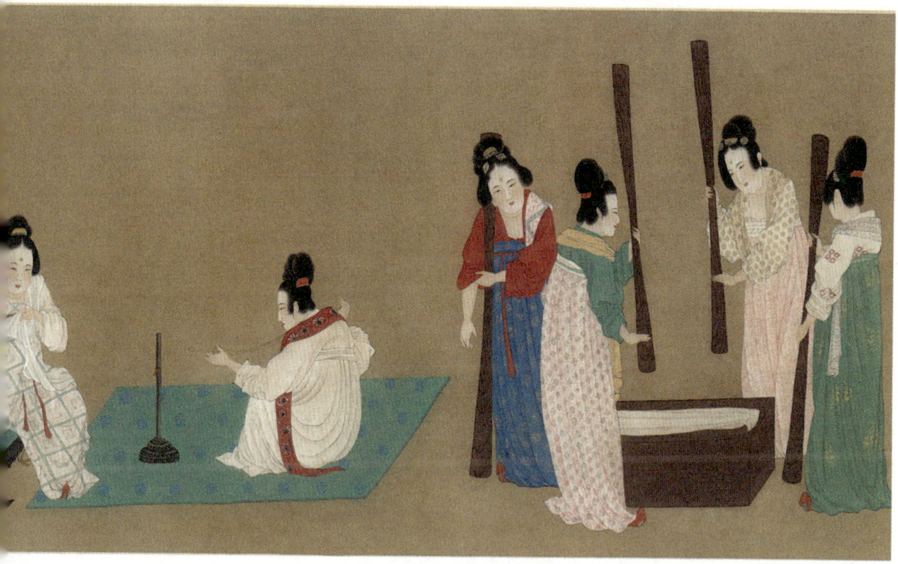

念奴娇·赤壁怀古

宋·苏轼

大江东去,浪淘尽,千古风流人物。
故垒西边,人道是,三国周郎①赤壁。
乱石穿空,惊涛拍岸,卷起千堆雪②。
江山如画,一时多少豪杰。
遥想公瑾当年,小乔初嫁了,雄姿英发。
羽扇纶巾,谈笑间,樯橹③灰飞烟灭。
故国神游,多情应笑我,早生华发。
人生如梦,一尊还酹④江月。

苏轼,字子瞻,号东坡居士,北宋著名思想家、文学家、书画家。词开豪放一派,与辛弃疾并称"苏辛",散文艺术成就高,为"唐宋八大家"之一。

诗歌里的民俗

主旨

这首词通过追忆英雄豪杰的功业,表达了自己未能建功立业的遗憾。

注释

①周郎:指三国时吴国的大将周瑜。周瑜,字公瑾,少年得志,二十四岁即为中郎将,掌东吴重兵,吴中皆呼为"周郎"。
②雪:指浪花。
③樯橹:指曹操的水军战船。樯,挂帆的桅杆。橹,一种摇船的桨。
④酹:古人祭奠时将酒浇在地上。

诗里诗外

羽扇纶巾,是古代儒将的打扮方式,纶巾在东汉之后比较流行。据说诸葛亮在军中的装扮就是头戴纶巾,身穿八卦衣,手摇羽扇,由于诸葛亮的这一形象太过深入人心,所以纶巾也被称为"诸葛巾"。

诸葛巾据说与诸葛亮的妻子有关。诸葛亮年轻的时候,在隆中一边读书,一边种地,后来娶了黄承彦的女儿黄阿丑为妻。阿丑才学出众,经常和诸葛亮切磋学问,小日子过得也算舒心。不

过时间长了,诸葛亮就慢慢有了心事,常常烦躁不已。

有一次,诸葛亮正在读书,读着读着就睡着了。朦胧间,看见有个人闯了进来,指着他的鼻子大骂:"诸葛亮啊诸葛亮,如今天下大乱,国家正是用人的时候,你怎么还能悠闲地坐在家里呢?"说完,对着诸葛亮的脑袋就是一巴掌,诸葛亮"哎呀"一声惊醒,原来是做了个梦。

正在恍惚间,妻子走了过来,关切地问:"你怎么了?哪里不舒服?还是心里有事,可以和我说说,我也能替你分忧解难。"诸葛亮就把梦中之事说了出来。阿丑看了诸葛亮一眼,就拿出一块手巾,叠成长条形,包在诸葛亮的头上。诸葛亮顿时感觉轻松多了。阿丑笑着说:"医书上说,人心烦的时候会导致火旺,火旺就会脑胀,夫君的病就是心烦引起的。我呀,不但能治你的头疼,还能治你的心病。"说完就指了指诸葛亮头上的手巾。诸葛亮取下手巾,打开一看,原来是阿丑绣的一幅《三分相图》。诸葛亮顿时恍然大悟,觉得浑身轻松。

这幅《三分相图》绣的是当今天下的局势,也是鼓励诸葛亮出山一展宏图的定心丸。所以诸葛亮在刘备三顾茅庐后毅然决定出山。诸葛亮为了铭记妻子的点拨,即使当上蜀汉的丞相后,还时时带着这种头巾。人们就将这种头巾称为"诸葛巾"。明王圻《三才图会·衣服·诸葛巾》:"诸葛巾,此名纶巾,诸葛武侯常服纶巾,执羽扇,指挥军事,正此巾也。因其人而名之。"

赶集

科普 //

  赶集,是一种民间贸易风俗,在北方叫赶集,在南方被称为"赶场""赶山""趁墟"等。这种集市是在商品经济相对不发达的时代或地区,定期举行的一种商品交易活动形式。在过去,赶集是人们生活中非常重要的一项活动。

诗歌里的中国

历史

　　赶集的主要目的是为了交易，因此，集市起源于原始社会的以物换物，那时候是部落主导的初级贸易形式，后来随着社会发展，国家政权的建立催生了集聚地从农村过渡为城市，大约在商、周时期，街市开始出现。据说现在商人的始祖是商族部落的第七代首领王亥。由于商族实现了定居和畜牧养殖，生产发展迅速，农业和畜牧业都十分发达，人们的生活水平也在不断提高，并且出现了剩余产品。为了换取其他物品，王亥便率领部族成员用牛车拉着物品在各部落间进行交换。其他部族的人就称他们为"商人"，这一称呼也被沿用了下来。

　　有史料记载的集市最迟出现于周代，据《易经·系辞》记载："日中为市，致天下之民，聚天下之货，交易而退，各得其所。"就是说正午进行交易，大家带着各自的物品聚到一起，完成交易后各自散去。另外，《左传》也有提到"市"："郑商人弦高将市于周。"郑国商人弦高将要到周去做生意。这时应该已经出现了简单的集市，有交易的时间和地点。

　　先秦时期的集市主要在人口集中、繁华的城市地区，既有官市也有民市。《周礼·地官司徒·司市》载："司市掌市之治教、政刑、量度禁令。以次叙分地而经市，以陈肆辨物而平市，以政令禁物靡而均市，以商贾阜货而行市。以量度成贾而征价，以质剂结信而止讼，以贾民禁伪而除诈，以刑罚禁虣而去盗。"说明周代的官市有专门的管理人员，有专门的治所和管理制度。司市的职责有

诗歌里的民俗

监督商贩、货物的出入,整顿货摊的摆放,调节诉讼,处罚偷盗、假冒等。在农村地区有按井田划分的集市。据《公羊传》记载,井田之义:一曰无泄地气,二曰无费一家,三曰同风俗,四曰合巧拙,五曰通财货。因井田以为市,故俗曰市井。井田是古代的一种土地制度,以九百亩为一井田,划分为九区,形状像"井"字。中间的为公田,周围八块地区为私田,由八家各占一百亩,公田由八家共同负责。这些人就有共同的"生活圈子",因而形成市,这时农村的市集也被称为"市井"。

除了官市、民市,还有临时设置的市,战国时期在军队驻扎的地方还出现了军市,这是一种服务于军队的临时市场。《战国策·齐策五》记载了苏秦对齐闵王说的话:"士闻战,则输私财而富军市。"

秦汉时期,集市进一步发展。秦始皇统一六国之后,还统一了度量衡,为市场交易提供了便利。官市主要设在指定的地点并由官府人员统一管理,管理市的官署设在市里,叫亭、旗亭或市亭。交易者在规定的时间内由市门进入市内,市内有官营的店铺,也有私商经营的。店铺按照经营物品类别进行分类,这种摊贩被称为列、肆、次、列肆、市肆或市列,列肆之后存放货物的仓库叫作店。汉代时长安有东市和西市,还有关于交易和管理的法律制度——《金布律》。南北朝时的《木兰辞》中就写到各种市:"东市买骏马,西市买鞍鞯,南市买辔头,北市买长鞭。"

农村集市主要有乡市、聚市、亭市和野市等。乡市一般设在村邑,村邑是县下的一级行政单位,聚市设在大一些的村落中,亭市一般设在城市以外的乡村道路上,汉高祖刘邦之前就是亭长。

◆清丁观鹏太平春市图卷

太平盛世的新春市集上，乡人正在摆摊贩卖爆竹。

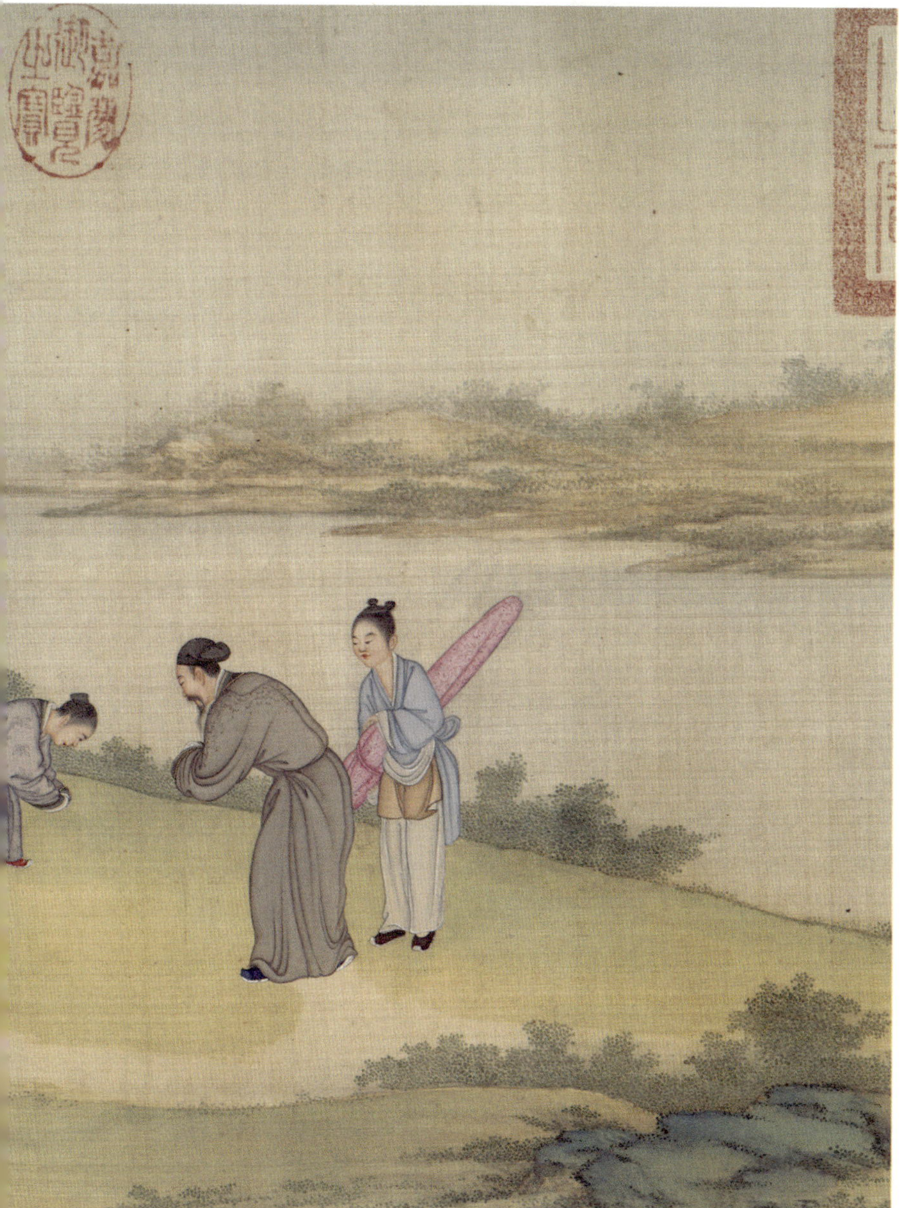

诗歌里的中国

野市不同于其他类型，主要是人们相聚于野外，进行不定期、也没有固定的摊位、不受政府管理的交易的场所。《盐铁论·散不足》："今闾巷县陌，阡陌屠沽，无故烹杀，相聚野外。负粟而往，挈肉而归。"可见，这是一种以物易物的交易方式。

除此之外，还出现了节日性的集市，比如一年一度的庙会，也是赶集的一种。后来，在码头和交通要塞还出现了"草市"，人们在集市上进行买卖交易，马、驴等有专门吃草、休息的地方。

唐代经济发展迅速，集市也迎来了繁荣期。除了沿袭之前的坊市制度，还出现了市署、平准署等市场监管部门。此时的规范管理非常严格，禁止在居民居住区进行商业活动，同时对市场的开闭时间和商业活动的范围都有严格的规定，比如严格要求商人在午时击鼓三百下才能入市，日落前击钲三百下而散市。白居易在《卖炭翁》中提到："夜来城外一尺雪，晓驾炭车辗冰辙。牛困人饥日已高，市南门外泥中歇。"卖炭翁为了赶集，一大早就要驾车出发，唯恐错过进门时间，以至于到早了，就先在市南门外歇息一下。唐代集市形式很多，名称不一，各个地域也有其特色的集市。据《五杂俎》记载："岭南之市谓之虚，言满时少，虚时多也。西蜀谓之亥。亥者，痎也。痎者，疟也，言间一作也。山东人谓之集。"所以旧时有"趁虚""赶市"等多种说法。

唐末宋初时期，国家动荡，战乱频发，百姓为了生存，很多人开始在街道两旁开市叫卖。从前定期开放的"坊市"在时代的不断变迁中失去了原有的严格执行的规范制度，出现越来越多不合理的占道经营现象。"街道司"便应运而生，他们专门负责管理各街区的集市小作坊，抑制集市导致的街道秩序混乱。"街道司"

不仅对城市秩序进行维护，还有权力动用强制手段拆除侵占街道的集市摊位。当时最具影响力的就是谢德权，在面对一个有权势的非法街道坊市时，宋真宗有意退让，但他对当朝官家说"臣死不敢奉诏"，宋真宗只好作罢。在他的大力整改下，包括权贵在内的所有侵街邸舍一概拆除，但也只是恢复了"禁鼓昏晓之制"。即使这样严格清查，最终也没有恢复到像唐朝那样规规矩矩、整齐有序的坊市，而是在不占道路的情况下，大大小小的摊位琳琅满目，真正的"集市"形成。

宋代，集市发展达到了顶峰，各种集市随处可见。南宋吴自牧在《梦粱录·夜市》中记载："如顶盘担架卖市食，至三更不绝。冬月虽大雨雪，亦有夜市盘卖至三更后。"宋代夜市已经很发达，除了夜市还有早市等。还有以各种季节命名的集市，如《成都古今集记》载："正月灯市，二月花市，三月蚕市，四月锦市，五月扇市，六月香市，七月七宝，八月桂市，九月药市，十月酒市，十一月梅市，十二月桃符市。"

宋徽宗年间的张择端在《清明上河图》中就将当时热闹的集市体现得淋漓尽致。《清明上河图》除了描绘汴京郊外春光、汴河场景之外，还有很重要的一部分，就是城内街市的繁荣景象。当时的集市不再是固定在街道内部的有限坊市，而是繁荣在街头巷尾，这大大方便了行人与商贩之间的交易，并且集市数量庞大，种类齐全。也是在那个时候，第一次出现了早市和晚市。宋朝管理者在处理街道经营问题的时候也是煞费苦心，他们徘徊在是选择井然有序的"坊市制"，还是顺应时势发展的散养"集市制"。

明清时期，由于资本主义萌芽的出现，商品经济的高度繁荣，

前代的贸易形式几乎已经无法再满足人们的需求了，人们需要更加广阔、自由的交易市场，于是市镇交易占据主流地位并且蓬勃发展。樊树志《晚明史》中说："市镇就是在集市高度发展的基础上繁荣起来的，并且市镇比较接近于城市，它也被称为地方小都市。"这些地方小都市与城里的市场或者菜市场最大的不同是：由于城里人物质生活普遍高于周边村镇，所以他们每天都需要新鲜的吃食。但是村镇则往往是复杂的、多样的，从不定期到定期集市到常日市。每个贸易区域的中心是一个镇，它与村庄的主要区别是，城镇人口的主要职业是非农工作。镇是农民与外界进行交换的中心。农民从城镇的中间商人那里购买工业品并向那里的收购行家出售他们的产品。

民俗

　　赶集作为一种民间贸易风俗，一般定期举行且以农历日期为主，如有的地方是每月的初一、初四、初七、十一、十四、十七、二十一、二十四、二十七，有的地方是每月的初三、初六、初九、十三、十六、十九、二十三、二十六、二十九，有的地方是初二、初五、初八、十二、十五、十八、二十二、二十五、二十八，还有的地方是隔天有集，有的是奇数日子，有的是偶数日子。阴历一个月的天数有二十九天、有三十天，如果是偶数天逢集，而一个月时又刚好只有二十九天，那么最后一天是否有集一般根据当地的习惯。

诗歌里的民俗

赶集一般是早上出发，差不多接近中午的时候是交易的高峰期，古时便有"日中为市"的说法。有的地方离集市稍远，如果去晚了，可能就买不到需要的物品，或者大部分人都已散场离去，想要卖出的商品也卖不出去了，所以要"赶"。

集市地点通常选在几个村子的中间位置，交通便利为主，多是民众约定俗成的地点，多为开阔、平坦之地。如山区多设在"场坝"处，江、河附近多设在人口集中的岸边、码头，平原地区多设在交通便利的村镇处。集市名称有的以交易地点命名，如"新庄集"，有的以交易内容命名，如"老羊坪""小马场"等。还有一些没有固定地点的野市或草市就没有名称，就像现在小区门口偶尔有几个城市周边过来卖菜、卖水果的农人，这种交易的最大特点是不固定。

赶集主要是为了交易，那么集市上的交易就要遵守一定的管理制度和规则。集市会设置管理市场的制度和人员，如唐朝的市署、平准署，宋代的街道司等，这些机构负责市场交易的公平性和规范性，以及税收等，对于不遵守集市制度者有处罚的权力，如对偷盗者、缺斤短两者进行处罚。

赶集最主要的目的是为了交易，正如冀东地区流传的一首民歌所唱："从春忙到大秋里，腌上了咸菜忙棉衣，杂花子粮食收拾二斗，一心要赶乐亭集。乐亭南关把粮食卖，卖了粮食置买东西，买了江南的一把伞，又买了圆正正的一把笊篱。槐木扁担买了一条，担粪的荆筐买了两只，零碎东西买完毕，饸饹铺里拉驴转回家里。"这是对赶集的最好描述。

结客少年场行

唐·虞世南

韩魏多奇节,倜傥遗声利。
共矜然诺心,各负纵横①志。
结交一言重,相期千里至。
绿沉明月弦②,金络浮云③辔。
吹箫入吴市④,击筑游燕肆⑤。
寻源博望侯⑥,结客远相求。
少年怀一顾,长驱背陇头。
焰焰戈霜动,耿耿剑虹浮。
天山冬夏雪,交河南北流。
云起龙沙暗,木落雁门⑦秋。
轻生殉知己,非是为身谋。

虞世南,字伯施,南北朝至隋唐时期政治家、书法家、文学家、诗人,善书法,与欧阳询、褚遂良、薛稷合称"初唐四大家"。

诗歌里的民俗

主旨

这是一首以游侠为题材的乐府诗,写出了少年游侠的侠之精神和豪情壮志。

注释

①纵横:指战国时期的纵横家,这里指驰骋天下。纵横家是鬼谷子创立的一个学术流派,《汉书·艺文志》将其列为"九流十家"之一。纵横也指"合纵连横",苏秦联合六国抗秦,称为"合纵",张仪分化瓦解六国的联合,被称为"连横"。

②明月弦:指弓。

③浮云:指骏马。《西京杂记》卷二:"文帝自代还,有良马九匹,皆天下之骏马也,一名浮云。"唐高适《塞下曲》:"结束浮云骏,翩翩出从戎。"

④吹箫入吴市:伍子胥为了给父兄报仇,昼伏夜行,从楚国逃到吴国,曾在吴国街头吹箫乞食。

⑤击筑游燕肆:荆轲与高渐离经常在燕国的集市上喝酒取乐,高渐离善击筑,荆轲就和着拍子唱歌,二人常常唱完又旁若无人般抱头痛哭。这里借此描写游侠的少年生活。

⑥博望侯:指张骞。

⑦雁门:雁门关,也叫西陉关。雁门关是长城上的重要关隘,以险著称,有"天下九塞,雁门为首"之称。唐施肩吾《云中道上作》:"羊马群中觅人道,雁

门关外绝人家。"

诗里诗外

高渐离是战国末期燕国人,是荆轲的好友,善于击筑。年轻时,二人常在市集喝酒、唱歌。筑是古代的一种乐器,颈细肩圆,中间空,形状像筝。当年荆轲刺秦王临行前,高渐离在易水为之送别,荆轲高唱"风萧萧兮易水寒,壮士一去兮不复还",高渐离则击筑伴奏,其声慷慨悲壮。

荆轲失败之后,高渐离遂隐姓埋名,在宋子县当佣工。每当主人举办宴会,在堂上击筑取乐的时候,高渐离常常忍不住徘徊窃听,并发表自己的意见。时间长了,人们见他熟悉音律,就报告给了主人。主人召他到堂上击筑,没想到一曲奏罢,满座皆惊。之后,高渐离善击筑的名声慢慢传扬出去了。

秦始皇也听说了高渐离的高超琴技,就召他到宫中演奏。但高渐离是荆轲好友的身份被发现,秦始皇为防不测,就派人弄瞎了高渐离的眼睛。

高渐离为了给荆轲报仇,就把铅灌入筑中间空的地方,这样筑就变成了一件沉重的武器。一次,当秦始皇听得入迷时,高渐离举起筑猛地砸向秦始皇的头部,可惜眼睛失明,再加上用力不当,并未击中。秦始皇勃然大怒处死了高渐离。

高渐离这种重义轻死的行为正是古代游侠精神的体现。侠自古以来存在争议,韩非子认为"儒以文乱法,侠以武犯禁",司

> 诗歌里的民俗

马迁则认为"今游侠,其行虽不轨于正义,然其言必信,其行必果,已诺必诚,不爱其躯,赴士之厄困"。看来韩非子认为侠者勇武,容易作乱,司马迁则认为游侠重信、重义。其实,堂堂男儿,年轻时应该会有一个仗剑走天涯的侠士梦。笔者认为侠应该像金庸先生在《射雕英雄传》中所表现出来的"侠之大者,为国为民",心中有大义。

踏青

科普 //

踏青,也叫踏春、春游,是一种春日郊游活动。这种习俗由来已久,多在春季进行,有寒食节踏青,也有清明节踏青,还有上巳节踏青等,并非某一固定节令习俗,主要来源于古代农耕祭祀的迎春习俗。

诗歌里的民俗

历史

　　踏青习俗历史悠久，源于远古时代农耕祭祀中的迎春，后来逐渐形成一套固定的迎春仪式，如西周时期，每到立春时节，周天子就要率领百官到郊外举行迎春仪式，以求祖先和神灵保佑丰收。《礼记·月令》载："立春之日，天子亲帅三公、九卿、诸侯、大夫以迎春于东郊。"这种仪式的祭祀性后来逐渐淡化，成为一种带有休闲性质的习俗活动。

　　先秦时期，虽没有踏青这一说法，但已有这种活动。《诗经·郑风·出其东门》载："出其东门，有女如云。"这里描写的就是古代青年男女春日去东门外踏春的情景。《诗经·郑风·溱洧》："溱与洧，方涣涣兮。士与女，方秉蕑兮。女曰观乎？士曰既且。且往观乎？洧之外，洵訏且乐。维士与女，伊其相谑，赠之以勺药。"这里写的是春天的溱河、洧河，河水碧波荡漾，人们拿着兰草在河边游玩，年轻的姑娘说："去那边看看吧？"年轻的小伙不解风情地说："已经去过了。"姑娘撒娇道："那就再陪我去看看嘛。"河边，草青青，风徐徐，人们开心地玩乐。临别，小伙子给心爱的姑娘送了一支芍药作为信。可见，古代踏青还是约会的好时节。

　　春秋战国时期，踏青已成为较为普及的活动。《论语·先进》记载："莫（暮）春者，春服既成，冠者五六人，童子六七人，浴乎沂，风乎舞雩，咏而归。"暮春时节，人们穿着新衣服，到郊外的沂水洗浴、春游、祭祀，然后高歌而归。这时，踏青已成为常见的活动，不过还有祭祀的成分在。

◆唐张萱虢国夫人游春图

画面没有描绘背景，却让人感到春意盎然，因色彩温润明快，符合人们初春时期感受。

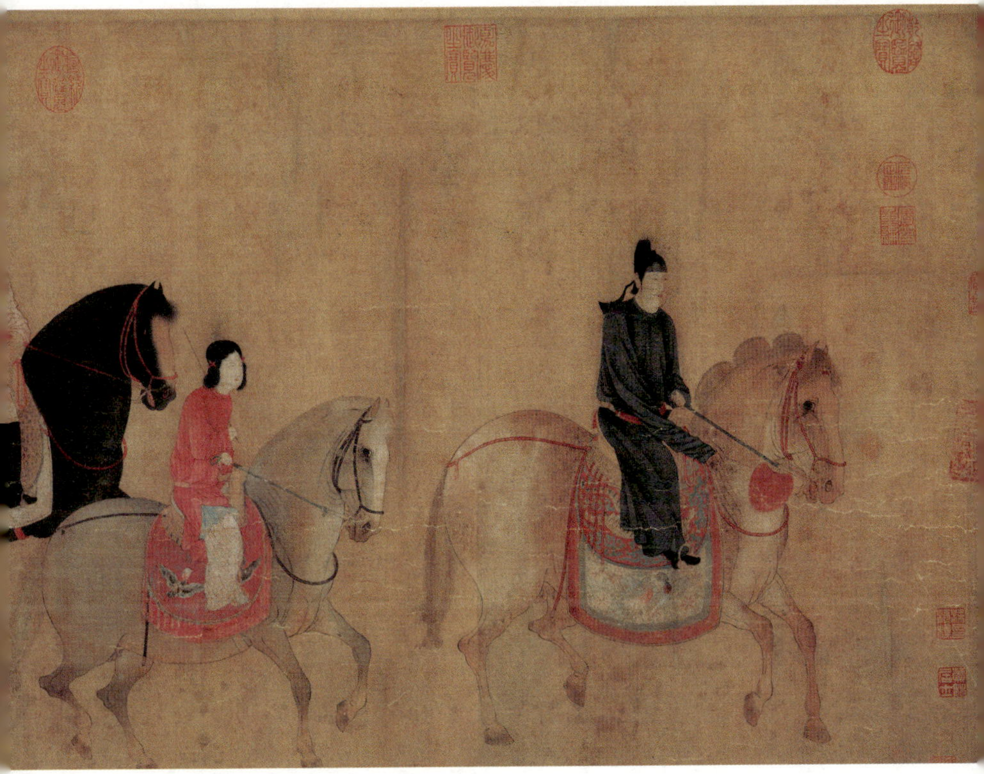

诗歌里的中国

汉代到魏晋南北朝，踏青已成为上巳节的民俗活动，但祭祀之礼也被沿袭了下来。据汉代的《韩诗》记载："三月桃花水之时，郑国之俗三月上巳，于溱洧两水之上，执兰招魂续魄，祓除不祥……"《后汉书·礼仪志》："三月上巳，官民皆洁于东流水上，曰洗涤祓除，去宿垢疢，为大洁。"这些记载都是关于三月上巳节沐浴祛灾祈福的习俗，当然这些活动也伴随着游览赏春的特点。如西汉的武帝，东汉的明帝、章帝等，都有春季出游踏青的活动。魏晋南北朝时期，文人于春天在郊外举行的一项高雅的聚会活动——曲水流觞，也是踏青的一种。1958年，在河南出土了"南朝贵妇出游画像砖"，从画像上女子的头饰可以大致判断，前面两名女子当为贵妇，梳着环形高髻，衣袂飘飘，后面两位当为侍女，梳着丫髻，其中一侍女腋下还挟着席子，应该是为踏青游玩时所用。

隋唐时期，踏青已成为一项十分普及的休闲娱乐活动，尤以士女游春活动最盛。隋朝著名画家展子虔所绘的《游春图》就展现出人们出游的场景，在明媚的春光下人们成群结队游春的情景栩栩如生。每到春天，长安都会有很多人纷纷出门去踏青，据《开元天宝遗事》记载："都人士女，每至正月半，各乘车跨马，供帐于园圃或郊野中，为探春之宴。"唐代春游时，园林中游人如织，长安城中男男女女成群结队地骑马、乘车出游，甚至有些富家子弟还在园林中设帐篷，饮酒玩乐，以至于一到春天，长安的"园林、树木无闲地"。这时期踏青的娱乐性也更加突出，白居易《二月二日》："二月二日新雨晴，草芽菜甲一时生，轻衫细马春年少，十字津头一字行。"韩琮《二月二日游洛源》："旧苑新晴草似苔，人还香在踏青回。今朝此地成惆怅，已后逢春更莫来。"

诗歌里的民俗

唐代有在清明节扫墓顺便去踏青春游的习俗。除了清明节，唐代春游的时间还有二月二日、正月十五、上巳节等，如王维在《寒食城东即事》中写到的"少年分日作遨游，不用清明兼上巳"，说明踏青已成为人们春天出游的一种活动。

宋元时期，由于经济的发展，踏青活动的形式多样，内容也更加丰富，还出现了踏青节。宋元时期的踏青主要在清明节进行，因为这时清明节已融合了寒食和上巳两个节日，形成了以祭祖扫墓为主，以踏青春游为辅的传统活动。南宋《西湖老人繁胜录》有载："清明节，公子王孙富室骄民，踏青游赏城西。"孟元老在《东京梦华录》中也记载了人们在清明节祭扫出游的活动："寒食第三节，即清明日矣，凡新坟皆用此日拜扫，都城人出郊……四野如市，往往就芳树之下或园囿之间罗列杯盘，互相劝酬。都城之歌儿舞女，遍满园亭，抵暮而归。"也就是在清明节，人们到新坟进行祭拜、扫墓，人们都涌到郊外，以至野外如闹市般热闹，人们在树下或园林中摆放杯盘食物，相互劝酒。人们载歌载舞，直到傍晚才回去。吴惟信在《苏堤清明即事》中描绘人们踏青的热闹场景："梨花风起正清明，游子寻春半出城。日暮笙歌收拾去，万株杨柳属流莺。"

宋代踏青还与观赏杂耍相结合，如洛阳地区，每年春季，梅花、桃花、牡丹开放的时节，都会选择一个花开最盛的地方，供杂耍艺人进行表演。宋代还出现了专门给学生准备的春游假，一般来说，太学放假三天，武学放假一天。看来，宋代的学生很是幸福，春暖花开，还有假期到郊外去享受大好春光。

明清时期，踏青活动更加盛行。这时，除了以往的踏青活动，

还增加了各种体育娱乐活动,如放风筝、荡秋千、蹴鞠、拔河等。明代田汝成的《西湖游览志余》就记载了当时踏青活动中的其他活动:"是日,倾城上冢,南北两山之间车马阗集而酒尊食罍,山家村店,享馂遨游,或张幕藉草,并舫随波,日暮忘返。苏堤一带,桃柳阴浓,红翠间错,走索、骠骑、飞钱、抛钹、踢木、撒沙、吞刀、吐火、跃圈、觔斗、舞盘及诸色禽虫之戏,纷然丛集。"清明节这天,上坟扫墓还是人们首先要做的事情,但其他活动比扫墓更精彩,差不多相当于现在的郊游野餐。而苏堤一带,景色优美,各种艺人纷纷聚集到此处表演走索、骠骑、飞钱、抛钹、踢木、撒沙、吞刀、吐火、跃圈、觔斗、舞盘等各种杂戏。

习俗

  踏青的习俗源于古人对自然和祖先的敬畏,踏青最初是一种祭祀习俗,后来演变为休息娱乐活动。因此,踏青的习俗主要有祭祀、游艺、赏春等。

  祭祀习俗主要有迎春,古代周天子在立春会率领百官到东郊迎春,这是一种国家行为。此外,百姓也会在春天祭祀与农事有关的神灵,如农历的二月二,人们有到郊外采蓬叶,并用牲畜、爆竹、酒等祭祀土地神,以祈求农作物丰收的活动。踏青有一个节令是在上巳节,上巳节有到郊外水边用兰草蘸水洒到身上以驱邪避灾的祓禊仪式。这也是踏青时节的祭祀礼仪。南宋吴自牧在《梦粱录》中有如下记载:"三月三日上巳之辰,曲水流觞故事,起于

诗歌里的民俗

晋时。唐朝赐宴曲江,倾都禊饮踏青,亦是此意。"踏青发展到后来,与清明节扫墓相结合,这是一种祭祖的礼俗。扫墓寄托的是对祖先的哀思与缅怀,也是儒家思想中"慎终追远"的一种文化传统。明人谢肇淛在《五杂俎》中记载了南北扫墓时的不同:"北人重墓祭,余在山东,每逢寒食,郊外哭声相望,至不忍闻。当时便有善歌者,歌白乐天寒食行,作变徵之声,坐客未有不堕泪者。南人借祭墓为踏青游戏之具,纸钱未灰,舄履相错,日暮,幡间主客无不颓然醉倒。"北方人扫墓时往往哭得伤心欲绝,让人不忍听闻。南方人却借扫墓做踏青之游,纸钱还未烧完,人们纷纷离开,到傍晚的时候,大多都喝得酩酊大醉。

  人们在踏青的时候还伴随着各种游艺活动。宋代洛阳地区、明代杭州地区都有丰富的娱乐活动。宋代的《百子嬉春图》中可以看出孩子们三五成群,有的放风筝,有的在舞狮等。踏青时的游艺活动有竞技性的如蹴鞠、斗鸡等,有娱乐为主的如荡秋千、放风筝等,有杂耍性的如走索、吞刀、吐火、跃圈、舞盘等。踏青时杂耍性的游艺活动具有更强的表演性,也更受欢迎。

  春天万物复苏,人们也希望到郊外舒展一下筋骨,感受春天的勃勃生机,因此,踏青赏春深受人们欢迎。唐代士人贵女每到春天的时候都会结伴出城踏青,择一处风景优美,鲜花盛开的地方,铺上垫子,围坐一起,还在周围插上杆子,系上绳子,解下身上的裙子挂在绳子上,就形成一个临时的没有顶的帐篷,裙摆迎风飘展,人们围坐其间,喝酒聊天,好不惬意。男子之间流行看花马,就是大家结伴出行,"各置矮马,饰以锦鞯金络,并辔于花树之下往来,使仆从执酒皿而随之,遇好围即驻马而饮"。人们出游踏青

诗歌里的中国

的活动在很多地方志中都有记载,如《杭州府志》:"二月花朝以往,士女急先出郊,谓之探春……每当春日,桃花盛放,一望如锦,游人多问津焉。"

诗歌里的民俗

两同心·楚乡春晚

宋·晏几道

楚乡春晚,似入仙源。拾翠①处、闲随流水,踏青路、暗惹香尘②。心心③在,柳外青帘④,花下朱门。

对景且醉芳尊。莫话消魂。好意思、曾同明月,恶滋味、最是黄昏。相思处,一纸红笺,无限啼痕。

晏几道,字叔原,号小山,与父亲晏殊合称"二晏",作品多写爱情生活,工于言情,婉约派重要词人,著有《小山词》。

诗歌里的中国

主旨

这首词写踏青春游与歌伎相聚相别的经历，寄托了词人的生活理想。

注释

①拾翠：捡拾翠鸟羽毛作为首饰，后来多指妇女游春。
②香尘：带有花香的尘土。
③心心：相互间的情意。
④青帘：指酒家。郑谷《旅寓洛南村舍》诗："白鸟窥鱼网，青帘认酒家。"辛弃疾《鹧鸪天·春日即事题毛村酒垆》词："多情白发春无奈，晚日青帘酒易赊。"

诗里诗外

晏几道出身名门，可以说是含着金汤匙出生的，在他出生后的第四年，父亲晏殊就位极人臣，被任命为宰相。有人说晏几道和《红楼梦》中的贾宝玉很像，不仅身世经历相像，连性情脾气也像。晏几道少年时期的北宋正是"中原息兵，汴京繁庶，歌台舞席，竞赌新声"的太平盛世，文人雅士们十分热衷填词作曲。而晏殊作为词坛盟主，当时可谓是政坛、文坛的双领袖。晏殊的文学天赋自不用说，在晏殊所有的儿子当中，晏几道是文学天赋

诗歌里的民俗

最高的一个，五岁便可吟诗。而晏殊也觉得这个儿子是最像自己的，参加各种宴会也总爱带着晏几道，而且晏殊本身就是个热爱词作的人，总爱约上一众好友、门生谈词饮酒，平日里家中也总是酒筵歌席不断。因此，晏几道小小年纪就已经见识过各种"歌台舞席，竞赌新声"的场面了。

从小生活在富贵乡、锦绣丛中，触目皆是富贵繁华、管弦歌赋，又有一个纵情词坛、尤爱宴饮的风流老爹，少年晏几道的生活可谓逍遥自在。因此，赏歌舞、写小词、谈情说爱就成了他最擅长的事了。也正因如此，晏几道和贾宝玉一样，养成了"不通世务""偏僻乖张"的性格。但不幸的是，在十七岁那年，晏几道的父亲一病不起，撒手人寰。此后，晏几道的"好日子"也就差不多到头了。

晏几道虽家道中落，但也不愿依附权势，甘为"人间客"，醉卧花间著词章。晏几道的词虽然清新绮丽，但难掩其"苍凉寂寞之内心"，因此，晏几道也被称为"古之伤心人"。晏几道的词多写离愁别绪，现实中的有情人总是分隔两地，不得相聚，只有在梦境中才能重温昔日甜蜜的爱情。如《少年游·离多最是》所说："离多最是，东西流水，终解两相逢。浅情终似，行云无定，犹到梦魂中。"晏几道在词中为有情人"造梦"，也成了现实中分隔的有情人能够相聚的唯一方法。毕竟爱得深，怨得也深，《更漏子·欲论心》："到情深，俱是怨。惟有梦中相见。"因此，"造梦"也就成了晏几道消解现实中不如意的好方法。

晏几道一生多悲苦，虽生于富贵，满腹才华，却仕途坎坷，

多不如意。有人说上天给了他偶像剧男主角的开场,却又在中途换了剧本,或许正是这颠覆性的人生落差,才造就了北宋词坛的又一个巅峰吧。